FANTASY

Andre Norton
mit A. C. Crispin

Das Erbe der Hexenwelt

BASTEI LÜBBE

BASTEI-LÜBBE-TASCHENBUCH
Fantasy
Band 20 088

Deutsche Lizenzausgabe 1986
Bastei-Verlag Gustav H. Lübbe GmbH & Co., Bergisch Gladbach
Originaltitel: Gryphon's Eyrie
Ins Deutsche übertragen von Lore Straßl
Redaktion und Gestaltung: Dr. Helmut Pesch
Titelillustration: Sanjulian
Umschlaggestaltung: Quadro-Grafik, Bensberg
Druck und Verarbeitung:
Elsnerdruck, Berlin
Printed in Western Germany
ISBN 3–404–20088–8

Der Preis dieses Bandes versteht sich einschließlich
der gesetzlichen Mehrwertsteuer.

Einleitung

Was tut ein Meisterschmied, wenn er ein Schwert oder eine Streitaxt für die feste Hand eines Recken erschaffen will? Er bedient sich der Rohstoffe, die der Erde Gebeine umgeben, und arbeitet geschickt mit all seinem Können viele Tage – manchmal auch Jahre – lang, bis etwas ihm sagt:

»Genug! Das Werk ist vollbracht, so gut deine schöpferische Kraft und dein Bestreben es vermochten.«

Nicht anders ist es beim Liederschmied, der mit sich selbst, seinem Können und den Worten ringt – denn Worte sind das Roherz, das mit aller Geduld des schöpferischen Geistes bearbeitet werden muß. Mit dem Feuer des Herzens müssen sie zum Glühen gebracht, mit Furcht getempert und mit größter Sorgfalt geschliffen werden. Auch hier ist die Zeit nicht von Bedeutung, denn gewöhnlich dauert es lange, bis das Ende einer Ballade feststeht, da jene, die sie besingt, ihren Platz in der Geschichte nicht zwischen Sonnenuntergang des einen und Sonnenaufgang des nächsten Tages erobern.

Ist dies nicht so mit der Geschichte des Greifen (einst kristallgeborgen als Amulett; dann ein selbst von der Zeit vergessener Adept; und schließlich Mann und Frau, wahrlich zusammengeschmiedet zu etwas Größerem, als Menschen sich je hätten ersehnen können)?

Da war Kerovan von Ulmental, dessen fluchbehaftete Mutter sich in Schwarzer Magie versuchte und einen Pakt mit dem Bösen schloß, damit sie ein Kind gebäre, das ihr und ihr allein als Werkzeug der Macht diene. Und wirklich trug ihr Sohn die Stigmata der Finsternis: bernsteinfarbene Augen und Pferdefüße. Und doch scheiterten schließlich all ihre Beschwörungen, denn die Erhabenen, sowohl des Lichtes als auch der Finsternis, sind weder leicht zu rufen, noch so einfach wieder fortzuschicken. So kam es, daß Lady Tephana, sich ihres Versagens bewußt, einen heillosen Schrecken vor diesem Kind bekam, und darauf drängte, daß es fern von ihr in Pflege gegeben würde.

Ihr Gemahl Lord Ulric jedoch, bedacht auf einen Erben für Ulmental, sorgte dafür, daß der Junge gut erzogen würde, wie es sich für einen seines Standes geziemte. Kerovan erwies sich als williger Schüler des Kämpen, der seine Ausbildung übernahm. Von Jago lernte er viel über die Kriegskunst, sowohl was den persönlichen Einsatz mit Waffen betraf, als auch Strategie und Taktik. Doch in seiner Abgeschiedenheit schloß er sich auch dem Weisen Riwal an, der in der offenbar von den sagenhaften Alten verlassenen Einöde verlorenes Wissen und Erkenntnisse suchte.

Lord Ulric bemühte sich auch, die Rechte seines langersehnten Sohnes zu schützen, indem er noch in dessen Kindesalter eine Waffenheirat zwischen dem Jungen und Lady Joisan zustandebrachte. Joisan stammte aus dem Hause Ithkrypt, wo sie aufwuchs, ehe die Invasoren die Täler vom Meer bis zur Einöde verwüsteten. Doch obwohl sie vermählt waren, bekamen die beiden einander nicht zu Gesicht.

Wenig Beachtung schenkte Joisans Gemahl – dessen Greifenwappen sie nun kunstvoll gestickt auf ihrem Festtagsgewand trug – ihr, bis er ihr eines Namenstags ein Amulett schickte, ganz offensichtlich nicht von Menschenhand geschaffen; es war eine Kristallkugel, die einen winzigen Greifen umhüllte. Es barg, wie ihr bald bewußt wurde, ungeheure Macht. Kerovan hatte diesen Talisman der Alten in der Einöde gefunden (jenem trostlosen Land, das die Menschen mieden, durch das jedoch immer noch ungewöhnliche Kreaturen streiften), und etwas hatte ihn gegen seinen Willen dazu bewegt, ihn Joisan zum Geschenk zu machen. Joisan, die ein wenig die Gabe des Heilens besaß, in der Kräuterkunde bewandert war, und so manches aus alten Klosterschriften gelernt hatte, bereitete sich sorgfältig auf ihre Pflichten als Herrin von Ulmental vor. Sie ahnte nicht, daß Lady Tephana immer noch gegen ihren Sohn wirkte und hoffte, ihn durch einen wahren Erben der Finsternis – seinen Vetter Rogear – zu verdrängen.

Alles hat seine eigene Zeit. In diesem Fall waren es die Invasoren von Alizon-über-dem-Meer, die dieses im Norden begonnene Ränkespiel unterbrachen. Denn Kerovan marschierte mit Ulmentals Truppen gegen den Feind, noch ehe er seine Gemahlin zu sich holen konnte. Und beim Vorstoß überrannten die Invasoren Ithkrypt.

Durch die fremdartige Macht des Zufallsgeschenkes ihres unbekannten Gemahls gerettet, entkamen Joisan und die letzten ihres Volkes in die Wildnis. Dort stieß Kerovan auf sie, als er dem Ruf seines sterbenden Vaters folgte und dabei fast in die gemeine Falle seines finsteren Vetters ging.

Zwar erkannte Kerovan seine Gemahlin, doch sie hielt ihn (seiner ungewöhnlichen Augen und Füße wegen) für einen der Alten. So war sie nicht gegen die Gemeinheit Rogears gewappnet, der als »Kerovan« zu ihr kam, um ihr einen sinnetrübenden Zauber aufzulegen. Dadurch lockte er sie in die Einöde, wo Tephana hoffte, durch Joisan die Macht des Greifen zu lenken.

Kerovan, dem es gelang, ihre Spur aufzunehmen, folgte ihnen zu einer Blutopferstätte, wo sie sich die Finsternis untertan machen wollten. Dort stand er seiner

Gemahlin bei und beschwor ihretwegen Mächte, die er fürchtete. Und weil er die Mächte des Lichtes rief, wurden jene, die das Böse beschworen, ihrerseits in den Tod und die Finsternis gerufen. Nun, da Joisan ihren Gemahl im strahlenden Licht seines Wesens sah, erkannte sie, daß sie wahrhaftig vereint waren, so wie Gold in Stahl eingelegt eine Waffe ergeben mochte, die eines Helden würdig war. Doch Kerovan konnte sein zwiespältiges Erbe nicht vergessen, das immer wieder Zweifel in ihm weckte, so entschloß er sich Joisans wegen, ihre nur formelle Bindung zu lösen, und ritt fort von ihr.

Im Auftrag der Lords der Täler begab er sich erneut in die Einöde, in der Hoffnung, sich vielleicht die Hilfe einiger der noch übrigen Alten gegen die Invasoren sichern zu können. Da schlüpfte Joisan in Rüstung und Helm, steckte ein Schwert in die Scheide an ihrem Gürtel, hängte sich sein Geschenk, den Greifentalisman, um den Hals, und machte sich daran, Kerovan zu folgen. Sie wußte, daß kein falscher Stolz so groß wie ihre Liebe sein konnte.

So manche seltsame und schreckliche Abenteuer durchstanden diese beiden, sowohl getrennt wie gemeinsam. Stets quälte Kerovan die schwelende Furcht seiner zwiespältigen Geburt. Doch Joisan hatte die Kraft, wie sie nur einer gegeben ist, die mehr für jemanden als sich selbst fürchtet.

Durch Gefangenschaft und Finsternis, und schließlich vereint, gingen diese zwei, bis sie sich dem Beginn ihrer wahren Bestimmung gegenüber sahen: einer Schlacht, die ihren Teil der Welt erschütterte. Fünf standen für das Licht: Kerovan, Joisan, der Greif – der endlich aus der Kristallkugel befreit war –, sein alter Meister Landisl, und Neevor, ein Wanderer, der mehrmals eine Rolle in Kerovans Leben gespielt hatte. Für die Finsternis stand Galkur, der Pferdefüßige, der behauptete, Kerovan sei sein Sohn. Obgleich das eine Lüge war, drückte sie schwer auf ein junges Herz und verspritzte viel Gift, selbst noch nach dem Sturz des Finsteren.

Diese Last trug Kerovan weiterhin mit sich, sie und was schließlich aus ihr wurde . . .

Und so zogen sie umher, einsam aber zu zweit, und wieder fiel die Finsternis über das Land, und sie mußten sich ihr stellen, doch diesmal vielleicht mit reicherem Wissen. Auch diesmal waren sie nicht allein, denn – obgleich kein Adept aus der Vergangenheit kam, um an ihrer Seite gegen die Finsternis zu kämpfen – es gab andere in der Einöde, andere mit einem steten Sehnen im Herzen: Elys, die vom Hexenblut war, mit der Ausbildung einer Weisen; Jervon, ihr Schild- und Kampfgefährte; und der Junge Guret, ohne Ausbildung, doch mit großem Mut.

Das war kein neues Lied, das wortgebaut, sondern ein altes, dem hinzugefügt werden sollte – denn große Taten wecken eine Sehnsucht nach etwas, das uns selbst fehlt oder das wir nie sehen werden.

Ah, es bedarf eines Liederschmieds, um auf die richtige Weise in die Herzen zu blicken, halb erinnerten Geschichten vergangener Jahre zu lauschen, und sich all dessen zu bedienen, was man der Zeit entlocken kann, damit das Werk würdig entstehe. So schmieden die Worte des neuen Teils der Geschichte von Kerovan und Joisan sich zusammen, und erzählen von den Jahren in Arvon und ihren neuen Kampfgefährten, mit denen sie die Finsternis bekriegen.

Eydryth der Liederschmied

1. Joisan

Unsere Welt . . .

Ich stand im gedämpften Licht der Lampe, das Neugeborene auf dem Arm, und blickte über den See gen Osten, dem dämmernden Morgen entgegen. Eine lange Nacht – ich war müde und brauchte Schlaf, aber ich scheute davor zurück, Utias Haus zu verlassen und in das noch tiefe Grau zu treten. Zu groß schien mir die Anstrengung, die Hausleiter hinunterzuklettern zu unserem kleinen Boot, das sicher am Ring einer der Steinsäulen festgemacht war, die aus der Tiefe des Sees emporragten. Das Kind noch an meine Brust gedrückt, strich ich mir eine widerspenstige Strähne aus dem Gesicht. Der aufkommende Morgenwind spielte über das Wasser und ließ die Wellen gegen die uralten Säulen schlagen, die die wortkargen Fischer von Anakue vor unzähligen Jahren entdeckt und als Stützen für ihre noch wassersicheren Häuser benutzt hatten.

Mein Lord Kerovan und ich waren auf so manches Ungewöhnliche – Wundersames wie auch Schreckliches – gestoßen, seit wir uns in dieser unserer neuen Welt aufhielten – in Arvon, dem Hort von Geheimnissen. Die Vergangenheit machte mir zu schaffen, während ich beobachtete, wie die Sterne im Osten verblaßten. Aus dem Nordwesten waren wir gekommen, nachdem wir einen Weg durch das Gebirge gefunden hatten, das sich jetzt nur als tieferer Schatten vom allmählich heller werdenden Himmel abhob. Ich erinnerte mich des ersten

Morgens nach unserem Kampf gegen Galkur, den Herrn der Finsternis, als wir beisammen an den Hängen jener fernen Höhen standen. Wir blickten auf ein Land, das uns nach den froststarren Weiten der Täler und der Trostlosigkeit der Einöde wie ein gold-roter Teppich gegen den Hintergrund hoher immergrüner Wälder vorkam.

Fast trunken machte diese Schönheit uns, um so mehr, da uns noch die Begeisterung erfüllte, wie nur jene sie kennen, die das Leben in besonderem Maße schätzen, weil sie dem Tod nahe gewesen waren. Ich spürte tiefe Wärme und ein unwillkürliches Erröten bei meinen Gedanken an unsere erste Nacht nach unserem Sieg, als Kerovan wirklich mein Gemahl wurde. Obgleich es kalt am Berg gewesen war, hatte doch die Glut unseres Körpers und Geistes die ganze Welt erfüllt – unsere neue Welt, dieses Arvon.

Ein schönes Land, wahrhaftig – zumindest zum größten Teil, denn es gab viele alte Fallstricke, die gefährlich für den Unvorsichtigen waren. Auch auf sie waren wir in den vergangenen drei Jahren unseres Umherwanderns gestoßen – unseres endlosen Wanderns, denn es schien, als gäbe es nirgendwo ein Fleckchen, das wir zu unserem Zuhause machen könnten. Zwar hatten wir zeitweilig ein Heim unter verschiedenen Volksgruppen gefunden, wie jetzt bei diesen einfachen, herzensguten Fischern, doch immer hatte eine gewisse Ruhelosigkeit sich in meinem Gemahl geregt, die uns stets aufs neue weitertrieb.

Das Baby auf meinem Arm rührte sich und rief mich so in die Gegenwart zurück. Der winzige Mund in dem roten Gesichtchen, das noch von der schweren Anstrengung der Geburt verformt war, stieß ein klägliches Quäken hervor.

Die Sonne tastete nun nach dem Wasser und färbte es in rötlicher Pracht. Ich hielt den Säugling zum Fenster, damit die Strahlen sein Schwarzhaar liebkosten. »Dein erster Sonnenaufgang, mein Kleiner. Was hältst du davon?« Unbeeindruckt blinzelte er mich schläfrig an.

»Utia wacht auf, Lady Joisan.« Ich drehte mich um. Zwyie, Anakues Weisfrau, flößte der erschöpften Mutter stärkende Kraftbrühe ein.

»Wie geht es ihr jetzt?« Ich kehrte ans Bett zurück und drückte die Fingerspitzen leicht auf den Hals der jungen Frau. Der Puls war noch schnell, aber bereits kräftiger.

»Besser, glaube ich. Sie hat viel Blut verloren, doch ich denke, in ein paar Tagen hat sie sich erholt. Gut, daß wir beide hier waren, Lady, sonst hätten wir sie vielleicht verloren.«

Ich nickte müde. Es war eine Steißgeburt gewesen und obendrein fast einen Monat zu früh. Man hatte mich eilig von einem Netzflechter geholt, dem sich ein Haken in die Hand gebohrt hatte. Zwyie hatte versucht, Utia zu beruhigen, um die Lage des Kindes feststellen zu können. Es hatte all meiner Heilkunst bedurft, die mich einst Dame Math lehrte, und dazu viel von dem, was ich während unseres Umherstreifens erfahren hatte, um die von Wehen geplagte Frau zur Ruhe zu singen. Die ganze Nacht hindurch hatten wir gemeinsam gearbeitet, hatten Kräuter gemischt und ein Kräftigungsmittel hergestellt, hatten um Gunnoras Hilfe gebetet. Und Gunnora hatte sie uns nicht versagt: sowohl Mutter wie Kind hatten überlebt.

Utia öffnete die Augen. Sie war zu schwach zum Sprechen, aber ich wußte, was sie wollte. »Dem Baby geht es gut, Utia.« Ich kniete mich auf die geflochtene Binsenmatte und hielt das Kind so, daß sie das runzlige Gesichtchen sehen konnte. »Ihr könnt stolz sein auf euren Sohn, Raney und du.«

Mühsam verzogen die bleichen Lippen der Frau sich zu einem zärtlichen Lächeln. Sie hob die Hand, um die flaumige Schwärze des Babyhaars zu berühren. Ich biß mir auf die Lippe, als ich den Säugling neben sie legte. Ein seltsames, fast schmerzliches Sehnen rührte sich in mir. Meine Arme fühlten sich so leer an, als fehlte ihnen mehr als nur das leichte Gewicht des Neugeborenen.

»Wir wollen sie nun beide schlafen lassen, Lady.« Zwyie stand neben mir, obgleich ich sie nicht hatte kommen hören. »Auch Ihr müßt Euch ausruhen, etwas essen . . .«

Stumpf setzte ich mich an den Tisch, schluckte ein paar Mundvoll. Die ganze Schwere der nächtlichen Arbeit drückte nun auf mich hernieder. Es kostete mich große Mühe, meinen Kopf nicht auf die Tischplatte sinken zu lassen und einzuschlafen.

Die Morgensonne stieg höher. Der See glitzerte unter ihrem Schein. Durch die Tür konnte ich ganz Anakue deutlich sehen. Die Säulenpfeiler, die Holzhäuschen trugen, miteinander durch wacklige Stege verbunden – alle, außer einem, das ein wenig abseits stand: das Haus, das nach alter Sitte der Weisfrau zustand. Bis vor etwa einem Jahr, als mein Gemahl und ich nach Anakue gekommen waren, hatte Zwyie dort allein gewohnt. Sie hatte uns ihre Dachkammer überlassen. Es war kein großer Raum, doch nach Monaten auf freiem Feld bei Wind und Wetter und nur hin und wieder einem Obdach für die Nacht oder einer warmen Mahlzeit für eine Gegenleistung unsererseits war dies das erste wirkliche Zuhause für mich, seit die Hunde von Alizon die nun eingestürzten Mauern von Ithkrypt gestürmt hatten. Wie sehr ich mich danach sehnte, ein eigenes Häuschen am Seeufer zu haben, vielleicht in der Nähe des Räucherspeichers, wohin der tägliche Fang gebracht wurde. Wenn Kerovan nur . . .

»Wie geht es ihm, Lady Joisan?« Es war, als hätte Zwyie meinen Gedankengang verfolgt. Doch zwischen uns gab es keine echte Geistverbindung wie manchmal zwischen meinem Gemahl und mir. Doch allen, die mit der Gabe arbeiten, wird so manches offenbar, was mit den üblichen Sinnen weder gesehen, berührt, gerochen noch gekostet werden konnte. Wir waren uns sehr nahegekommen, Zwyie und ich. Sie war mir wie eine ältere Schwester – die ich nie gehabt hatte . . .

Ich blickte hoch in ihre dunkelblauen Augen, von großer Schönheit mit ihren langen Wimpern in einem ansonsten gewöhnlichen, breiten Gesicht. »Die – Träume quälen ihn in letzter Zeit häufig. Wenn er erwacht, wirkt er – düster, und seine Züge erscheinen mir ein wenig verändert, als hätte ein anderer von ihm Besitz ergriffen . . .«

»Überschattet? Denkt Ihr an die Finsternis?«

»Nein – nein! Nicht ihr Fluch ist es. Doch nach diesen Träumen weigert er sich, davon zu sprechen. Auch seinen Geist verschließt er mir. Jedesmal, wenn er erwacht, säubert, schleift und ölt er seine Waffen – als könnte das, was ihn im Schlaf peinigt, mit Stahl bekämpft und bezwungen werden.«

»Stahl – kaltes Eisen *ist* Schutz gegen einige Arten der Finsternis. Im Land ringsum gibt es viele ihrer Kreaturen. Deshalb ist Anakue auch von fließendem Wasser umgeben, das ebenfalls schützt, da die des Bösen es nicht überqueren können.«

»Das weiß ich. Woran ich mich klammere, ist sein Talisman, dieses Armband der Alten. Bisher hat es noch nicht gewarnt. Auch mein Ring hat sich nicht verändert.« Ich warf einen schnellen Blick auf den Katzenkopfring. Ich hatte ihn in einem uralten Landsitz der Alten gefunden – einem Sitz jener, daran zweifelte ich nicht, die dem Licht folgten. Sein rosa-goldener Stein spiegelte schillernd den Sonnenschein wider.

»Achtet immer auf diesen Ring, Lady. Solange er

Leben birgt, ist alles gut, selbst wenn Ihr Grund zur Befürchtung habt, daß dem nicht so ist.«

Die Weisfrau nahm von ihrem Gürtel einen kleinen Beutel aus getrockneter Fischhaut, dunkel vom Alter. »Ich habe dies schon lange, sehr lange nicht mehr getan, aber – streckt Euren linken Zeigefinger hinein und rührt um.«

Verwundert steckte ich vorsichtig den Finger in den Beutel. Ich spürte viele winzige spitze Dinge. Wie geheißen, rührte ich um, doch als etwas durch die Haut stach, zog ich den Finger hastig zurück. Unübersehbar hob sich ein roter Tropfen ab.

»Gut! Blut stärkt die Kraft. So . . .« Zwyie leerte den Beutel auf die Tischplatte. Der Inhalt kam verstreut darauf zu liegen. Blinzelnd betrachtete ich ihn. Es waren kleinere Gräten. Die Weisfrau studierte das entstandene Muster. Dann sprach sie fast wie im Singsang, doch so leise, daß ich mich anstrengen mußte, ihre Stimme zu hören.

»Ein Schatten greift aus den Bergen – finster, grausam, gebunden durch einen viel zu alten Fluch. Ihr werdet reisen und ein Zuhause vergessenen Wissens finden, einen Ort des uralten Bösen . . . Was jetzt zwei sind, werden drei sein – dann sechs, um sich jenem zu stellen, was nicht von dieser Erde ist . . . Sucht Kraft im Innern und von außen . . .« Zwyies Stimme verklang, als sie mich wieder anblickte, und direkter diesmal. »Paßt gut auf Euch auf, Lady Joisan. Ein Schatten liegt über Eurer Zukunft, so kann ich nichts genauer sehen. Doch eines weiß ich: Ihr schreitet mit großer Gefahr einher.«

»Ich werde aufpassen«, versicherte ich ihr, und wünschte mir fast, sie hätte nicht versucht, mir die Zukunft zu lesen, so gut sie es auch meinte. Denn was ist besser: vor Gefahr gewarnt und sich stets ihres Schattens bewußt zu sein; oder sich der Sonne hellen Lichtes zu erfreuen, solange sie scheint?

Hinter uns fing das Baby zu weinen an.

»Ruhig, Kleines.« Ich trat zum Bett und hob den Säugling auf den Arm.

»Haltet ihn, Lady Joisan. Wir werden ihn sogleich segnen.« Zwyie suchte in ihrem größeren Beutel und brachte zwei Zweiglein mit dürren Blättern zum Vorschein. Sie zündete eine weiße Kerze an und sang leise, während sie diese Zweiglein mehrmals durch den Rauch zog. Dann nickte sie mir zu. Ich legte das Baby auf den Tisch und achtete darauf, daß es nicht herunterrollte.

Die Weisfrau strich mit den spröden Zweiglein Angelika und Eisenkraut über die winzigen Füße, während wir gemeinsam das Gebet sprachen: »Gunnora, die du Frauen und die von Frauen geborenen Unschuldigen beschützt, nimm dich dieses Kindes an. Gib, daß seine Füße es nicht der Finsternis nahe bringen, sondern laß es auf allen Wegen und zu allen Zeiten im Lichte wandeln.«

Ich hielt die winzigen Fäustchen hoch, damit Zwyie jetzt sie mit den Schutzkräutern berühren möge. »Laß diese Hände im Dienst des Lebens und Lichtes wirken.«

Schließlich strich sie mit den Zweiglein über des Neugeborenen Stirn. »Laß seine Seele rein und unbefleckt bleiben und gewähre ihm die Kraft des Willens, sich jedes Gedankens der Finsternis zu erwehren.« Sie hielt inne, dann wiederholten wir beide hintereinander: »Möge es immer so sein durch deinen Willen.«

Ich brachte das Kleine zu seiner Mutter zurück. Utia hatte die Augen geöffnet. Selbst nach der bisher nur kurzen Rast sah sie bereits ein wenig besser aus. »Utia«, ich hielt das Kind, daß sie es gut sehen konnte, wie die Gebräuche ihrer Leute – mit denen Zwyie mich vertraut gemacht hatte – es vorschrieben. »Dies ist dein Sohn. Gib ihm einen Namen, damit er sein Leben recht beginnen mag.«

Als ihre Augen sich zärtlich auf ihn hefteten, verspürte ich wieder dieses schmerzende Sehnen. »Sein Name sei Acar«, flüsterte sie.

Ich legte Acar sanft neben seine Mutter, da hörten wir Schritte. Utias Mann Raney kam mit ihrer Schwester Thalma. Was Utia und das Baby jetzt am dringendsten brauchten, war Schlaf und Geborgenheit und ihre Familie um sich. Zwyie und ich konnten uns jetzt verabschieden. Raneys etwas wirre Dankesworte folgten uns.

Das kleine Boot schaukelte, als wir hineinkletterten und nach den Paddeln griffen, um zum Haus der Weisfrau zu rudern. In unserer Müdigkeit saßen wir schweigend nebeneinander, doch ich hing meinen Gedanken nach, und nicht die Frische des Morgens ließ mich frösteln, als ich mir Zwyies Worte über meine Zukunft durch den Kopf gehen ließ.

»Ich beobachtete Euch, während Ihr das Baby gehalten habt, Lady«, sagte Zwyie plötzlich. »In Euch ist eine Leere, Lady, und das ist nicht verwunderlich. Kommt morgen mit mir zu Gunnoras Schrein und bittet sie um ein Kind.«

»Das kann ich nicht.« Ich blickte fest auf die Steinsäule, von der sich unser gegenwärtiges Zuhause erhob.

»Warum nicht?«

Ich stellte fest, daß ich Zwyie nicht offen ansehen konnte.

»Es – es ist wegen meines Gemahls.«

»Warum, Joisan?« Ihre Frage klang wie eine Herausforderung. »Er ist ein Mann, das kann jeder, der Augen hat, sehen. Gewiß verhindern seine – ah,

Unterschiede nicht . . .« Sie unterbrach sich, da sie offenbar die richtigen Worte nicht fand. Und nun war sie es, die mich nicht ansah.

Ich lächelte ein wenig schief. »Nein, das ist es keineswegs, Schwester. Mein Gemahl ist wahrhaftig ein Mann, und trotz seiner – Unterschiede, wie Ihr sie nennt, erfreut mich sein Anblick.« Ich holte tief Luft und tauchte das Paddel ins graugrüne Wasser. »Nein, es ist diese – Sorge, die ihn schon während unseres Umherziehens in Arvon zuzeiten quälte. Und nun plagt sie ihn stärker denn je zuvor. Ich habe Angst, ohne sagen zu können, wovor . . .«

»Diese ›Sorge‹ richtet eine Schranke zwischen euch auf?«

»Sie hat nichts mit mir zu tun. Es ist Kerovans ureigenste Furcht, und ich spüre sie, ohne daß er mir etwas sagt. Und diese Furcht hält ihn – abseits.«

Zwyie bedachte mich mit einem scharfen, wissenden Blick. Mir wurde bewußt, daß sie ahnte, worüber ich nicht offen hätte sprechen können – daß mein Gemahl sich mir als solcher seit mehr als einem Monat nicht mehr genähert hatte.

Ich schluckte. Jede Nacht täuschte er entweder vor zu schlafen, oder blieb mit viel zu durchsichtigen Ausreden einfach fort. So gern wollte ich wissen, weshalb, doch die paar Male, die ich versucht hatte, ihn zu fragen, hatten nur schmerzhaftes Schweigen zur Folge gehabt, und meine innere Überzeugung, daß meine Fragen ihn auf mir unerklärliche Weise schmerzten.

Wenn nur . . . Ich entsann mich des letzten Mals, als wir Herz an Herz zusammengewesen waren. Unwillkürlich verkrampften meine Hände sich um das glatte Holz des Paddels.

Ich war plötzlich am frühen Morgen erwacht und sah, wie er sich im Schlaf herumwälzte. Sein Gesicht war durch dieses beunruhigende »Anderssein« gezeichnet, von dem ich sicher war, daß es von einer Beeinflussung von – irgendwoher kam. Aber von wem – oder *was*?

Mein Herz hatte heftig gepocht, in meiner Sorge, er würde nicht zurückkehren von – wohin immer dieses ANDERE sein Bewußtsein gebracht hatte. Ich rüttelte ihn wach, und er öffnete die Augen und sah mich an.

»Kerovan?« fragte ich, weil mir schien, daß dieses Anderssein seine Züge immer noch überschattete.

»Meine Lady?« In seinem Lächeln war etwas, das mein Blut zum Rasen brachte. Nie zuvor hatte er mich so angesehen, immer war er schüchtern, scheu gewesen. Ehe unsere Ehe wirklich vollzogen war, hatte er alle Frauen mit dem Mißtrauen betrachtet, das aus der grausamen Ablehnung durch seine Mutter und ihrem Verrat geboren war. So sehr ich mich auch bemühte, ihm wirklich nahezukommen, hatte ich doch immer schmerzhaft gespürt, daß trotz unserer körperlichen Nähe ein wesentlicher Teil seines Ichs sich abseits hielt.

»Geht es dir gut?« Ich hatte seinen Arm berührt, die Wärme seiner wettergebräunten Haut gespürt, ihm über das daunenweiche Haar gestrichen und mich seiner festen Wirklichkeit versichert.

Als Antwort hatte er die Arme um mich gelegt und mich an sich gezogen, um mich zu küssen. Und dieses eine Mal hatten keine alten Ängste oder Sorgen eine Mauer zwischen uns errichtet. Nur Liebe füreinander hatte es gegeben, feurig und wirklich.

Das Boot stieß leicht gegen den winzigen Pier, der vom Hauspfeiler ausging, und der schwache Aufprall riß mich aus meinen Gedanken, Zwyie griff nach ihrem Beutel, und ich beeilte mich, es ihr gleichzutun. Müde über alle Maßen kletterte ich die Leiter hinter ihr hoch. Auf der Küchenbank sitzend, halfen wir uns gegenseitig aus den hohen Fischhautstiefeln. Außer an Festtagen kleideten die Frauen von Anakue sich nicht anders als die Männer, da sie ja die gleiche Arbeit verrichteten wie sie.

Strumpfsockig stieg ich zur Dachkammer hoch, die mein Gemahl und ich teilten. Er lag im Bett und schlief noch tief. Ein Blick verriet mir, daß er wieder heimgesucht wurde. Als ich ihn zum erstenmal gesehen hatte, hatte ich ihn für einen der Alten gehalten – jenen Wesen, die äußerlich den Menschen glichen, jedoch Mächte und Kräfte beherrschten, die wir von den Tälern kaum zu ahnen vermochten. Jetzt klebte sein dunkles Haar von Schweiß, und sein Gesicht war schmal von Tagessorgen und Nachtqualen. So war seine Ähnlichkeit mit den Gesichtern, wie sie in einigen alten Kultstätten und Tempeln abgebildet waren, noch auffälliger. Dieses lange ovale Gesicht, das spitze Kinn . . . Noch während ich zögerte – denn ich befürchtete, der Kerovan, wie ich ihn kannte, würde ganz verschwunden sein, wenn ich ihn weckte –, hob er die Lider.

Ich wappnete mich gegen den Blick der gelben Augen, doch er achtete überhaupt nicht auf mich. Mit der Geschmeidigkeit des erfahrenen Fechters schwang er sich aus dem Bett, schlüpfte in seine Hose, dann zog er sich sein Hemd über. Seine Bewegungen waren hastig wie die eines Wächters in Bereitschaft, wenn Alarm geschlagen wird. Augenblicke später warf er den Deckel der Truhe zurück, in der wir unsere Habe aufbewahrten. Er holte sein gestepptes Unterwams heraus und zog es an und dann darüber sein Kettenhemd.

»Kerovan, was ist los?« Ich ging auf ihn zu, während er die Schneide seines Dolches am Daumen ausprobierte und zufrieden nickte, als sich eine haarfeine rote Linie abzeichnete. Es war, als hätte er mich überhaupt nicht gehört!

Mit nachhallendem Klappern landeten unsere Schwerter und Schwertgürtel auf dem Holzboden. Dann zog er mein Kettenhemd aus der Truhe. »Mein Gemahl!« Ich legte die Hand auf seine Schulter, schüttelte ihn. »Was machst du? Es steht kein Kampf bevor . . .«

Er drehte sich zu mir um. Seine Augen leuchteten auf. »Ah, Joisan! Ich hatte schon Angst, ich müßte Zwyie nach dir schicken, und die Zeit drängt. Da . . .« Er drückte mir mein Kettenhemd in die Arme und lud, wie er es aus der Truhe holte, mein gestepptes Unterwams und die Stiefel, und schließlich Schwert und Schwertgürtel vom Boden darauf.

»Schnell, zieh dich an!« drängte er bei meinem Zögern. Schon zog er unsere Rucksäcke aus der Truhe und packte sie rasch und ordentlich, wie lange Erfahrung es ihn gelehrt hatte.

»Aber Kerovan, *warum?*« Gegen meinen Willen sprach Ärger aus meiner Stimme. Ich ließ das ganze Zeug auf meinen Armen einfach fallen.

»Wir brechen auf.« Er sah mich an, als wäre ich begriffsstutzig. »Wir müssen los – heute. Beeil dich!« Er fuhr fort, die Rucksäcke zu packen.

»Warum?«

Er schenkte mir keine Beachtung mehr. Ich beobachtete ihn, bis mir klar wurde, daß er mich vermutlich einfach zurücklassen würde, wenn ich mich nicht fertig machte. Schon einmal, vor unserem Kampf gegen Galkur, war er allein aufgebrochen, ohne auch nur zurückzublicken, angetrieben von seiner Furcht, zu fest mit mir verbunden zu sein. Nun trieb ihn erneut etwas an, und er kannte offenbar im Augenblick nichts anderes, als vor dem, was ihn bedrängte, davonzulaufen – oder aber zu ihm zu eilen.

Widerwillig schlüpfte ich in meine lederne Hose, die Stiefel, das Steppwams und Wollhemd, und schließlich in den Kettenpanzer. Letzterer hing schwer von meinen Schultern und rief die Erinnerung an Furcht, Hunger und Kälte wach, unsere ständigen Begleiter während des Krieges. Zum erstenmal seit langem fragte ich mich, wie es mit diesem Kampf zwischen Hallack und den Invasoren aus dem Ostmeer stand.

Ich war noch nicht fertig gerüstet, als Kerovan bereits ungeduldig die Stufenleiter hinunterstieg. Ich warf einen letzten traurigen Blick auf unser »Zuhause«, während ich die Bettdecke glattstrich. Mit einem Herzen, das schwerer war als meine Rüstung, folgte ich meinem Gemahl.

Zwyie rief aus der Küche: »Was ist los, Kerovan? Wo ist Eure Gemahlin?«

»Hier!« antwortete ich statt seiner. »Wir verlassen Anakue, Zwyie. Grüßt alle hier noch einmal von uns, und sagt ihnen, wir wünschen ihnen das Beste. Und habt Dank für Eure Güte.«

Warum? Ihre Frage hallte in meinem Kopf, aber sie stellte sie nicht laut. Ich zuckte hinter Kerovans Rücken die Schulter.

»Ich kann euch doch nicht mit leerem Magen gehen lassen! Gewiß könnt Ihr noch so lange bleiben, um einen Bissen zu essen, Lord!« Bei dem scharfen Ton ihrer Stimme nickte mein Gemahl. Ich schämte mich ein bißchen für ihn, obgleich ich nicht glaubte, daß ihm seine Unhöflichkeit bewußt war.

Nachdem sie uns schnell etwas vorsetzte, suchte sie noch Wegzehrung für uns zusammen und packte uns Räucherfisch, zwiegebackenes Brot und Dörrobst ein.

Schließlich half sie mir in meinen Rucksack. »Geht mit Gunnoras Segen, Lady Joisan.« Sie drückte mir etwas in die Hand. Ich blickte darauf. Es war ein Gunnoraamulett, die geschnitzte Getreidegarbe mit einer Weinranke üppiger Trauben umwickelt. Tränen verschleierten mir die Augen, als ich das Lederband, von dem das Amulett hing, über den Kopf zog.

»Danke, Schwester.« Ich schrieb das Segenszeichen in

die Luft vor ihr. Ihre Augen weiteten sich, als meine Finger flüchtig eine schwache Spur grünblauen Lichtes zurückließen.

»Ihr habt viel gelernt, meine Lady. Vergeßt nicht, vertraut auf das, was in Euch ist, und nicht dem äußeren Schein.«

»Joisan!«

Kerovan stand bereits im Boot. Die Brise zerrte ungeduldig an seinem Haar, als wüßte sie von der Hast, die ihn bewegte.

Stumm kletterte ich die Hausleiter hinunter und setzte mich ins Boot. Unsere Paddel glitten gleichmäßig durchs Wasser, während wir zum Ufer ruderten. Kerovan schaute unbewegt in den Südwesten, ohne einen einzigen Blick zurück. Es war, als gäbe es das Fischerdorf – und jene, die uns dort so freundlich aufgenommen hatten – überhaupt nicht mehr für ihn.

Doch ich blickte zurück, bis Zwyie immer mehr schrumpfte. Es kostete mich große Mühe, meine Tränen zurückzuhalten.

2. Kerovan

Der zwingende Zug aus den Bergen war nun stetig: ein allgegenwärtiger Lockruf, der mich gen Norden und Osten zwingen wollte. Schon von Anfang an, als wir in Arvon ankamen, war ich zum Gefangenen dieses Zwangs geworden. Dies war ein Land, wo Kreaturen, die man in Hochhallack nur aus Gruselmären kannte, feste Gestalt hatten und von alptraumhafter Wirklichkeit waren. So stark war dieses Ziehen zuweilen, daß es mich im Wachen und im Schlafen bewegte. Es hatte jedoch auch Zeiten gegeben, da ich ein bißchen Frieden finden konnte, wenn dieser Druck gar monatelang ausblieb. Dadurch war ich imstande gewesen, meine heimliche Furcht vor Joisan zu verbergen, und zu hoffen – oh, wie sehr ich hoffte! –, daß ich doch endlich frei sein würde.

Nun konnte ich nur fortlaufen und gegen den Zwang ankämpfen, der mich zu den dunklen Bergen ziehen wollte, wo etwas – aber was? – lauerte.

Daß Joisan von meinen Qualen wußte, machte es nur noch schwerer für mich. Wie oft lag mir dieses schreckliche Geständnis schon auf der Zunge und ich mußte mit aller Kraft meines schon lange überanstrengten Willens das verbergen, was ich befürchtete: daß es eine Kunde des Bösen war. Ständig dachte ich daran, daß Galkur, den ich in jeder Beziehung verabscheute und zu dem ich doch eine abartige Nähe gespürte hatte, seine Macht wiedergewonnen hatte; und daß er es war, der versuchte, mich zu ihm zu ziehen, der mich mit Alpträumen quälte und mir seinen Willen aufzwingen wollte.

Ich hatte ihn für geschlagen gehalten, für verschlungen von dem Bösen, das seinem eigenen Wesen entsprang. Aber angenommen, dem war nicht so? Was war, wenn er sich tatsächlich in diesen Bergen herumtrieb und darauf wartete, mich wieder in seinen Bann zu ziehen? Es war vielleicht eine große Torheit gewesen, Landisls Hilfe abzulehnen, kein anderes Erbe zu wollen als das, welches einem Menschen durch natürliche Geburt zustand. Welchen Schutz hatte ich ohne sie gegen ruchlose Zauberei?

Welche wirklichen Waffen hatte ich denn jetzt? Nur dieses Armband der Alten und ein Stückchen des blauen Steinmetalls, das Landisl Quaneisen genannt hatte. Aber was richtete das schon gegen die Macht eines auf dem Linken Weg weit fortgeschrittenen Adepten aus?

Joisan neben mir stolperte, als ein Stein unter ihrem Fuß davonrollte. Aus dem Morast meiner Vorahnungen gerissen, faßte ich sie stützend am Arm.

»Alles in Ordnung?« Selbst mir klang meine Stimme barsch.

Sie blickte zu mir hoch. Sie war erschöpft. Dunkle Ringe lagen um ihre jetzt fast glanzlosen Augen, und ihre sonst so vollen Lippen wirkten schmal. »Ja«, murmelte sie. »Aber ich wünschte, wir könnten uns ein bißchen ausruhen. Mir ist, als wären wir eine Ewigkeit unterwegs, Kerovan.«

Ich blickte zur Sonne hoch und sah erschrocken, wie weit sie bereits im Westen stand. Wir hatten Anakue am frühen Morgen verlassen. Wie konnte ich die Zeit so vergessen! Ich blieb stehen und blickte zurück.

Anakue lag in der Mitte eines großen Sees – einem von vielen zwischen größeren Strecken grünen Landes. So sehr ich meine Augen anstrengte, sah ich doch kaum mehr als einen fernen blauen Schimmer, umgeben von Grün. Wir waren wahrhaftig weit gewandert!

Joisan ließ sich auf die Knie fallen und kramte in ihrem Rucksack. Sie brachte ihre Feldflasche zum Vorschein und trank, sichtlich die Schlucke zählend. Ich kauerte mich neben sie. Schweigend aßen wir ein wenig Brot und ein paar Handvoll Trockenfrüchte. Zum erstenmal, seit Beginn unserer Wanderung, war ich klar genug bei Sinnen, unseren Weg erfahrenen Auges zu betrachten.

Wir waren an einen langen, allmählich ansteigenden Hang gekommen, ohne einem richtigen Pfad zu folgen. Bisher war dies nicht schwierig gewesen, denn das Büschelgras unter den Füßen war noch winterbraun. In diesen Höhen brauchte der Frühling noch eine Weile, ehe er sich so bemerkbar machte wie jetzt in Anakue. Der Himmel war mit Grau durchzogen und ein Unwetter nicht ausgeschlossen. Drei Vögel hoben sich von ihm ab, sie waren schwarz, von purpurschillernden Flügelspitzen abgesehen. Zwar hatte ich ihresgleichen noch nie zuvor gesehen, aber ich spürte, daß sie keine Diener der Finsternis waren, die uns beobachten sollten.

Der Druck auf mir ließ nach, das entsetzliche Ziehen war kaum noch zu spüren. Das Gebirge im Nordosten, das ich so sehr fürchtete, war nun schon fast ganz am Horizont verschwunden. Neue Hoffnung regte sich in mir – war ich diesem zwingenden Ruf endlich entgangen? Oder war dies wieder nur eine trügerische Ruhe?

Wann war ich zum letztenmal nur Kerovan gewesen, ungeplagt von einem Drang, wie andere ihn nicht verspüren? Ein Erinnerungsbruchstück wurde wach. Ich errötete, wühlte hastig in meinem Rucksack und wandte dabei mein Gesicht ab, damit Joisan es nicht sehen sollte.

Denn sie gehörte zu dieser Erinnerung. Ich hatte mich in jener Nacht als normaler Mann (wenn einer wie ich überhaupt ›normal‹ genannt werden konnte!) zu Bett gelegt. In den frühen Morgenstunden war ich dann mit diesem aufregenden, fordernden ›Anderssein‹ aufgewacht, das mich frei und ungebunden machte. Ein wesentlicher Teil meines Ichs, das bisher immer gebunden und zurückhaltend gewesen war, schien plötzlich von allen Ketten befreit zu sein. Joisan war dagewesen, hatte mich geschüttelt. Ihr offenes Haar hing ihr über den Busen, den das dünne Nachtgewand kaum verbarg. Sie atmete heftig, als hätte sie Angst um mich. Und dann . . . Bei dieser Erinnerung verkrampften meine Finger sich um das schwere Tuch des Rucksacks. Sie war lückenhaft und verschwommen, diese Erinnerung, aber ich wußte, daß meine Hände und Lippen ihr Fleisch gesucht hatten. Befreit von jenem ANDEREN, von dem ich befürchtete, daß er der Finsternis angehörte, hatte ich sie wild genommen – hatte meine sanfte Gemahlin derart benutzt!

Ich schluckte schwer. Meine Hufe zeichneten mich als tierisch, und tierisch war ich in jener Nacht gewesen. Ich mußte diese beschämende Erinnerung wachhalten, damit dergleichen nicht noch einmal geschehe!

Seither hatte ich sie nicht mehr berührt – hatte mich sogar gescheut, ihren Augen zu begegnen, aus Angst, verdienten Ekel in ihnen zu lesen. Wenn Joisan sich von mir wandte, was blieb mir dann noch?

Oftmals hatte ich daran gedacht, mit ihr zu sprechen, über all das zu reden, was ungesagt zwischen uns lag. Doch so sehr ich es wollte, brachte ich diese Offenheit einfach nicht fertig, zu sehr fürchtete ich mich vor ihrer Antwort, auf die sie ihr gutes Recht hatte. Joisan hatte sich mit meinem körperlichen Anderssein abgefunden, ja sogar vorgetäuscht, mich gutaussehend zu finden. Sie war mir, ohne zu klagen, in meiner ewigen Unrast gefolgt und hatte alles Schwere mit mir geteilt, war mein einziger Trost und Freund geblieben.

Doch unsere Verbindung konnte nicht leicht für sie gewesen sein, hübsch wie sie ist. Heimlich betrachtete ich sie. Trotz ihrer offensichtlichen Erschöpfung würde jeder sie als schön bezeichnen, mit ihrem weichen rotbraunen Haar, den blaugrünen Augen, der schlanken und doch an den richtigen Stellen sanft gerundeten Figur.

Wie oft bemerkte ich, daß die Blicke anderer Männer ihr bewundernd folgten, und ich glaubte ihr Erstaunen zu spüren, daß sie mit einem wie mir reiste. Nach allem, was sie als meine Frau durchgemacht und erduldet hatte, war es schwer zu sagen, was sich selbst bei ihrem Edelmut als zu viel erweisen würde.

»Wie es wohl Acar geht?« Ihre Worte rissen mich aus Gedanken, die ich nie völlig unterdrücken konnte.

»Acar?« Der Name sagte mir nichts, doch ihr weiches Lächeln weckte ein warmes Gefühl in mir, das mir neu war.

»Utias und Raneys Sohn, der in der vergangenen Nacht auf die Welt kam. Zwyie und ich halfen mit Gunnoras Hilfe dabei, und ein harter Kampf war es.« Joisan legte den Kopf auf die hochgezogenen Knie und rieb sich müde den Nacken.

Ein Kind! Was würde es bedeuten, ein Kind vom eigenen Blut, von ihrem und meinem, zu haben? O bei allen Mächten des Lichtes, welche Gemeinsamkeit! Ich zuckte innerlich zusammen, und die Wärme schwand. Welches Recht hatte ich, so etwas zu ersehnen? Was machte es schon, daß ein Fischer jetzt einen Sohn hatte, während ich, einst der Erbe eines mächtigen Lords, nicht einmal Aussicht auf ein Zuhause hatte, geschweige denn auf ein Kind?

Ich verdrängte diesen Gedanken, und es wurde mir bewußt, daß diese Frau, ohne zu klagen, einen ganzen Tagesmarsch hinter sich gebracht hatte – der selbst einen abgehärteten Mann ermüdet hätte –, obgleich ihr seit fast zwei Tagen kein Schlaf gegönnt gewesen war!

»Dann hast du vergangene Nacht gar nicht geschlafen?« Zögernd, unsicher, weil ich sie mit meiner Berührung nicht abstoßen wollte, legte ich einen Arm um ihre Schultern. »Warum hast du mir das nicht gesagt? Es ist ohnehin Zeit, einen Lagerplatz zu suchen. Du mußt dich ausruhen. Glaubst du, du schaffst es noch bis zum Bergrücken? Vielleicht finden wir dort einen geeigneteren Platz als hier.«

Sie hob leicht den Kopf und lächelte schwach. »Gewiß doch. Sagte ich dir nicht schon vor drei Jahren, daß du mich nicht einfach zurücklassen kannst? Habe ich dir das nicht öfter bewiesen, als ich mich daran erinnern möchte?«

Trotz ihres Widerspruchs schlang ich mir beide Rucksäcke um die Schultern, und wir kletterten das letzte Stück des Hangs hoch. Am Kamm angelangt, blickten wir hinunter zu dem Land auf der anderen Bergseite.

Voraus, etwa einen halben Tagesmarsch morgen, lagen Vorberge, hinter denen sich jedoch kein so hohes Gebirge erstreckte wie das, welches Arvon von Hochhallack trennte. Fichten und Tannen wuchsen vereinzelt an den nahen Hängen, und nicht sehr weit unter uns plätscherte ein Bach. Ich deutete auf ein Dickicht an seinem Ufer. »Schau! Frisches Wasser, Holz für ein Feuer – ein gutes Fleckchen.«

Die Sonne war untergegangen, als wir unser Lager aufgeschlagen hatten. Die Sterne über uns verschwanden immer wieder hinter Wolken, aber unsere Mulde hier schützte uns vor dem Wind, der sie antrieb, und unser kleines Feuer kämpfte gegen die Dunkelheit an. Ich hatte eine der Fischhautdecken über ein paar Schößlingen als Dach befestigt, unter das wir uns zurückziehen konnten, falls es zu regnen begann.

Wir aßen, dann lehnte ich mich an meine Deckenrolle. Ich spürte das Ziehen und den Schmerz in meinen Beinmuskeln. Ich war während unseres Aufenthalts im Fischerdorf verweichlicht! Joisan kramte in ihrem Beutel mit Heilmitteln und allerlei brauchbaren Kleinigkeiten. Sie brachte eine Handvoll getrocknete Kräuterzweiglein zum Vorschein und etwas, das wie ein ganz normaler Löffel aussah. Leise begann sie zu singen.

»Was machst du da, meine Gemahlin?« In der Stille der Nacht klang meine Stimme wieder barscher als beabsichtigt. Sie blickte mich nicht voll an, aber die Haltung ihres Kinns verriet Entschlossenheit.

»Ich werde einen Schutz um unser Lager ziehen, damit wir ruhig schlafen können.«

»Du weißt, daß ich keine Verbindung mit den Mächten wünsche, Joisan. Es ist besser, sich nicht darum zu bemühen. Auch wenn das, was du rufst, vom Licht sein mag, könnte schon ein Funke davon der Finsternis als Wegweiser dienen.«

»Die Verwendung von Kräutern und rotem Zwirn als Schutz ist wohl kaum hohe Zauberei, Kerovan.« Sie schaute mich auch nicht an, als sie das, was sie hielt, zur Seite legte. Eine steile Falte zog sich durch ihre Stirn, doch sie widersprach mir nicht weiter.

Ich fragte mich, wieviel dergleichen Joisan während unserer unsteten Jahre gelernt hatte. Schon als ich ihr zum erstenmal begegnete, war sie etwas Besonderes. Sie hatte Mut und Verstand, wie man es gewöhnlich, wenn überhaupt, bei weit älteren Frauen fand. Doch wußte ich, daß sie völlig Mensch war und nicht einen Tropfen jenes anderen Blutes in sich trug, das mich so offensichtlich zeichnete . . . War es möglich, daß eine wie sie lernen könnte, wahre Macht zu führen? Könnten die Begegnungen mit Kräften, die über solche hinausgingen, wie die Menschen sie kannten, sie verändert haben, so daß sie nun aus sich heraus diese Kräfte einzusetzen vermochte?

Bei diesem Gedanken verlagerte ich mein Gewicht. Er beunruhigte mich. Ich wußte, daß Joisan viel über die Anwendung von Kräutern und anderen Heilmitteln von ihrer Tante, Dame Math, gelernt hatte, sowie von der greisen ehemaligen Äbtissin des Norsteadklosters. Natürlich war es mir aufgefallen, daß sie die Weisfrau in jeder Ortschaft besucht hatte, durch die wir in Arvon gekommen waren. Aber nie zuvor hatte ich daran gedacht, daß meine Gemahlin selbst die Gabe in sich trug . . . Was ich an Machtbeweisen selbst gesehen hatte, hatte ich immer mit dem Kristallgreifen in Verbindung gebracht – und der war uns jetzt genommen – verloren im Kampf gegen Galkur . . .

Gegen meinen Willen waren meine Gedanken wieder zu jenen zurückgekehrt, die mich schon so lange quälten. Ich legte Reisig nach; da fiel mir erst auf, daß Joisan, von der ich angenommen hatte, daß sie schliefe, hoch aufgerichtet auf ihrer Decke saß. In der Dunkelheit waren ihre Augen Flecken im verschwommenen Weiß ihres Gesichts. Als die Flammen höher züngelten, bemerkte ich, daß sie völlig reglos saß, als lausche sie. Ich wollte mich neben sie auf meine Decke legen, da schoß ihre Hand vor und legte sich um meine Schulter. Durch mein Wams spürte ich ihre Nägel.

»Rühr dich nicht!« Ihre Stimme war kaum mehr als ein Hauch an meiner Wange. Erschrocken griff ich nach ihrer Hand und klammerte die andere um den Schwertgriff.

»Was ist los?« Meine Stimme war nicht lauter als ihre zuvor. Durch die Berührung unserer Hände geschah etwas – etwas floß von ihr in mich und weckte einen Sinn, der – wie mir jetzt bewußt wurde – seit unserem Kampf mit dem Bösen geschlummert hatte. Mir war, als *sehe* ich einen Schatten den Hang herab auf uns zukommen. Doch das nahm ich nicht mit den Augen auf, sondern mit diesem anderen Sinn.

Kalt war dieser Schatten, bitterkalt, und Aasgestank ging von ihm aus. Ein schrilles Summen quälte meine Ohren, während der Boden unter meinen Hufen vibrierte. Ohne zu wissen weshalb, zog ich mein Schwert und legte die blanke Klinge über meine Knie, daß sie zwischen uns und dieser Grauensgestalt lag.

Und doch – es war seltsam . . . Dieser Schatten schien gar nicht wirklich *hier* zu sein. Vor mein inneres Auge schob sich ein verwirrendes Bild von *etwas*, das sich über Bergpfade bewegte, ein gelbliches, kränklich glühendes Etwas. Und durch dieses Gelb zogen sich rote Streifen, als nährte es sich von Blut – und Schlimmerem.

Als eine frische Brise aus dem Westen blies, verschwand dieses Etwas plötzlich. Mir wurde bewußt, daß es nie wirklich hiergewesen war. Was wir gesehen hatten, war das Bild einer weit entfernten Wirklichkeit.

»Du hast recht, mein Gemahl.« Ich wußte, daß Joisan meine Gedanken mit mir geteilt hatte. »Ich weiß nicht, wie oder warum, aber was wir soeben sahen, ist nicht stofflich in dieser Zeit und an diesem Ort. Es ist ein Odem von – etwas.« Sie erschauderte, und erneut schlang ich einen Arm um sie. So sehr wünschte ich mir, sie fester an mich zu ziehen, um sie zu beschützen. Aber das durfte ich nicht tun, sagte ich mir bitter. Ich konnte ja nicht einmal mich selbst schützen vor jenem, was mich von den Bergen rief. Und was wir gerade gesehen hatten, kam von jenem gleichen Ort, dessen war ich sicher.

»Warum wurde uns das gezeigt?« fragte ich, doch wohl eher das Schicksal als Joisan. Es erschien mir ungerecht, daß uns jetzt eine neue Gefahr bedrohte, wo mir doch schon die alte unüberwindlich schien.

»Ich weiß es nicht. Dieses – Ding kam von jenem Gebirge.« Joisan wandte den Blick nordostwärts. »Es ist möglich, daß es eine Verbindung zwischen diesen Höhen und uns gibt und durch sie Bilder dessen übermittelt werden können, was sich dort tut. Oder es könnte ein Zukunftsbild sein – oder eine Warnung. In Arvon gibt es viel, wovon wir in den Tälern nichts wußten.« Sie biß sich auf die Lippe. Ich drückte ihre Schulter, als ich die Angst aus ihrer Stimme hörte, und sie trotzdem so ruhig und tapfer blieb. »Ich weiß jedoch mit Bestimmtheit, daß, was wir sahen, Teil dieses Landes ist, kein unwirklicher Schatten. Dieses – Wesen gibt es – irgendwo.«

Wir blieben noch eine lange Weile aufrecht sitzen. Aber nichts mehr störte die Nachtruhe. Joisans Kopf sank schließlich auf meine Schulter, und ich wußte, daß sie schlief. Ich drehte den Kopf, drückte die Lippen in das volle weiche Haar, und der Duft der Kräuter, mit denen sie es sich vor kurzem gewaschen hatte, stieg mir in die Nase. »Joisan . . .« So viel gab es, was ich ihr gern gesagt hätte und doch nicht konnte . . . Nur ihren Namen vermochten meine Lippen zu murmeln.

Als ich sie vorsichtig auf ihre Decke zurücklegte, erwachte sie und wollte sich aufsetzen. »Bleib liegen.« Ich zog die Decke über sie. »Ich werde die erste Wache übernehmen. Schlaf gut.«

»Hm.«

Danach war nichts mehr zu hören als ihr gleichmäßiger Atem.

So saß ich, mit dem Schwert in der Hand, und betrachtete die Sterne. Die Wolken hatten sich aufgelöst, von vereinzelten dünnen Streifen abgesehen, und ich dachte flüchtig dankbar, daß wir uns zumindest keine Sorgen wegen eines Regens zu machen brauchten.

Ich hatte beabsichtigt gehabt, Joisan durchschlafen zu lassen und sie nicht für ihre Wache zu wecken. Doch als die Nacht sich immer mehr dahinzog, mußte ich häufig aufstehen und hin und her gehen, um nicht einzuschlafen. Es war lange her, seit ich eine ganze Nacht ruhig geschlafen hatte, das und dazu der Tagesmarsch hatten ihren Zoll gefordert. Als ich bemerkte, daß ich im Stehen einschlief, wurde mir klar, daß ich sie wecken mußte.

Es bedurfte nur einer leichten Berührung, und schon war Joisan voll wach. Mir reichte kaum noch die Zeit, mich niederzulegen und die Decke hochzuziehen, ehe der Schlaf mich übermannte.

Schlaf – und Träume. Wieder spürte ich das Ziehen. Im Traum war ich leicht wie Distelwolle, schnell wie ein Gedanke, als ich zu dem Gebirge raste, von dem ich bei Tag so entschlossen geflohen war. Ich wußte, daß dort alles war, was ich mir ersehnte, das Ende des ewigen Kampfes, mein Zuhause. Ich wurde angezogen wie Eisen von einem Magneten. Ich kannte sofort die Richtung und mein Ziel. Es war nahe – nahe . . .

Etwas donnerte in meinen Ohren, als schlügen gewaltige Schwingen um meinen Kopf und meine Schultern. Ich wurde geschüttelt, heftig . . .

»Kerovan! Wach auf!« Ich blinzelte benommen und stellte fest, daß ich aufrecht stand, den Rucksack in einer, das Schwert in der anderen Hand. Joisan versperrte mir den Weg, ihre Hände krallten sich in meine Schultern.

»Was . . .« Ich ließ den Rucksack fallen und steckte mein Schwert ein. Die Welt schwankte, beruhigte sich jedoch schnell. Ich befand mich auf der anderen Seite unseres Lagerfeuers, auf dem Weg den Hang hoch, über den wir am Abend gekommen waren. Das Ziehen war wie ein gewaltiger Schmerz in mir. Schweiß perlte auf meiner Stirn, so groß war meine Anstrengung, mich zu beherrschen, daß ich meine Gemahlin nicht zur Seite schob und davonlief.

»Du bist durch das Feuer geschritten, Kerovan.« Die kleinen Hände auf meiner Schulter zitterten, dann umklam-

merten sie mich noch fester. »Ich rief dir zu, versuchte dich aufzuhalten, aber du warst durch das Feuer, ehe ich etwas tun konnte. Hast du dich verbrannt?«

Als ich die verstreuten Holzkohlen sah, spürte ich erst die Wärme. Ich setzte mich auf den Boden und untersuchte einen Huf. Das harte Horn schien keinen Schaden genommen zu haben. Ich sollte, vielleicht zum erstenmal, dankbar sein, daß meine Füße nicht aus Fleisch waren wie die anderer Menschen.

Joisan holte einen brennenden Ast aus dem Feuer und drückte ihn mir in die Hand. Dann kniete sie sich neben mich und griff nach meinem Fußgelenk. »Laß mich sehen.«

»Nein!« Nie hatte ich ihr erlaubt, meine Füße – die Ursache so vieler Schwierigkeiten – zu berühren. Ich spürte, wie mein Gesicht bei diesem Gedanken brannte.

»Jetzt ist nicht die Zeit für solchen Unsinn, mein Gemahl! Halt still!«

So gebieterisch klang die Stimme meiner Gemahlin, wie ich sie nie zuvor gehört hatte. Lord Imgry, der Feldherr der Talstreitkräfte, hätte sie vielleicht darum beneidet. Folgsam hielt ich die behelfsmäßige Fackel, während sie erst einen, dann den anderen Huf sorgfältig untersuchte.

»Das Feuer scheint dir nichts angetan zu haben.« Sie setzte sich mir gegenüber. Ich warf den brennenden Ast zurück ins Feuer und schaute mich um. Der Wind verriet, daß der Morgen nicht mehr fern war, obgleich die Dunkelheit noch undurchdringlich schien.

Joisans Stimme klang noch genauso gebieterisch, als sie sagte: »Und nun, mein Gemahl, halte ich es für das beste, wenn wir uns unterhalten. Ich werde kein weiteres Ausweichen oder Schweigen mehr dulden! Es ist Zeit für die Wahrheit!«

Ich benetzte die trockenen Lippen. »Über das, was mir heute nacht geschah?«

»Was heute nacht geschah, vergangene Nacht und so viele weitere Nächte, seit wir in dieses Land kamen. Was quält dich so, Kerovan?«

Ich schluckte, bemühte mich um meine Beherrschung, und mußte feststellen, daß ich sie verloren hatte. So erzählte ich ihr mit einer Stimme, die ich kaum als meine eigene erkannte, von dem Zwang, der aus dem Gebirge kam, wie er abwechselnd stärker und schwächer geworden war, und von meiner Angst über das, was ihn verursachen mochte. Sie hörte mir aufmerksam zu. Als ich geendet hatte, dachte sie einige Minuten stumm nach.

Mir schien unendlich viel Zeit vergangen zu sein, als sie schließlich sagte: »Ich kann nicht behaupten, daß ich alles verstehe, was vorgeht. Es gibt eine Macht hier, doch spüre ich nichts von der Kälte der Finsternis um sie. Das mag jedoch nichts bedeuten, denn vielleicht tarnt sie sich, und meine beschränkten Sinne können das nicht erkennen.« Irgendwo in der Nacht heulte etwas, eine Eule wahrscheinlich. Joisan fuhr fort: »Doch dies weiß ich: Wir beide können nicht so weitermachen, wie wir es bisher taten.«

Mein Herz erstarrte, plötzlich war selbst das Atmen schmerzhaft. Ich bemühte mich um eine ruhige Stimme. »Dann willst du nach Anakue zurückkehren – allein? Ich kann es dir nicht verdenken, Joisan. Ich bitte dich nur, gestatte mir, dich zu begleiten. Es ist ein wildes Land, und ich . . .«

Ihre Worte durchschnitten mein Stammeln wie ein Schwert. »Immer zweifelst du an mir, Kerovan! Was muß ich denn noch tun, damit du mir endlich glaubst, daß ich nie einen anderen möchte, daß ich nur dich will? Nein, ich wollte sagen, ich glaube, daß du gegen deine Angst vor der Macht und ihrer Benutzung ankämpfen und mir gestatten mußt, uns so gut zu beschützen, wie ich es kann. Das ist eine größere Aufgabe für mich, als jede zuvor, und ich kann mir des Erfolgs nicht sicher sein. Aber mir scheint, ich muß es zumindest versuchen, und dazu brauche ich deine Hilfe.«

So groß war meine Erleichterung, daß Joisan nicht daran dachte mich zu verlassen, daß mein inneres Mißtrauen gegenüber jeglicher Magie mir im Augenblick unwichtig erschien. »Gut. Meinen Dank für deine Hilfe. Und . . .« Ich holte tief Luft. ». . . was ich tun kann . . .« Obgleich ich den Satz nicht beendete, wußte sie, was mir so schwer fiel auszusprechen.

Nachdem sie in ihrem Beutel nach Kräutern gekramt hatte, schickte Joisan mich mit einem brennenden Ast ins nahe Gehölz. »Such eine Esche, Kerovan. Ich glaube, ich sah eine, als wir vom Kamm herabstiegen. Wenn du keine findest, tut es ein Haselstrauch auch. Ich brauche eine geeignete, mondgeheiligte Gerte.« Sie schaute zum Himmel und runzelte die Stirn. »Beeil dich, mein Gemahl. Der Mond ist bereits am Untergehen.«

Das Wäldchen war taufeucht und hatte dichtes Unterholz, das ich verfluchte, als ich mir stolpernd und rutschend einen Weg hindurchbahnte, die Astfackel hoch erhoben. Endlich sah ich die schlanken Blätter und den gräulichen Stamm des gesuchten Baumes. So rief ich meine Gemahlin.

Mit etwas in der Hand eilte sie herbei. Ich ging ihr entgegen. »Soll ich dir einen Zweig abbrechen?«

»Nein! Das muß ich selbst tun.« Sie legte eine Hand auf die Rinde und flüsterte: »Guter Baum, hör mich an.«

Langsam und mühsam, des Unterholzes wegen, ging sie linksherum dreimal um die Esche und sagte dabei leise:

»Esche, starker Baum, ich bitte dich um einen Zweig,

der mir hilft, meinen Liebsten zu beschützen. Gut werde ich dein Geschenk im Dienst des Lichtes benutzen. Immer wird mein Dank dir sicher sein, o großer Baum!«

Sie kniete sich vor die Esche und kratzte etwas Erde über den Wurzeln weg. »Möge mein Dankopfer deine Wurzeln nähren; mögest du stetig größer und stärker werden.« Als ich mich vorbeugte, sah ich, was sie vergrub: ein Stück des zwiegebackenen Brotes. »Es darf nichts genommen werden, ohne eine großzügige Gegengabe«, flüsterte sie mir zu, ehe ich eine Frage stellen konnte.

Hochaufgerichtet griff Joisan nach einem der kurzen unteren Äste der Esche. Mit einer geschickten Bewegung brach sie einen Zweig ab. Es war ein sauberer Bruch, ohne daß die Rinde des gebliebenen Teils litt – fast als hätte der Baum auf ihre Bitte willig gegeben.

Ans Feuer zurückgekehrt, zog Joisan die Rinde vorsichtig ab. Dann rieb sie jeweils eine Prise verschiedener Kräuterpulver auf einen scharfen Stein, ehe sie mit ihm die restliche, hartnäckigere Rinde löste.

Die Rinde zerbröckelte sie zu einem Häufchen auf einem flachen Stein und fügte weitere Kräuter hinzu. »Angelika, Baldrian, Klee und Eisenkraut«, erklärte sie. »Alle dienen sie dem Schutz.« Sie vermischte alles gut und hielt es kurz in den Händen, ehe sie es in das niederbrennende Feuer warf.

Mit dem Eschenzweig kniete sie sich nieder und strich damit siebenmal durch den Kräuterrauch, dabei sang sie leise etwas in einer Sprache, die ich nicht kannte.

Wieder hochaufgerichtet berührte sie mit der Spitze des abgeschälten Zweiges den Boden, dann tropfte sie aus ihrer Feldflasche Wasser über die gesamte Länge. Nunmehr hielt sie den Zweig in den Mondschein und rief: »O Stab aus Eschenholz, ich weihe dich für meinen Zweck. Durch die Gnade der Erde, der Luft, des Feuers und des Wassers fülle dich mit Macht, mit der wahren Macht des Lichtes.« Joisan blickte hoch, hob beide Hände ausgestreckt über den Kopf, mit dem Stab dazwischen, und flehte: »Gunnora, Herrin des Mondes, steh mir bei und beschütze mich bei dem, was ich jetzt tue. Möge es immer so sein durch *deinen* Willen.«

Eine kurze Weile blieb Joisan so stehen, ehe sie sich umdrehte und gleichmütig sagte: »Bevor wir anfangen, müssen wir uns waschen.«

Im Schein der Astfackel folgte ich ihr zum Bach und wäre in der Dunkelheit fast hineingestiegen. Joisan kniete sich an sein Ufer und bespülte Hände und Gesicht. Auf ihren Wink tat ich das gleiche.

Das Gebirgswasser war so eisig, daß ich mich unwillkürlich schüttelte. Hörbar amüsiert sagte meine Gemahlin: »Von Rechts wegen sollten wir beide baden. Sei froh, Kerovan, daß ich nicht verlange, daß du untertauchst und dann während des Rituals nackt stehst.«

Als auch ich fertig war, hielt sie ein geöffnetes Fläschchen, mit dessen Inhalt sie sich bereits eingerieben hatte, und gab ein paar Tropfen würzigen Öls auf meine Stirn und die Handgelenke. »Rosmarin zum Schutz«, murmelte sie.

Wir kehrten zum Feuer zurück, in dessen Schein Joisan mich eingehend musterte. »Leg Schwert und Messer ab, Kerovan«, befahl sie. Mit flinken Fingern löste sie ihr Haar und ließ es auf die Schultern fallen.

Ich öffnete meinen Schwertgürtel und zog das Messer aus der Scheide. Jetzt fühlte ich mich fast so entblößt, als wäre ich wirklich nackt.

»Trägst du sonst noch etwas aus Eisen oder Stahl an dir?«

Ich deutete auf die Schnalle meines Hosengürtels. »Fort damit!« befahl sie.

Während ich den Gürtel abnahm, brummte ich: »Jetzt

können wir nur hoffen, daß uns keine Banditen oder wilden Tiere überfallen. Ich würde ein stolzes Bild abgeben, müßte ich mit einer Hand nach meinem Schwert fischen und mit der anderen meine Hose hochhalten.«

Joisan achtete nicht darauf, sondern rief mir zu: »Komm hierher, mein Gemahl, wo es freier ist.«

Ich blieb stehen, wo sie mich anwies, und sah zu, wie sie weitere Kräuter, ihre Zwirnrolle und mehrere Kerzen aus ihrem Beutel holte. Das alles gab sie in die Mitte der Lichtung, dann zog sie mit dem Eschenstab einen Kreis um uns. »Steig während des Rituals nicht über den Kreis, Kerovan, denn das könnte sehr gefährlich sein«, warnte sie.

Im schwachen Schein des Feuers sah ich, daß die Kerzen rot und drei an der Zahl waren. Joisan stellte sie innerhalb des Kreises in gleichmäßigem Abstand auf, und zwar drückte sie sie in die weiche Erde, damit sie nicht umfielen. Dann legte sie den Zwirn genau in die Kreislinie und streute dabei noch etwas Kräuterpulver. Nunmehr zündete sie die drei Kerzen mit einem brennenden Span aus dem Feuer an. Ihre Bewegungen wirkten sicher und leugneten den Zweifel an ihren Fähigkeiten, den sie zuvor geäußert hatte.

Schließlich streckte sie mir die Hand entgegen. »Ich werde deine Kraft brauchen, mein Gemahl, und was an Macht in dir ist.«

Sofort regte sich Widerspruch in mir, doch sie schüttelte den Kopf. »Wir beide wissen, daß dir Macht innewohnt, auch wenn du sie tief in dir verbirgst. Doch jetzt brauchen wir sie!«

Tief Luft holend, faßte ich ihre Hand. Joisan schloß die Augen, dann bückte sie sich, um die Spitze des Eschenstabs auf den Boden zu setzen. Sofort begann der Stab, sich zu bewegen und zog Linien in die weiche Erde. Doch sah es nicht so aus, als führe meine Gemahlin ihn, sondern als folge der Stab seinem eigenen Pfad. Mit ein paar Strichen nahm eine Kugel Form an, und aus ihr wuchsen zwei gegenüberliegende Flügel heraus.

Joisan öffnete die Augen. Unwillkürlich holte sie laut Luft, als sie auf das Symbol auf dem Boden blickte.

»Ist das nicht, was du zeichnen wolltest?« fragte ich.

»Nein. Ich dachte an ein Pentagramm – das ist das übliche Zeichen, wenn man die Macht beschwören will. Doch das . . .« Sie studierte das Symbol. Im Feuerschein sah ich, daß sie die Stirn runzelte.

»Kennst du dieses Symbol denn nicht?« Ich bemühte mich, mir meine Angst nicht anmerken zu lassen. Gehörte dies der Finsternis an, die hier übernahm, wie ich es von Anfang an befürchtet hatte?

»Ich habe es schon einmal gesehen. Es ist ein Zeichen des Lichtes, das weiß ich, doch das Symbol, das ich kenne, hat ausgebreitete Flügel. Die hier sind jedoch halb gefaltet.«

»Wieso nahm es diese Form an?«

»Das weiß ich nicht – außer, vielleicht, weil die Macht in dir ohne dein Wissen eingriff, Kerovan.«

Erneut wollte ich widersprechen, und auch diesmal schüttelte sie den Kopf. »Das ist etwas, dessen du dir gar nicht bewußt wärst.« Wieder betrachtete sie das Symbol. Sie nickte. »Jedes Element eines Zaubers formt nach Belieben. Dies hier gehört zum Licht und nützt uns vielleicht sogar noch mehr.«

Sie streckte den Stab jetzt vor sich aus und setzte die Beschwörung fort. So sehr ich mich auch anstrengte, verstand ich kein Wort ihres seltsamen Singsangs.

Ich spürte ein Prickeln in meiner Hand, wo sie die ihre berührte. Es dehnte sich durch meinen Arm zur Schulter aus. Wo es sich bemerkbar machte, wurde mein Fleisch taub, ähnlich einem eingeschlafenen Arm oder Bein. Das Prickeln hörte nicht auf. Als ich auf meinen Arm blickte, glaubte ich fast zu sehen, wie die Kraft aus meinem Körper in den meiner Gemahlin überströmte. Ihr Singen wurde lauter, gebieterischer.

Es kostete mich Mühe, den Blick so zu heben, daß ich mich umzusehen vermochte. Die Kerzen brannten nun nicht mehr flackernd in der leichten Brise wie zuvor, sondern hell und ruhig. Und um uns . . .

Ich blinzelte, und nur der warnende Druck von Joisans Fingern hielt mich davon ab, mich zu bewegen. Um uns glühte die Luft schwach. Grünblaues Licht kräuselte von dem Kreis empor und mit jedem Atemzug höher. Ich konnte durch diese Lichtmauer sehen, als sie Augenhöhe erreichte – und schon ragte sie über meinen Kopf und barg uns mit ihrem dunstigen Leuchten.

So laut klang Joisans Stimme nun, daß sie mich aus meiner Benommenheit riß. »Möge das, was ich heute nacht erschuf, meinen Gemahl Tag und Nacht schützen, solange es nötig ist.«

Allmählich schwand das Licht. Joisan beobachtete es, dann drehte sie sich zu mir um. »Wie geht es dir jetzt, mein Gemahl?«

So sehr hatte das Ritual mich gefesselt, daß ich den Grund dafür vergessen hatte. Nun wandte ich mich in die Richtung, in der die lockenden Berge lagen.

Nichts – nichts in mir. Natürlich wußte ich noch, von woher das Ziehen gekommen war, doch ich spürte es nicht mehr.

»Es ist fort!« In meiner Erleichterung faßte ich Joisan an den Schultern. »Es ist fort!« Ich drückte sie an mich. »Mächtigen Zauber hast du heute nacht gewirkt, meine Gemahlin! Ich hatte es nicht für möglich gehalten!«

Sie hob den Kopf. Ihre Augen glänzten im Mondschein. »Wenn du mir nicht mit deiner Kraft beigestanden hättest, Kerovan, wäre ich dazu nicht imstande gewesen. Ich bin ja so froh, daß du endlich frei bist!«

Ihre Lippen waren nachgiebig unter meinen, als ich sie küßte. Dann, als ich daran dachte, wie lange es her war, seit wir das letzte Mal eins gewesen waren, und erkannte, daß nun nichts mehr zwischen uns stand, seufzte sie tief und sank schlaff in meinen Armen zusammen.

Erschrocken hob ich sie hoch und rug sie zu ihren Decken. Vorsichtig legte ich sie nieder, da flatterten ihre Lider. Ihre Stimme klang so leise, als wäre sie unendlich weit entfernt und nicht bloß wenige Zoll vor mir. »Die Macht zu beschwören und zu lenken – ist schwere Arbeit.«

»Bist du – geht es dir gut?« stammelte ich.

Sie schloß die Lider. »Muß – ausruhen. Schlafen . . .«

Ich betrachtete sie besorgt. Schnell wurde mir klar, daß sie tatsächlich schlief. Ich breitete eine Decke über sie und setzte mich neben sie. Der Mond ging unter, und bald zog das erste Grau des kommenden Morgens über den östlichen Horizont.

Es war schon Vormittag, als Joisan erwachte. Nach einem knappen Frühstück machten wir uns wieder auf den Weg. Ich fühlte mich so leicht, so frei, nun, da ich nicht mehr gegen den Ruf aus den Bergen ankämpfen mußte, daß mir der Hang, den wir erklommen, so unbeschwerlich erschien wie eine ebene Strecke.

Wir hielten uns weiterhin gen Südwesten; so überquerten wir das Vorgebirge und erreichten am mittleren Nachmittag ein welliges Grasland, das sich so weit erstreckte, wie das Auge nur sehen konnte.

Keine Fährten waren zu sehen, keine Pfade, keine Wege, nichts, was auf menschliches Leben schließen ließ, nur vereinzelte Spuren von Tieren.

Wir machten Rast und aßen von den getrockneten Früchten der Weisfrau, als wir einen schwachen Laut vernahmen. Joisan schaute sich um. »Was war das?«

Ich war bereits aufgesprungen und spähte westwärts. »Ich weiß nicht. Es kam aus dieser Richtung.« Ich deutete.

»Es hörte sich an, als würde etwas Schmerzen leiden, Kerovan.«

Wir schlüpften in die Gurte unserer Rucksäcke und gingen auf ein paar Bäume und Büsche zu, die darauf schließen ließen, daß sie am Ufer eines Baches oder Flusses wuchsen. Auf halbem Weg hörten wir den Laut erneut, deutlicher diesmal. Joisan begann zu laufen.

Ich brüllte ihr nach, vorsichtig zu sein, während ich hinter ihr herrannte, aber sie war bereits ein gutes Stück gekommen, ehe ich sie einholte, und fast prallte ich gegen sie, weil sie abrupt stehenblieb, um auf etwas Dunkles vor sich zu blicken.

Ein Pferd! Es lag auf der Seite mit geschwollenem Bauch, und so still, daß ich es einen Augenblick für tot hielt. Dann plagten sich die schweißglänzenden Flanken, und die Beine schlugen um sich.

»Eine Stute.« Joisan ging auf sie zu. »Sie versucht zu fohlen, so wie es aussieht.«

Wir kamen näher. Joisan hatte recht, die Stute war in den Wehen und in Schwierigkeiten. Pferde gebären sehr schnell, wenn alles in Ordnung ist, aber aus dem aufgewühlten Boden rings um sie war zu erkennen, daß sie sich schon eine geraume Weile plagte. Ihr Fell war sehr dunkel, von reinem Schwarz (was selten ist bei Pferden), und der schmale, edle Kopf bestätigte, daß es ein wertvolles Tier war.

Meine Gemahlin kniete sich neben diesen Kopf. »Armes Mädchen, erlaubst du, daß ich dir helfe?« Die Stute öffnete große dunkle Augen, von Schmerzen weiß umringt, als Joisan ihr über Nase und Hals strich. »Schon gut. Schon gut. – Kerovan . . .« Sie blickte auf. ». . . bleib du bei ihrem Kopf, während ich nachsehe, wie das Fohlen liegt. Wir dürfen keine Zeit verlieren, oder sie wird sterben.«

Ich streichelte das Pferd, während ich zusah, wie Joisan den Ärmel hochrollte und eine schnelle Untersuchung des Geburtskanals vornahm. »Ein Vorderbein des Fohlens steckt fest, Kerovan, und ich kann es nicht frei kriegen.« Die Stute schlug um sich, und ich hielt ihren Kopf auf dem Boden fest. Da kniete sich Joisan neben mich und zog mit einer Hand ein Amulett heraus, das sie unter ihrem Kettenhemd trug.

»Ich werde sie schmerzfrei singen, wenn ich kann, während du versuchst, das Fohlen freizubekommen. Dein Arm ist länger, und deine Kraft größer. Hast du so etwas schon getan?«

»Als Junge begleitete ich häufig den Weismann Riwal, wenn er zu den Stalltieren gerufen wurde. Ich habe ein paarmal gesehen, wie er so etwas machte.«

»Das ist besser als nichts. Greif nach unten zum Bauch der Stute, und wenn du das Vorderbein gefunden hast, dann zieh es hoch zu dem anderen.«

Ich schlüpfte aus der Rüstung und machte den Oberkörper frei, während Joisan zu singen begann. Als die Stute die Augen wieder schloß, nickte meine Gemahlin, und ich begann.

Es war schon deshalb schwierig, weil ich fast ganz ausgestreckt auf dem Boden liegen mußte. Bei jeder Wehe wurde mein Arm eingequetscht, aber ich hielt durch und ertastete endlich das festsitzende Vorderbein. Ich brachte es hoch zum Geburtskanal und zog. Ich spürte die Nase des Fohlens auf meinem Handrücken.

Die Stute stöhnte und erschauderte, und plötzlich glitt das Fohlen heraus, noch gut in seine Schutzhaut gehüllt. Joisan lächelte mir zu. »Gut gemacht, mein Gemahl. Ich sollte dich vielleicht öfter als Wehmann hinzuziehen.«

Ich löste die weißliche Schutzschicht und begann die

Rippen des Fohlens zu massieren. Es holte tief und keuchend Luft. Die Stute plagte sich auf die Beine und stieß die Nachgeburt aus. Während ich mich weiter mit dem Füllen beschäftigte, hörte ich Joisan rufen, nachdem die Stute sich wieder auf den Boden gelegt hatte. »Kerovan, sie . . .«

Neue Wehen plagten die Stute – und ein zweites Fohlen war geboren! Hastig zog ich das erste zur Seite, dann kümmerten wir uns gemeinsam um das zweite.

Es war viel kleiner, obwohl beide Stutenfüllen waren, beide grau mit dunklerer Mähne, Schweif und Beinen. Bald stand die Stute erneut auf, um die zweite Nachgeburt herauszuzwängen. Joisan streichelte das Tier und brachte ihm Wasser aus dem Bach, in das sie ein Kräftigungsmittel mischte.

Sanft wiehernd stupste die Stute bald darauf das größere Fohlen, leckte es ab und stupste es so lange, bis es sich endlich auf die wackligen Beine stellte und schließlich zu saugen begann. Doch als das andere Fohlen ebenfalls auf die Beine kam, legte die Stute die Ohren zurück und schnappte warnend danach.

»Das hatte ich befürchtet.« Ich betrachtete stirnrunzelnd das abgelehnte Füllen. »Bei Zwillingsgeburten verstößt die Stute gewöhnlich ein Fohlen, meistens das kleinere und schwächere.«

»Aber . . .« Joisan streichelte die unerwünschte Kleine. »Wenn es nicht bald saugt, wird es eingehen.«

»Wir können versuchen, die Stute zu melken«, schlug ich vor. Ich wußte, daß verstoßene Fohlen manchmal – aber nur manchmal – auf diese Weise gerettet werden konnten.

»Alle *halbe Stunde*?« Joisan biß sich auf die Lippe und legte schützend einen Arm um den Hals der Kleinen. »Und wie viele Tage – *Wochen*? Wir haben so gut wie nichts dabei, Kerovan.«

»Ich weiß – vielleicht suchen die Besitzer der Stute sie. Sie sind bestimmt imstande, das Fohlen aufzuziehen. Wenn nicht . . .« Ich zog mein Messer und sah, wie die untergehende Sonne die Klinge rot färbte. »Vielleicht wäre es gnädiger, das Tier schnell und schmerzlos zu töten, als es leiden zu lassen, wenn wir weiterziehen müssen.«

Joisan schüttelte den Kopf, und ihre Augen waren sehr ernst. »Du verstehst nicht, mein Gemahl. Ich bin Heilerin und habe geschworen, mit meiner Gabe jeder Kreatur zu helfen, die meiner Hilfe bedarf. Ich muß alles tun, was in meiner Macht steht, um dieses Füllen zu retten, selbst wenn es bedeuten würde, daß wir hierbleiben müssen, um es zu pflegen.«

Ich starrte sie an, dann in die Richtung der Berge, die ich nicht mehr sehen konnte, aber in denen mir immer noch etwas auflauerte. Wie lange konnte Joisans Schutz wirken? »Aber was ist, wenn dein Schutzzauber seine Wirkung verliert? Wenn ich mich retten will, muß ich mich möglichst weit von den Bergen im Nordosten entfernen . . .«

»Ich weiß.« Sie blickte zu mir hoch. »Aber ich kann das kleine Geschöpf nicht sterben lassen, Kerovan! Ich bin an meinen Heilereid gebunden!« So heftig war Joisans Stimme, daß das Fohlen zusammenzuckte.

»Aber . . .« Ich deutete hilflos. Dann strich ich durch die weiche Mähne des verstoßenen Tieres. »Es ist hart, das weiß ich, doch mir fällt keine andere Lösung ein, als daß ich gehe und du bleibst.«

3. Joisan

»Aber es *muß* eine andere geben!« Ich warf einen verzweifelten Blick auf die Rappstute, die zufrieden ihr Erstgeborenes ableckte, während meine Finger abwesend das andere Füllen streichelten. Es versuchte, daran zu saugen. Kerovans bernsteinfarbene Augen waren auf mich gerichtet und bannten meinen Blick. Die eisige Distanz, die ich aus ihren Tiefen gelesen hatte, während er gegen den Zwang aus den Bergen ankämpfte, war völlig verschwunden. Dafür lag eine ungeheure Traurigkeit in ihnen, so daß ich schnell eine tröstende Hand auf seinen Arm legte.

Ich wußte, daß mein Gemahl sich den Tieren immer näher verbunden gefühlt hatte als den Menschen; denn es liegt in deren Natur, nicht nach Äußerlichkeiten zu gehen, sondern auf das Wesen eines Menschen zu reagieren. Das Schicksal der kleinen Verstoßenen machte ihm schwer zu schaffen.

Diese Bernsteinaugen – sie zogen an mir, ihre Farbe brachte mich auf den Hauch einer Idee – bernsteinfarben . . .

Meine Hand griff nach Zwyies Amulett und umklammerte die bernsteinfarbige Getreidegarbe mit den Trauben. Gunnora!

Ich blickte die Stute an. »Kerovan, wir müssen etwas von ihrer Milch in die Haut der Kleinen reiben. Drück ein wenig in deine Hände, dann streich über das Fohlen.«

Er zögerte, als stelle er mein Vorhaben in Frage, doch

dann gehorchte er wortlos. Ich entfernte mich ein Stück, um das Bild als Ganzes aufnehmen zu können: die Stute, die beiden Füllen, die sich jetzt beide niederlegten, und mein Gemahl. Die Nachmittagssonne war ein bißchen dunkler, nun, da sie sich ihrem westlichen Bett näherte und dem Himmel fast die Farbe des Amuletts verlieh. Der schwachweiße Tagesgeist des Vollmonds stand hoch über uns. Ich schloß die Augen und hob mein Gesicht diesem Schatten von Mond entgegen, und stellte mir Gunnora so vor, wie sie immer beschrieben wird (obgleich niemand behaupten kann, sie je mit den Augen des Körpers gesehen zu haben).

Eine Frau – mit reifen Formen, doch schmaler Taille, mit dunklen Haaren und Augen, in einem Gewand so bernsteinfarben wie mein Amulett. Mit aller Willenskraft hielt ich dieses Bild fest, während ich stumm Gedankenworte sprach, die aus meinem Herzen aufstiegen.

Gunnora – die du uns Frauen Hilfe und Stütze in Zeiten der Angst und der Schmerzen bist . . . Die du den Samen nährst, wenn er gesät ist, und ihn zum Reifen bringst . . . Ich flehe dich an, hilf den Willen und die Kraft zur Mutterschaft hier zu wecken, damit eine in großer Not nicht zu sterben braucht . . . Möge es immer so sein durch deinen Willen . . .

Augenblicke, die sich nur nach den Schlägen meines Herzens zählen ließen, hielt ich ihr Bild vor mir, bemühte mich zu geifen, zu – *berühren* . . .

Zwischen meinen Brüsten erwuchs eine Wärme, die nach meinem ganzen Körper griff. Diese dunklen Augen – sie waren nicht mehr die des gedankengeschaffenen Abbilds – sie waren *Wirklichkeit*!

Eine lange Weile blickten sie mich direkt an!

Dann hörte diese Berührung auf, und die innere Wärme ließ nach. Blinzelnd schaute ich mich um. Ich spürte wieder das rauhe Gras um meine Knöchel und eine sanfte Brise an den Wangen.

Kerovan starrte mich an, die weit aufgerissenen Augen auf das Amulett an meinem Busen gerichtet. Ich blickte hinunter und sah es noch schwach glühen und im Gleichklang mit meinem Herzen pulsieren.

Er benetzte die Lippen. »Joisan?«

»Ja?« Was hatte er in den kurzen Augenblicken gesehen, daß er mich jetzt so anstarrte?

»Mir schien . . .« Er schüttelte den Kopf und strich abwesend eine widerspenstige Strähne aus der Stirn. »Es war, als stünde jemand anderes dort. Einen Herzschlag lang bloß – zu kurz, mich zu vergewissern.«

Die Rappstute wieherte leise. Sie beugte den Kopf, machte einen Schritt vorwärts, und stand Nase an Nase mit unserer kleinen Verstoßenen. Ich hielt den Atem an, denn das Pferd begann das zweite Neugeborene abzulekken. Auf wackligen Beinen stapste es zur Seite der Mutter und begann gierig zu saugen, und der weiche Schweif schwenkte von Seite zu Seite.

»Danke!« wisperte ich. Und während ich das rührende Bild betrachtete, spürte ich wieder dieses absurde Gefühl, genau wie in der Fischerkate, als ich Utia und Acar beobachtet hatte. »Möge es immer so sein durch *deinen* Willen . . .«

Kerovan schlang den Arm um mich. So standen wir eine Weile, bis er zusammenzuckte.

»Was ist los . . .?« Doch nun konnte auch ich es hören: näherkommender Hufschlag!

Mein Gemahl wirbelte herum und bückte sich nach seinem Schwert. Noch ungerüstet stellte er sich zwischen mich und die herbeitrabenden Reiter. Jetzt pochte mein Herz nicht vor Freude, sondern aus Angst. Meine Finger verkrampften sich um den Griff meines Schwertes, und ich hatte es halb gezogen, als Kerovan rückwärts langte und meine Hand aufhielt. »Nein, Joisan, es sind zu viele.«

Alles in mir drängte mich dazu, die Klinge zu ziehen, doch ich schluckte und steckte sie wieder ganz zurück. Mein Gemahl hatte recht, und mit einem Teil meines Verstands bewunderte ich seine Weisheit und Selbstbeherrschung, als er mit voller Absicht die Daumen in den Gürtel hakte und mit äußerlicher Ruhe abwartete.

Ich zählte zwanzig Reiter, und das Tier eines jeden war von gleicher edler Zucht wie die Stute hinter uns, allerdings waren sie von unterschiedlicher Farbe: von Grau bis zu scheckigem Braun-weiß. Die Reiter waren noch farbenprächtiger.

Als sie nahe genug heran waren, zügelten sie ihre Pferde und musterten uns stumm. Jetzt erst bemerkte ich erstaunt, daß der Trupp sowohl aus Männern wie Frauen bestand und beide gleiche Kleidung trugen: weitärmelige Leinenhemden mit bunter Stickerei und feste Leinenhosen, deren Beine in hohen, weichen Stiefeln steckten, die mit gefärbten Lederbändern geschnürt waren. Einige allerdings hatten sich wundervoll gemusterte Decken übergeworfen, mit einem Loch in der Mitte als Halsausschnitt.

Alle waren von derselben Rasse. Sie hatten dunkle Haut, dunkles Haar und dunkle Augen, schmale Nase und hohe Wangenknochen. Die meisten hatten das Haar geflochten, einige Frauen mit bunten Bändern. Die Sonne fiel auf Kupferhalsbänder und ließ die eingesetzten, ungeschliffenen Steine in Rot, Blau und Jadegrün aufleuchten.

Jeder Reiter hielt einen Speer mit Widerhaken.

Nach längerem Zögern lenkte der vorderste Reiter – ein kräftiger Mann mittlerer Jahre mit borstigem Lippenbart – sein Pferd näher heran und hielt es vor meinem Gemahl an. Die arvonische Landessprache klang rauh und hatte einen seltsamen Akzent, als er barsch fragte:

»Wie kommt ihr hierher? Und warum? Doch nicht

etwa mit dem Gedanken, Pferde zu stehlen?« Er drehte die kurzen Finger, und plötzlich war der Speer auf uns gerichtet. »Laßt euch sagen, daß die Kioga das gar nicht gern sehen!«

Kerovan schüttelte den Kopf. »Wir stehlen keine Pferde, wir retteten lediglich eines – und ein offenbar sehr wertvolles.«

Der Führer verzog die Lippen zu einem freudlosen Grinsen. »Das behauptest du, Fremder, und das würde auch jeder andere, der wie ihr erwischt wird. Aber Briata hätte sich nie so weit von der Herde entfernt, nicht einmal zum Fohlen, wenn nicht . . .«

»Obred, schau!« Der aufgeregte Ruf unterbrach ihn. Erschrocken folgte ich der Stimme. Eine junge Frau, die in ihre langen Zöpfe rot-goldene Bänder geflochten hatte, deutete. *Auf mich!*

Verwirrt schaute ich hinter mich und fragte mich, was sie so erstaunt hatte. Leise Rufe und Gemurmel waren jetzt aus dem Trupp zu hören.

Der Führer, Obred, drückte plötzlich die Hand auf die Stirn und verbeugte sich so tief, daß sein drahtiger Lippenbart fast die Mähne seines Hengstes berührte. »Verzeiht, Cera. Ich hatte nicht gesehen, was Ihr seid. Bitte vergebt, Weise.«

Auch mein Gemahl starrte mich an, den Blick auf mein Kettenhemd gerichtet. Hastig blickte ich hinab.

Gunnoras Amulett war nun zwar weniger leuchtend, aber die Sonne war schon fast ganz untergegangen, so war um so deutlicher zu erkennen, wie das bernsteinfarbene Glühen mit meinem Herzschlag an- und abschwoll. Zittrig holte ich Atem. Kerovan nickte, als er meine Gedanken las. Er war voll einverstanden mit meiner Weise, die drohende Gefahr abzuwehren.

Ich benetzte die trockenen Lippen, und nur mit aller Willenskraft gelang es mir, die Stimme ruhig zu halten.

»Durch Gunnoras Wille konnte ich Briata helfen. Aber sie und ihre Füllen benötigen noch Pflege. Das überlassen mein Gemahl und ich jetzt euch. Wir ziehen sogleich weiter.«

»Füllen? *Zwei?*« Obreds Blick wanderte suchend über das hohe Gras und blieb auf dem größeren, jetzt schlafenden Fohlen ruhen. »Wahrhaftig, Cera, ein Wunder! Zwillinge, und beide leben! Hat Briata beide angenommen?«

»Ja, dank meiner Gemahlin.« Stolz schwang in Kerovans Stimme mit, ein Stolz so groß, daß ich errötete.

Ich drehte mich um und griff nach meinem Rucksack, während Kerovan in sein Kettenhemd schlüpfte und sich aufrichtete, als Obred kopfschüttelnd absaß. »Nein, Ihr dürft jetzt noch nicht gehen, Cera, nicht, ehe Ihr uns die Gelegenheit gegeben habt, uns gebührend zu bedanken. Briata ist unsere Leitstute. Ohne sie würden unsere Herden sich verirren. Eine solche Dankesschuld nehmen die Kioga nicht leicht, und unsere ist zu groß, sie zu begleichen. Doch wir werden tun, was wir können.«

Kerovan blickte den kleineren Mann zögernd an. Ganz offensichtlich wußte er nicht, ob er dessen Angebot annehmen sollte oder nicht. Der Kiogaführer zog sein Messer aus der Scheide am Gürtel und streckte es meinem Gemahl entgegen. »Meinen Klingeneid darauf, Lord. Ihr und Eure Gemahlin habt mehr als verdient, daß wir alles tun, um euch euren weiteren Weg zu erleichtern. Wir können nur hoffen, daß Ihr lange genug bleibt, damit wir wenigstens einen Teil unserer Schuld abtragen können.«

Ich spürte eine Gedankenverbindung mit Kerovan, obgleich er den Blick nicht von des älteren Mannes Gesicht nahm. *Was sagst du, Joisan? Ich glaube, er meint es ehrlich.*

Das glaube ich auch, versicherte ich ihm.

Mein Gemahl nickte. Er klatschte die Hände zusammen, ehe er die Rechte zum Gruß von Krieger zu Krieger hob. »Segen Eurem Haus. Dankbarkeit für das Willkommen. Wir danken Euch, Obred.«

Eine kurze Weile später ritten wir auf den Pferden der zwei Kioga fort, die zurückblieben, um bis morgen für die Leitstute und ihre Füllen zu sorgen; denn dann würden die Neugeborenen bereits kräftig genug sein, zur Herde gebracht zu werden.

Das Abendrot färbte die Wolken, während wir mit Obred über die Ebene ritten. Ich war froh, daß der mir überlassene Wallach fromm war, denn ich hatte nicht mehr auf einem Pferd gesessen, seit wir Hochhallack verlassen hatten. Bald spürte ich ein Ziehen meiner Muskeln, die nur Fußmärsche gewöhnt waren, und ich hoffte inbrünstig, daß die Kioga-Ortschaft nicht mehr allzu weit entfernt war.

»Schon gestern beim Wandern spürte ich, daß ich verweichlicht bin«, gestand Kerovan mit leicht verzogenem Gesicht. »Heute beim Reiten wird es noch bestätigt.«

Ich lachte. »Du sprichst auch für mich. Doch verglichen mit den Gäulen von Hochhallack sollten wir dankbar sein, auf solchen Pferden sitzen zu dürfen.«

»Sie sind von edlem Blut.« Kerovan strich bewundernd über den glänzenden Nacken seiner Stute. »Feurig, flink und doch sanft und ruhig.«

»Unsere Pferde sind unser Leben, und wir ihres.« Obred hatte sich im Sattel zu uns umgedreht. Sein Gesicht war in der zunehmenden Dämmerung kaum mehr als ein verschwommener Klecks. »Ohne ihre Schnelligkeit und Klugheit würden die Kioga nicht mehr leben. Vor langer Zeit brachten sie uns aus Tod und Untergang in ein neues Leben. Jeder Mann und jede Frau ritt sein oder ihr Erwähltes und nahm nichts weiter mit sich, als was das Pferd tragen konnte. Unser Zeichen ist die Stute.« Er deutete zum südlichen Himmel, wo bereits einige Sterne zu sehen waren. »Im Frühjahr folgen ihr ihre Zwillinge.«

Er zügelte sein Pferd und senkte die Stimme, daß nur wir zwei es hören konnten. »Man sagt, wenn die Stute und ihre Zwillinge auf die Erde kommen, werden die Kioga ein Ende ihres Wanderlebens finden – und ein wahres Zuhause.«

Ich dachte an das seltsame Tor, durch das wir vor drei Jahren gekommen waren – das uns nach Arvon gebracht hatte, und ich fragte mich, ob Obreds »neues Leben« auf ähnliche Weise hier begonnen hatte. Die Kioga sahen so gar nicht aus wie irgendwelche der anderen Völker, denen wir hier begegnet waren. Deutete das darauf hin, daß sie nicht von hier waren? Seine Worte erklärten mir auch, weshalb sie meinen Gemahl und mich sogleich freundlich aufnahmen, nachdem sie die Füllenzwillinge gesehen hatten. Ein bißchen besorgt hoffte ich, sie würden nun nicht erwarten, daß ihr »wahres Zuhause« plötzlich aus dem Nichts vor ihnen auftauchte – obwohl ich nur allzu gut mitfühlen konnte, wie sehr sie sich ein eigenes Heim und ein Ende der rastlosen Wanderungn ersehnten.

Mit zunehmender Dunkelheit wurden unsere Schritte langsamer. Ich ließ meinem Wallach die Zügel, damit er selbst den Weg finde, und verließ mich darauf, daß er des Nachts weit besser sah als ich. Mehrmals ritt Obred an die Spitze unseres Zuges und besprach sich leise mit der Leitreiterin, der jungen Frau, die auf mich gedeutet hatte. Ich schloß, daß die Kioga sich weit von ihren Weiden entfernt hatten, um die Leitstute zu suchen. Und wieder befiel mich eine leise Besorgnis. Obred hatte recht gehabt, als er sagte, daß Briata sich nicht so weit hätte entfernen dürfen, auch nicht, um ungestört fohlen zu können. Mir war fast, als wäre sie fortgelockt worden, damit wir sie fänden.

Ich schauderte. Schon einmal waren mein Gemahl und ich ähnlich geleitet und durch scheinbar zufällige Umstände zu einer Konfrontation zwischen Finsternis und Licht getrieben worden. Ich blickte nachdenklich zu Kerovan hinüber. Konnten seine Befürchtungen stimmen? War es Galkur, der zurückzugewinnen versuchte, was er als sein Eigen beanspruchte?

Wir näherten uns einem kleinen Wald, auf den silbrig der Mondschein fiel. Als wir näherkamen, sah ich, daß genau durch seine Mitte, wie vom Schwert eines Riesen, eine Schneise geschlagen war: eine Straße, die kerzengerade verlief und im Mondlicht wie ein glänzender Fluß aussah. Ich hörte die gedämpften Schreie von Nachtvögeln, als Obred sein Pferd zu dieser Straße lenkte. Plötzlich spürbar erleichtert, machte ich mich daran, ihm zu folgen.

Ein Schrei zerriß die Nacht – »Halt! Obred!« Mein Wallach scheute, als Kerovan seiner Stute die Fersen gab und uns den Weg versperrte. Blaugrünes Licht, das sein Armband der Alten ausstrahlte, beleuchtete seine Züge. »Halt! Laßt niemanden, dem seine Seele lieb ist, Fuß auf diese Straße setzen.« Er drehte sich im Sattel und wandte sich uns zu. »Seht selbst! Blickt durch das Licht meines Armbands! Paßt gut auf!«

Angespannt spähte ich erneut auf den kerzengeraden Weg.

Durch das ehrliche Leuchten des Talismans meines Gemahls sah ich nun mit Augen, die keine Täuschung mehr zu trügen vermochte. Die vermeintliche Straße war ein phosphoreszierender Schimmer über abscheulicher Dunkelheit, ähnlich der schillernden Schicht über Verwesendem.

Ich vernahm einen würgenden Laut und sah, wie

Obred sich von seinem Pferd beugte. Nun roch ich ihn ebenfalls – diesen Gestank, der von einem Ort der Finsternis ausgeht. Gegen Übelkeit ankämpfend, wandte ich mich von dieser gräßlichen Falle ab.

Als wir weiterritten, übernahmen Kerovan und ich mit dem Kiogaführer die Spitze. Obred wandte sich meinem Gemahl zu. »Habt Dank, daß Ihr meine Leute gerettet habt, Lord Kerovan. Wärt Ihr bereit, uns morgen auf unserem Ritt zu begleiten? Wir suchen eine Frühjahrsweide für unsere Zuchttiere. Solch ein warnender Talisman wie Eurer wäre eine große Hilfe in einem verwunschenen Land wie diesem.«

Was hältst du davon, Joisan? Ich würde gern mitreiten, schon um mehr zu erfahren, was uns für unsere Wanderung von Nutzen sein könnte . . . Kerovans Gedanken waren klar und deutlich.

Ich zögerte, weil ich daran dachte, daß ich allein unter Fremden bleiben müßte, aber ich entschied mich dafür, da ich spürte, daß mein Gemahl in den Kioga Leute gefunden hatte, unter denen er sich wohl fühlen konnte. Während unseres ganzen Wanderlebens hatte es für ihn, von meiner abgesehen, keine Kameradschaft gegeben, und wenn sie ihm nun vergönnt war . . .

Ich habe nichts dagegen, eine Weile bei diesen Leuten zu bleiben – und es würde nicht schaden, zu wissen, was vor uns liegt . . ., antwortete ich.

»Ich reite mit Euch, Obred«, sagte mein Gemahl nun.

»Ich danke Euch im Namen meiner Leute. Wo habt Ihr dieses Armband gefunden?« erkundigte sich der Kiogaführer.

»In einem Bach, unweit eines Ortes der Alten. Unzählige Jahre muß es dort unberührt gelegen haben; denn unser Volk wagt sich nicht weit in diese Lande, obgleich sie schon lange verlassen sind. Dieses Band kam zu mir, als wäre es für mich geschaffen, obwohl zweifellos viele

Jahre zwischen seiner Entstehung und meiner Geburt lagen . . .« Nach kurzer Pause lachte er in Erinnerung. »Das wird Euch bestimmt gefallen, Obred. Im Grunde genommen fand *mein Pferd* es. Hiku führte mich zu seinem Versteck.«

Obred lachte nun ebenfalls, doch dann fragte er ernst: »Hat dieses Armband Euch schon früher einmal gerettet?«

»Schon oftmals.« Kerovans Stimme klang fast sehnsüchtig, als er fortfuhr: »Gewöhnlich warnte es mich bloß, obwohl ich weiß, daß es über größere Kräfte verfügt, wenn auch nicht, welcher Art sie sind. Darin wurde ich nicht ausgebildet. Ich bin Krieger; nur als solcher hatte ich genug Gelegenheit, mich zu bewähren, denn über den Bergen in Hochhallack herrscht Krieg.«

»Davon haben wir durch Händler gehört. Die Kioga kümmern sich nicht um anderer Leute Angelegenheiten, aber keiner vergißt, wenn er über Krieg in benachbarten Ländern gehört hat. Ihr und Eure Gemahlin mußtet fliehen, als Euer Zuhause fiel?«

»Ja, in die Einöde, mit unserem Volk. Doch es gibt nur wenige Wege nach Arvon, und bisher sind wir auf unseren Wanderungen noch auf keine anderen unseres Blutes gestoßen.«

»Wir hörten, daß im vergangenen Winter einige von Arvonblut in dieses Land zurückkehrten und Bräute aus den Hochtälern mitbrachten. Der Händler erklärte, diese Verbindung sei durch einen Pakt zwischen den Werreitern und den Tallords zustande gekommen.«

Der gleitende Trab des Pferdes meines Gemahls kam kurz ins Stocken, als hätten seine Schenkel flüchtig zu fest gedrückt.

»Die Werreiter? Sie haben einen Pakt mit den Tälern geschlossen?«

»Das war der Preis für ihre Hilfe. Sie kämpften für das

Recht des Talblutes, doch unter ihrem eigenen Befehl und auf ihre eigene Weise – und zahllos sind die Gerüchte und Geschichten über die Merkwürdigkeit ihrer Weise. Offenbar erreichten sie damit auch etwas. Der Händler Klareth erzählte uns, daß der Krieg in Hochhallack zu Ende ist.«

Der Krieg war vorbei! Ich blickte zu Kerovan hinüber und sah in der Dunkelheit nur vage, daß sein Gesicht mir zugewandt war. Ich war froh über diese Neuigkeit, doch war es eine Freude, wie ich sie nur für andere verspürte – ich hatte nicht das geringste Bedürfnis, zu den Tälern zurückzukehren und Ithkrypt neu aufzubauen. Ich war aber auch erleichtert, daß es getan werden konnte, falls irgend jemand meiner Leute es nun tun wollte.

Und du, Kerovan? Stumm stellte ich diese Frage. *Hast du vor, jetzt nach Ulmental zurückzukehren?*

Seine Antwort erfolgte schnell. *Du weißt, daß ich das nicht will. Der Teil meines Ichs, der gegen die Dämonen von Alizon kämpfte, ist froh über ihre Niederlage – aber ich habe dort kein Zuhause mehr.*

Ich pflichtete ihm bei, aber seine abschließenden Wortgedanken erinnerten mich wieder einmal, daß wir nirgendwo ein Zuhause hatten. Ich seufzte und dachte, daß ich dankbar sein sollte für die vorübergehende Gastfreundschaft der Kioga.

Wenige Minuten später ward sie uns zuteil. Nach der stummen Dunkelheit unseres Rittes empfingen uns Licht und Leben im Kiogalager (Fellzelte bestätigten meine Annahme, daß es sich bei diesen Menschen um Nomaden handelte, die ihren Herden folgten). Eine untersetzte Frau schien die Führerin zu sein; denn Obred trat, nachdem er abgesessen war, sofort zu ihr hin und unterhielt sich leise mit ihr. Kerovan half mir vom Pferd. Wir standen nebeneinander im Fackelschein, als die beiden auf uns zukamen.

»Unser Häuptling, Jonka.« Die Frau neigte bei Obreds Worten lächelnd den Kopf.

»Obred hat mir von unserer Dankesschuld erzählt, und ich erkenne sie voll an, denn Briata ist meine Erwählte. Ich biete euch alle Bequemlichkeit an, die wir Kioga euch geben können. Bleibt in Frieden und Ehren als unsere hochgeschätzten Gäste bei uns.« Sie deutete, und ein junges Mädchen kam mit einem Willkommenstrunk herbei.

Ich benetzte meine Lippen mit der dunklen Flüssigkeit, dann schluckte ich dankbar. Es war gewürzter Wein, mit Honig gesüßt, und schwer. Ich gab den Silberkelch an Kerovan weiter, der ebenfalls trank. Jonka führte das Willkommensritual zu Ende. Auch sie nahm einen Schluck, dann spritzte sie ein paar Tropfen in die Luft, dem fast vollen Mond entgegen, und schüttete den Rest auf den Boden.

»Valona.« Sie deutete, und das junge Mädchen, das den Kelch gebracht hatte, kam herbei. »Zeig unseren Gästen, wo sie sich ausruhen und frisch machen können. Ich muß mich um das Gastfest kümmern.«

Es war eine Wonne, die schwere Rüstung abnehmen und sich mit kräuterduftendem Wasser waschen zu dürfen. Valona brachte unsere Rucksäcke in das uns überlassene Zelt. Ein anderes kleines Mädchen half ihr dabei. In ehrfurchtsvollem Gruß drückte es die Rechte an die Stirn, war jedoch zu schüchtern zu sprechen. Ich zog mein sauberes Wams aus dem Rucksack und runzelte die Stirn, als ich sah, wie zerknittert es war.

»Ich wünschte, ich hätte wenigstens ein feines Gewand«, sagte ich zu Kerovan, der ebenfalls in seinem Rucksack kramte, »wenn wir schon mit einem Fest geehrt werden sollen.«

»Und ich wollte, ich hätte meinen Wappenrock. Aber von Leuten, die durch das Land wandern und heute

Fohlen entbunden haben, können sie doch wohl kaum Rüschen und Samt und Seide erwarten, oder?«

»Hoffentlich nicht.« Ich kämmte mein Haar und zuckte bei jedem Knoten aufs neue zusammen.

Gewaschen, gekämmt und in unserem besten Staat (so armselig der auch sein mochte), folgten wir unserer kleinen Führerin durch die Zeltreihen zu dem fröhlichen Lachen und den betörenden Speisengerüchen.

Mit verschränkten Beinen saßen wir auf dem braunen Büschelgras, doch diese Formlosigkeit wurde bei weitem wettgemacht durch das ausgezeichnete Mahl. Gedünstete Fische, gebratene Wasservögel, Reis mit Nüssen und Frühlingszwiebeln, Früchte und Brot, alles war köstlich. Und nach zwei Tagen bei einfacher Wegzehrung erschien mir dieses Festmahl der Kioga selbst das großartigste im Bankettsaal meines Onkels Cyart vor dem Krieg zu übertreffen.

Es wurde nicht viel gesprochen, bis nach dem Ende des Mahls unsere Kelche wieder mit dem honiggesüßten Wein gefüllt wurden. Jonka saß zu meiner Rechten. Sie trug ein Leinengewand mit reichbesticktem Mieder, weiten Ärmeln und einem Hosenrock, wie er manchmal zum Reiten getragen wurde. Das einzige äußere Zeichen ihrer Führerschaft war der silberne Anhänger an ihrer Brust: ein Halbmond mit einem Pferdekopf, aber die dunklen Augen, die in meine blickten, waren weise und verrieten, daß sie es gewöhnt war, Entscheidungen zu treffen.

»Erzählt uns doch, Cera, wie Ihr Briata gefunden und gerettet habt.«

Zögernd tat ich es. Ich sprach von meines Gemahls unschätzbarer Hilfe bei der Entbindung, und betonte, daß die Stute nur durch Gunnoras Willen beide Fohlen anerkannt hatte.

»Gunnora?« Jonka strich eine Strähne langen dunklen

Haares zurück und hob fragend die Brauen. »Ist Gunnora jene, deren Symbol Ihr tragt?« Ich nickte bestätigend, da fuhr sie fort: »Zahlreich sind ihre Namen, und alle wahr. Für die Kioga ist sie die Große Mutter, die Mutter der Stuten . . .«

»Auf meinen Reisen sah ich ihr Zeichen mit verschiedenen Namen verbunden«, bestätigte ich. »Ich bin dankbar, daß sie mich heute hörte, als ich sie anflehte.«

Als das Festmahl sich seinem Ende entgegenneigte, zogen Jonka und Obred sich zurück, um sich noch über den morgigen Suchritt zu besprechen. Ich entspannte mich, nippte am Rest meines Weins und musterte heimlich unsere neuen Freunde. Der Fackelschein fiel auf glitzernde Hals- und Armbänder und auf die farbenfrohe Kleidung. Die Kioga kleideten sich, wie es zu ihrem fröhlichen, gesprächigen Wesen paßte, das so ganz anders war als das der eher wortkargen Fischer von Anakue. Wohin ich schaute, antworteten mir freundliche, neugierige Blicke und Lächeln . . .

Nein, nicht überall!

Im Schatten eines Zeltes kauerte eine Frau und beobachtete uns mit Augen, die so dunkel waren, daß sie nicht einmal den Feuerschein widerzuspiegeln schienen, und wie schwarze Löcher in ihrem steinernen Gesicht aussahen. Ich konnte ihren Blick wie eine kalte Hand in der Nacht *spüren!*

Es war eine Anstrengung, meine Augen von diesem Blick loszureißen. Ich wandte mich an Valona, die scheu lächelnd neben mir saß. »Valona, wer ist sie?«

Sie drehte sich um und blickte gehorsam über die Menge. »Wen meint Ihr, Cera?«

»Die dort . . .« Ich deutete, doch niemand kauerte mehr bei dem Zelt. »Vor einem Augenblick saß sie noch dort – eine Frau mit dunklem Umhang.«

»Mit Augen, die alles im Innern festhalten?«

»Ja. Wer ist sie?«

»Nidu, die Schamanin.« Das Kind drückte sich ein wenig näher an mich. »Sie hat gewaltige Kräfte . . .«

Ich dachte an das dunkle, hagere Gesicht, und es fiel mir nicht schwer, dem Mädchen zu glauben.

Hinter mir erklangen sanfte Schritte, dann hörte ich Jonkas Stimme: »Ihr und Euer Gemahl müßt müde sein, Cera. Ich werde Euch zum Gastzelt bringen.«

Wir folgten ihr zu dem großen Zelt, in dem wir uns gewaschen hatten. Die Kiogazelte waren aus Pferdehaar gewebt und mit dünnen Zöpfen aus unterschiedlich gefärbtem Pferdehaar in verschiedenerlei Muster verziert. Eine ebenfalls sehr schön gemusterte Decke trennte den Schlafteil vom Rest des Zeltes ab. Jonka deutete auf einen Krug Wasser und ein Handtuch auf einer reichgeschnitzten Truhe. Daneben stand ein Korbstuhl, auf dem ein frisches Nachtgewand lag.

»Wandern ist ermüdend, Cera, und man kann nicht alles mitnehmen, was man gern möchte. Ich hoffe, das hier hilft Euch. Wir sind fast von gleicher Größe, wenn ich auch breiter bin.«

»Oh, es ist wunderschön!« rief ich und strich fast zärtlich über das feingewebte dünne Leinen, das kunstvoll mit hellem Garn bestickt war. »Ich danke Euch, Jonka!«

Sie deutete zum Zeltdach. »Bei uns ist es üblich, das Dach bei klarem Wetter zu öffnen, damit wir die Stute sehen können, wenn sie aufgeht. Aber wenn Ihr es lieber geschlossen haben möchtet, kann ich es zuziehen . . .«

»Ich bin es gewöhnt, die Sterne zu sehen, wenn ich mich schlafen lege, Jonka. Offen ist es uns recht.«

»So wünsche ich euch denn eine gute Nacht und ein munteres Erwachen.«

»Euch ebenfalls, Jonka. Und nochmals danke.«

Kerovan schloß sich meinem Gutenachtwunsch an,

dann hob er die Decke und verschwand in den Schlafteil. Ich wusch mich noch einmal und schlüpfte in das Nachthemd. Jonka hatte recht, es war mir etwas zu weit, aber es war ein herrlich weicher Stoff, und ich bewunderte die Stickerei, während ich das Miederschleifchen band. Es war lange her, seit ich das letztemal Frauenkleidung getragen hatte, und ich fühlte mich wohl in dem weiten Rock, der mich umschmeichelte, während ich mir das Haar kämmte.

Der Mond, der schon morgen voll sein würde, warf seinen Silberschein ins Zelt und hob sich streng abgegrenzt von der Dunkelheit ab, nachdem ich die Kerze auf dem niedrigen Tisch ausgeblasen hatte.

Der Mond – das Licht . . .

Mein Blick wurde zum Himmel gezogen und von dem Zeichen Gunnoras da oben gebannt – so unendlich weit entfernt und doch im Augenblick fast in Reichweite, wie mir schien.

Der Mond – das Licht . . .

Mit gespreizten Armen und Beinen stand ich da, den Kopf zurückgeworfen. Mein ganzes Ich suchte, griff nach dem Licht und wofür es stand. Zwischen meinen Brüsten spürte ich erneut die Wärme. Ich öffnete das Schleifchen des Nachthemdes und sah, daß das Amulett wieder glühte.

Es war, als zöge es jetzt das Licht des Mondes an und werfe es in bernsteinfarbenem Leuchten zurück. In mir regte sich etwas, etwas, das mein Verstand nur vage erkannte, aber auf das mein Körper reagierte . . .

Meine Füße trugen mich wie von selbst in den Schlafteil. Meine Nägel strichen über die Trenndecke, als ich sie zur Seite zog. Kerovan lag mit angezogenen Beinen auf der Seite, und sein Kopf ruhte auf einem ausgestreckten Arm. Als er meine Schritte hörte, öffnete er die Augen.

»Joisan – das Licht . . .«

Meine Finger drückten beruhigend auf seine Lippen. Seine Finger schlossen sich um mein Handgelenk, während er einen Kuß auf meine Handfläche hauchte. »Joisan . . .« Wie eine Liebkosung klang mein Name von seinen Lippen, und das Echo wisperte durch meinen Kopf. Seine Berührung war so sanft wie weicher Flügelschlag, doch diesmal war er wahrlich er selbst und hielt nichts zurück – kein Zögern, keine Furcht trennte uns. Auch ich war frei, frei durch seine Wärme – frei zu geben und zu nehmen wie nie zuvor – frei zu teilen . . .

Glücklich und zufrieden schliefen wir schließlich ein.

4. Kerovan

Heller Sonnenschein weckte mich aus tiefem, traumlosem Schlaf. Einen langen Augenblick betrachtete ich blinzelnd die mir fremde Umgebung. Ich wußte nicht, wo ich war und wie ich hierhergekommen war. Schließlich blieb mein Blick auf dem leuchtenden Blau der Decke hängen, die den Schlafteil vom Rest des Zeltes trennte. Die weißen Schlangenlinien darauf ließen mich an eine wogende See denken. Und plötzlich, als hätte das Muster mich mit der Vergangenheit verbunden, kehrte meine Erinnerung zurück.

Die Kioga – Obred, Jonka, diese seltsame, finstere Frau Nidu . . . Waren wir wirklich erst gestern hierhergekommen und mit einem solch fröhlichen Fest begrüßt worden? Und dann, vergangene Nacht . . . Ich drehte mich vorsichtig auf die Seite, um Joisan nicht aufzuwekken, und betrachtete sie.

Sie schlief noch fest. Ihr Haar schmiegte sich um ihr Gesicht, die Schultern und den Busen, und die Sonne zauberte goldenen Glanz auf das Rotbraun. Um den Hals trug sie auch jetzt das Amulett, das im Gleichklang zu ihrem Herzen bernsteinfarben pulsiert hatte. Einen Moment schien es mir, als spüre ich die Wärme dieses Talismans wieder an meiner eigenen Brust.

Ich langte nach ihr, sehnte mich danach, ihre Haut unter den Fingern zu spüren. Doch dann zog ich die Hand zurück, um sie nicht zu wecken. Der gestrige Tag hätte selbst den Stärksten ermüdet, und sie brauchte zweifellos ihren Schlaf. Doch ein selbstsüchtiger Teil meines Ichs wünschte sich weiterhin, sie würde aufwachen. Ich wollte wieder ihre Arme um mich spüren – ihre Küsse warm und nachgiebig, dann abwechselnd fordernd . . . Ich wollte . . .

Joisan öffnete die Augen. Sie lächelte schläfrig und strich das Haar über den Augen zurück. »Wie Jonka sagen würde: ein munteres Erwachen, mein Gemahl.«

»Meine Gemahlin zu sehen, ist das Schönste am Erwachen«, sagte ich zögernd. Ich wagte nicht, ihr in die Augen zu blicken, weil ich befürchtete, Lachen in ihnen zu lesen. Ich verstand so wenig von höfischer Art, und Nettigkeiten auszusprechen, selbst wenn sie aus ehrlichem Herzen kamen, fiel mir schwer.

Sie strich mir übers Haar, über die Wange, las in mir und öffnete sich mir. Da wußte ich, daß ihr meine unausgesprochenen Worte viel bedeuteten. Ich schloß sie in die Arme, wollte . . .

»Lord Kerovan!« Jemand kratzte draußen an der Zeltklappe. »Ich wollte Euch nicht stören, aber das Frühstück steht bereit, und die Pferde sind gesattelt. Wir sollten bald aufbrechen.« Hörbar verlegen fuhr Obred fort: »Ich weiß, daß es sich nicht gehört, einen Gast zu drängen, aber es ist fast Mittag, und wir haben einen weiten Weg vor uns.«

Ich seufzte tief, wälzte mich auf den Rücken, fort von Joisan, und unterdrückte meine unwillkürliche Gereiztheit, als ich zurückrief: »Ein feiner Kundschafter, der den Tag verschläft! Ich bin gleich bei Euch, Obred. Danke fürs Wecken.«

Joisan blickte mich gleichermaßen belustigt wie enttäuscht an. »Und du glaubst, du wärst in höfischer Art nicht bewandert, mein Gemahl? Selten hörte ich Unwahrheit so glaubhaft ausgedrückt.«

»Ich möchte bei dir bleiben, Joisan – heute und morgen und übermorgen . . .« Wieder griff ich nach ihr. Doch sie stand bereits auf und schüttelte den Kopf.

»Selbst schnell dahingesagte Versprechen müssen gehalten werden«, erinnerte sie mich mit schalkhaftem Lächeln.

Brummelnd zog ich mich an.

Nach dem Frühstück wandte Obred sich an mich. »Wir müssen ein Pferd für Euch suchen, Kerovan. Kommt mit zur Herde der Unerwählten.«

Wir schritten zwischen den Zelten hindurch. Jetzt im Tageslicht war deutlich zu sehen, daß die meisten dunkelbraun oder schwarz waren, mit nur zwei (einschließlich unserem) in Blau. Die Klappen hatten alle ein eigenes Muster. Kleine Kinder rannten in ein Spiel vertieft an uns vorbei. Ältere Kinder trugen Körbe mit Wäsche zum Waschen oder mit Wildgetreide zum Mahlen oder ein jüngeres Geschwister auf dem Arm oder Rücken. Alle lächelten als Gruß.

»Ich mag Eure Leute, Obred«, sagte ich offen, und dachte, daß ich mich in der Gegenwart von so vielen meiner eigenen Sippe nie so wohl gefühlt hatte.

»Ich ebenfalls«, warf Joisan ein. »Selten wurden wir auf unseren langen Reisen so freundlich willkommen geheißen.«

»Das ist wahrhaftig nicht viel, wenn man bedenkt, daß ihr Briata gerettet habt. Lero und Vala sind bereits mit den Tieren angekommen. Die Fohlen laufen schon recht ordentlich und spielen sogar schon miteinander. Es wird Spaß machen, sie auszubilden.«

»Und Briata?« fragte ich.

»Sie beweist viel Geduld, vor allem, wenn beide sich im selben Augenblick einbilden, sie wären hungrig. Ihr solltet ihren Gesichtsausdruck sehen.«

Wir lachten.

Als die Zelte hinter uns lagen, deutete Obred auf die

Pferde, die zu unserer Rechten weideten. »Die Herde der Erwählten«, erklärte er. Zwei Kinder, Knaben, ritten als Hirten zwischen ihr herum.

Ein paar Minuten später erreichten wir eine kleinere Herde. »Die Unerwählten. Ich ließ die Ein- und Zweijährigen, sowie die Zuchtstuten abseits bringen. Nun müßt Ihr nur noch sehen, welches unserer ausgebildeten Pferde Euch für die Reise erwählen wird.«

Ich betrachtete die etwa zwanzig Tiere von unterschiedlicher Farbe, aber alle mit schmalem Kopf, kurzem Rücken, schräger Kruppe und breiter Brust. »Wie wähle ich denn?«

»Gar nicht. Das Pferd wird Euch erwählen. Könnt Ihr pfeifen?«

»Ja.«

»Dann tut es. Das erste Tier, das zu Euch kommt, ist das, das Euch wählt.«

Ich dachte an meine Zeit als Kundschafter bei unserer Armee und legte die Finger an die Lippen. Ich trillerte den Morgenruf des Heckenhuhns – unser damaliges Signal zum Sammeln.

Einige Tiere blickten hoch, doch nur eines machte ein paar Schritte in meine Richtung – eine Stute. Sie wandte sich auch nicht ab, als ich mich ihr näherte. Ich legte eine Hand auf ihre Schulter. Sie hielt ganz still, legte nur die Ohren ganz nach vorn und betrachtete mich mit ruhigem Interesse.

Eine große Stute, fünfzehneinhalb Hände groß, schätzte ich. Ihr dunkles Fell wies an Flanken und Schenkeln handtellergroße weiße Flecken auf, einen weißen Streifen auf der Stirn, und beide Vorderbeine waren bis zu den Knien weiß.

»Gutes Mädchen«, murmelte ich, als Joisan und Obred herbeikamen. »Ich nehme an, ich wurde erwählt?«

»Ja. Sie ist Nekia, aus Jonkas Zucht und von ihr ausgebildet. Sie ist immer scharfäugig, doch des Nachts ganz erstaunlich so.«

Ich streichelte den kräftigen Nacken. »Nun, Nekia, wollen wir gute Freunde werden?«

Wie in Zustimmung nickte sie, dann stupste sie mich so heftig, daß ich rückwärts stolperte. Ich lachte. »Eine solche Ungeduld habe ich selten erlebt.«

Obred grinste breit. »Ein guter Anfang, Lord. Wollt Ihr aufsitzen?«

»Aber ich habe keinen Sattel, keine Zügel . . .«

»Unsere Pferde sind auf Lenkung durch Knie- und Schenkeldruck trainiert. Ich bin manchmal den ganzen Tag geritten, ohne nach den Zügeln greifen zu müssen, die ich meinem Tier lose über den Nacken hängen ließ.«

Versuchshalber legte ich die Hände auf Nekias Nacken und Rücken. Als sie sich friedlich verhielt, schwang ich mich hoch. Es war ein ungewohntes Gefühl, so zu reiten. Kaum drückte ich mit den Waden, trabte sie los, und es kostete mich im ersten Augenblick Mühe, mein Gleichgewicht zu halten. Aber gehorsam wurde sie langsamer, als ich mit den Knien drückte und mein Gewicht ein wenig nach hinten verlagerte. Noch ehe wir zurück im Lager waren, staunte ich über die Geschicklichkeit der Kioga im Ausbilden der Pferde.

Trotzdem war ich erleichtert, als Jonka mir einen leichten Sattel und geflochtenes Zaumzeug brachte. Während ich Nekia beides anlegte und die Steigbügel richtete, sammelte sich der Rest des Spähtrupps. Ich zählte fünf weitere Männer, einschließlich Obred, vier Jungen und sieben Mädchen unterschiedlichen Alters. (In Hochhallack ritten die fast verzärtelten Mädchen, wenn überhaupt, nur die sanftesten Zelter, und so betrachtete ich die letzteren erstaunt – und stellte alsbald fest, daß sie zu den kühnsten und besten Reitern zählten.)

Einige führten Ersatzpferde mit leichter Last. »Zum

Jagen«, erklärte Obred auf meine Frage. »Auf dem Rückweg werden wir jagen, sofern es vielversprechend ist. Frisches Wild wird im Lager willkommen sein.«

Seine Bemerkung und die Menge der Vorräte für einen jeden machten mir bewußt, daß dies ein weit längerer als ein- oder zweitägiger Ausflug sein würde.

Bei dieser Erkenntnis blickte ich Joisan an und wünschte mir sehr, ich bräuchte nicht mitzureiten. In der vergangenen Nacht hatten wir die Entfremdung überwunden, die durch meine bisherige Besorgnis entstanden war, und nun wollte ich bei ihr bleiben – nur bei ihr ...

Aber, wie sie mich erinnert hatte, wenn man ein Wort gab, mußte man es halten. Als der Trupp sich verabschiedete, beugte ich mich aus dem Sattel und blickte meine Gemahlin an.

Ich wünschte, ich könnte bei dir bleiben, Joisan ... Du weißt, wie sehr ich mir das wünsche ...

Ich weiß, versicherte sie mir warm.

Du wirst mir fehlen – aber es gibt viel zu lernen für mich, und Jonka war so gütig ...

Ich nahm ihre Hand, drückte schnell die Lippen darauf, dann drehte ich Nekia rasch um und blickte nicht zurück – aus Angst, in meinem Entschluß doch noch wankend zu werden.

Wir ritten südsüdostwärts. Das Grasland zog sich weiterhin sanft wellig offen dahin. Nur an den Wasserläufen wuchsen gruppenweise Bäume.

Als ich Obred nach unserem vorgesehenen Ziel fragte, erklärte er, daß sie höher gelegenes Weideland suchten, da die Pferde seit Generationen in den Bergen gezüchtet wurden und am besten in höheren Lagen gediehen. »Mit einem Berg unter den Hufen gewinnen die Tiere kräftigere Muskeln und größere Ausdauer.« Er richtete sich in den Steigbügeln auf, um zum flachen Horizont zu spähen. »Gen Westen erstreckt sich eine gewaltige Wüste, mit nichts als Sand, kargen Büschen und dem Tod. Wir hoffen, weiter im Osten auf Berge zu stoßen.«

An diesem Abend schlugen wir unser Lager an einem Bach auf. Müde legte ich mich auf meine Decken und benutzte Nekias Mähne als Kopfpolster, wie es auch die Kiogas bei ihren Pferden taten. Der Körper der Stute war warm und ihre Anwesenheit beruhigend unter dem Sternenhimmel und dem kalten Schein des Vollmonds. Meine Gedanken aber galten Joisan. Sie fehlte mir unendlich. Seit unserer wirklichen Vermählung waren wir nie getrennt gewesen, außer wenn sie anderen mit ihrer Heilkraft half. Doch das war ganz anders, wie ich jetzt feststellte, als wenn einen Meilen trennten. Ich fragte mich, ob sie ebenfalls an mich dachte – und dabei schlief ich schließlich ein.

Nach zwanzig Tagesritten gelangte unser Trupp zu einem Fluß, der so breit war, daß wir ihn ohne Boote oder Flöße nicht überqueren konnten. So führte Obred uns wieder ostwärts, in der Hoffnung auf eine schmalere Stelle, wo wir mit unseren Pferden an unser Ufer schwimmen könnten.

An diesem Morgen ritt ich neben einem Jungen, dem der erste Bartflaum zu sprießen begann. (In dieser Gesellschaft bärtiger Gesichter brachte mir meine Gewohnheit, mich jeden Morgen zu rasieren, so manchen merkwürdigen Blick ein – und mehrmals verwechselte man mich aus der Ferne mit einem der Jungen.)

»Munteres Erwachen, Lord Kerovan.« Er blickte mich schüchtern an.

»Auch dir munteres Erwachen.« Ich konnte mich nicht an seinen Namen erinnern – falls ich ihn überhaupt je gehört hatte.

»Ich bin Guret, Herr.«

Ich ehrte ihn mit dem Kriegergruß, woraufhin er sichtlich vor Stolz errötete. »Habt Dank, Lord, aber ich bin noch kein Krieger. Ich übe noch für das Fest des Wandels.«

»Ein Fest?«

»Ja, in einem Monat. Alle, die erwählt wurden . . .« Liebevoll tätschelte er seinen edlen Fuchshengst. ». . . müssen ihre Geschicklichkeit als Jäger und Herdenbeschützer beweisen. Danach bekommen sie eine Stimme im Rat.«

Ich dachte an meinen eigenen Mannbarkeitsritus, als mein Vater, Ulric von Ulmental, mir feierlich das Schwert überreicht hatte, das ich jetzt noch trug. Ich wußte, wie es war, wenn man von einem Tag auf den anderen vom unerfahrenen Jungen zum Mann wurde – ja, ich erinnerte mich, wie schwer die Last der neuen Verantwortung auf mich gedrückt hatte, so daß ich mich noch viel mehr wie ein Junge und nicht wie ein Mann gefühlt hatte . . .

Es war fast, als läse Guret meine Gedanken, jedenfalls sprach er so leise, daß ich mich anstrengen mußte, ihn zu verstehen.

»Manchmal kann ich es nicht erwarten und es erscheint mir eine Ewigkeit bis zum Fest zu dauern. Und dann wieder scheint es auf mich zuzusausen wie ein wespengestochenes Pferd, dem ich nicht ausweichen kann . . .«

Ich schwieg eine lange Weile und überlegte, ob ich das unausgesprochene Flehen des Jungen beantworten sollte. Nie hatte ich jemandem einen Rat erteilt, hatte mich abseits gehalten, außer bei Joisan – aber kann man immer so leben? Doch noch während ich mich mahnte, meine Meinung für mich zu behalten, hörte ich meine eigenen Worte:

»Mir dünkt, nur jene, die nicht wirklich wissen, was ein echter Mann ist, stürmen kopfüber vorwärts. Solche wie du, die zweifeln und nachdenken, erweisen sich als die weisesten und reifsten . . .«

»Vielleicht habt Ihr recht, Lord«, antwortete der Junge nachdenklich.

Stumm ritten wir weiter und hörten nur das Rauschen des Flusses. Ich fragte mich, ob er wohl in ein fernes Meer im Süden mündete. Das hier war ein weites Land, und Joisan und ich hatten trotz unserer langen Wanderungen nur einen kleinen Teil davon gesehen.

»Von woher kommt Ihr und Cera Joisan, Lord?« fragte der Junge.

»Von der anderen Seite des Gebirges.« Ich drehte mich im Sattel und deutete in die Richtung der Berge, die nicht mehr zu sehen waren, die ich aber immer noch spürte, obgleich ich dank meiner Gemahlin von dem vorherigen schrecklichen Ziehen befreit war.

»Wir kamen ebenfalls von diesem Gebirge.« Guret runzelte die Stirn. »Vergangenen Winter beschloß der Rat weiterzuziehen, obwohl die Ernte reich und unsere Pferde wohlgenährt waren. Einer unserer Kundschafter fand den Tod – durch etwas in diesen Bergen. Dann beeilten wir uns weiterzukommen und ritten in den Pässen manchmal sogar bis zum Bauch im Schnee.«

Etwas in seinen Worten weckte ein ungutes Prickeln. Zum erstenmal seit Tagen dachte ich wieder an Galku – dessen Berührung Tod und Besudelung bedeutete, wie kein menschlicher Geist sie erfahren sollte . . .

Ekelerfüllt schauderte ich, und die flüchtige Verkrampfung meiner Beine ließ Nekia tänzeln.

»Wie sind diese Lande über dem Gebirge? Was wohnen dort für Leute?« Guret war meine Reaktion sehr wohl aufgefallen. »Ich habe die Händler gefragt, wenn sie zu uns kamen, doch nicht einmal sie waren je so weit gereist. Ich möchte mich gern umschauen, möchte sehen, was außerhalb unseres kleinen Gebietes liegt.«

Ich dachte an die Talmänner, mit denen ich im Krieg gekämpft und neben denen ich bei Festmahlen gesessen hatte – diese Männer waren von mir zurückgewichen, hatten mich mit Blicken bedacht, die ihr Mißtrauen und ihre Furcht nicht zu verbergen vermochten, sobald sie mich ohne die Stiefel sahen, die mein Vater für mich hatte anfertigen lassen, um das ›Anderssein‹ seines Erben zu verbergen. Doch solche Erinnerungen waren nichts, was man mit einem so eifrigen Jungen teilen sollte . . . Weiter zurück ließ ich meine Gedanken schweifen, zu den beiden Talmännern, die mich akzeptiert hatten, so wie es die Kioga zu tun schienen . . .

»Das Land von Hochhallack, dessen sanfte Hügel und Täler sich ostwärts erstrecken, ist weit. Und die Menschen, die dort wohnen, nennen es ganz einfach ›die Täler‹. Jeder Lord hat sein Tal und Krieger, um es zu beschützen. Jago, einer der Krieger meines Vaters, bildete mich in der Kriegskunst und im Umgang mit Waffen aus. Aber er lehrte mich noch mehr . . .

Die Täler waren nicht immer von Menschen bewohnt. Noch jetzt weisen sie, genau wie Arvon, Spuren jener auf, die wir die ›Alten‹ nennen. Vor unendlicher Zeit lebten sie in Hallack, und nach unseren Sagen hatten sie die Täler längst verlassen, als unser Volk dort ankam. Doch wie gesagt, waren Spuren von ihnen geblieben, und manche Männer und Frauen, die es nach Wissen und Weisheit dürstet, besuchen ihre Ruinen. Riwal, der Weismann, war ein solcher. Er wanderte durch die Einöde auf Suche nach Dingen, die zu verstehen er kaum hoffen konnte, aber es drängte ihn danach, es wenigstens zu versuchen. Ich begleitete ihn auf so manchem seiner Ausflüge, und bei einem fanden wir einen wundersamen Talisman aus uralter Zeit . . .«

Ich fuhr fort und erzählte vielleicht mehr, als ich vorgehabt hatte, weil Guret so mitgerissen zuhörte. Als ich schließlich aufhörte, flehte er mich an, weiterzuerzählen.

»Ja, bitte mehr, Lord Kerovan!« echote ein helles Stimmchen hinter uns. Ich drehte mich um und sah ein kleineres Kind, ein Mädchen, das in gleichmäßigem Rhythmus die Fersen auf die Seiten ihres fetten Wallachs schlug, damit er mit uns Schritt hielt.

»Nita!« rief Guret hörbar verärgert. »Wie lange reitest du schon hinter uns? Weißt du nicht, daß es ungezogen ist, mitzuhören, was nicht für die eigenen Ohren bestimmt ist?«

Trotzig schob sie das Kinn vor, dadurch wurde ihre Ähnlichkeit mit dem Jungen noch betonter. »Es war Lord Kerovans Geschichte, so ist es an ihm, mich zu schelten, wenn ich ihn verärgert habe!« Sie wandte die dunklen Augen mir zu und fragte nun verlegen: »Habe ich Euch verärgert, mein Lord?«

Ich bemerkte, daß ich lächelte, und bemühte mich schnell um eine ernste Stimme. »Nein, aber dein Bruder hat recht. Es schickt sich nicht, anderen zuzuhören, wenn sie es nicht wissen.«

»Nun . . .« Sie lächelte sanft. ». . . dann müßt Ihr mich von jetzt an neben Euch reiten lassen, damit Ihr wißt, daß ich lausche. Wahrlich, Lord, Eure Geschichte gehört zu den schönsten, die ich je hörte.«

Ich blickte aus den Augenwinkeln zu dem noch finster dreinblickenden Guret, dann bemerkte ich erleichtert Obreds erhobene Hand – unser Zeichen, anzuhalten. »Keine weiteren Geschichten. Vielleicht ein andermal.«

Der Kiogaführer winkte mich zu sich, und ich lenkte Nekia zu ihm. »Was meint Ihr, Kerovan? Sollen wir es versuchen? Schmäler wird der Fluß nirgends.«

Ich blickte auf das Wasser, schätzte die braune Tiefe ab und sah die Strudel und Wirbel, die auf eine starke

Strömung hindeuteten. »Hintereinander, vielleicht, und jeder sollte sein Pferd führen, bis geschwommen werden muß.«

»Gut.« Obred drehte sich um und brüllte seine Anweisungen.

Ich war der erste und führte Nekia, bis wir plötzlich keinen Grund mehr unter den Hufen hatten. Ich schwamm und griff nach dem Schweif der Stute und sprach so ruhig zu ihr, wie ich nur konnte. »Schon gut, Mädchen, schon gut. Es ist nicht mehr weit – gleich haben wir es . . .«

Das schmutzige Wasser spülte über mein Kinn, und spuckend trat ich fester. Nekia kam vor mir hoch, Wasser strömte von ihrem Sattel und den Flanken, und dann fand auch ich Boden unter den Hufen.

Ein schriller Schrei zerriß die Luft. Er kam von hinter mir und wurde zum ächzenden Gurgeln, noch ehe ich mich umgedreht hatte. Ich schlug so fest auf Nekias Rumpf, wie ich nur konnte, und wußte, daß die Stute es ans Ufer schaffte.

Den Kopf aus dem Wasser haltend, schwamm ich zurück, um zu sehen, was geschehen war. Etwas Großes platschte im seichteren Wasser und schnaubte vor Panik. Auch Schreie hörte ich. Endlich sah ich etwas Kleineres hilflos von der Strömung davongetragen werden. Ich schwamm dieser Gestalt nach, so schnell ich nur konnte, bis auch mich die Hauptströmung erfaßte.

Ich bemühte mich, das sich nur noch schwach wehrende Opfer nicht aus den Augen zu verlieren, und flüchtig empfand ich Dankbarkeit, daß meine Rüstung und Waffen sicher an Nekias Sattel befestigt waren, und daß ich keine Stiefel trug, die mich in die Tiefe ziehen konnten. Jahre war es her, seit ich mit Riwal in stillen Weihern geschwommen war und Jagos strenge Anweisungen befolgt hatte, mich auf dem Wasser zu halten –

doch noch nie hatte ich gegen eine Strömung gekämpft. Ich hatte genug zu tun, mich nicht von ihr unterkriegen zu lassen – wie konnte ich da hoffen, diesem Kind zu helfen – vorausgesetzt, daß ich es überhaupt erreichte . . .

Mit aller Willenskraft unterdrückte ich solche hoffnungslosen Gedanken und schwamm weiter. Als ich etwa eine Armlänge entfernt war, sank das Kind unter. Ehe ich noch überlegen konnte, tauchte ich hinterher und tastete mit ausgestreckten Armen in der schlammigen Strömung herum.

Meine Lunge begehrte auf, Blut hämmerte in den Ohren – Luft! Ich brauchte Luft! Gequält stieß ich mich vorwärts, immer noch mit ausgestreckten Armen . . .

Und berührte etwas! Meine Finger streiften Stoff. Ich griff zu, dann tauchte ich hoch, Luft und Leben entgegen, die Handvoll Leinen fest in meiner Faust.

Der feinste Wein beim Festmahl eines Lords hätte nicht halb so gut schmecken können wie der erste Mundvoll gesegneter Luft, als mein Kopf aus dem Wasser kam. Schnell zerrte ich hoch, was ich hielt und was nun nicht viel mehr als ein lebloses Lumpenbündel zu sein schien, bis das Gesicht aus dem Wasser war. Unbeholfen mit einem Arm schwimmend, begann ich den langen Weg zum Ufer.

Doch nach ein paar Bewegungen brannte die Luft, nach der ich so gierig geschnappt hatte, wie Feuer in meiner Brust. Meine Arm- und Beinmuskeln fühlten sich gleichzeitig schwer und schwach an. Durch die Schleier vor meinen Augen konnte ich das Ufer nicht mehr sehen.

Ich schloß die Lider und trat heftig Wasser. Das schlaffe Gewicht an meiner Seite zog an mir. Hartnäckig hielt ich es fest – und plagte mich – plagte mich . . .

So benommen war ich, daß mir lange Sekunden nicht bewußt wurde, daß das, was ich auf der Schulter spürte, eine Hand war, die zu mehreren wurde, welche mich aus der tödlichen Umarmung des Flusses zogen.

Hochblickend sah ich Obreds Gesicht – hörte dumpf Hilferufe. Weitere Gesichter erschienen. Ich wurde hochgehoben, getragen – in Dunkelheit . . .

Ein schwerer Druck quetschte meine Rippen, obgleich ich schwach protestierte und mich aufzustützen versuchte.

»Ruhig, Kerovan. Bleibt liegen! Ihr habt versucht, den halben Fluß auszusaufen!« Das war eine Stimme über mir – Obreds, erkannte ich stumpf.

Ich lag mit dem Bauch auf dem Boden, und das rauhe Büschelgras kitzelte meine Wange. Wieder kam der Druck, und diesmal gelang es mir, mich auf Hände und Knie zu stemmen – nur um erneut gequält zu werden – jetzt von Übelkeit. Ich glaubte gern, daß ich wahrhaftig den halben Fluß ausgetrunken hatte, nach dieser Menge Wasser, die ich schmerzhaft von mir gab. Obreds große schwielige Hand stützte sanft meinen Kopf.

Endlich konnte ich wieder etwas klarer denken, obgleich mein Schädel zu platzen drohte und ich eigentlich nichts sehnlicher wollte als schlafen.

Eine Schar Leute hatte sich um eine andere Gestalt auf dem Gras in der Nähe gesammelt. Einen Augenblick dachte ich schon bedrückt, daß meine ganze Mühe umsonst gewesen und das Kind tot war – da sah ich einen kleinen Fuß zucken. Schwerfällig torkelte ich zu dieser Gruppe.

Guret kauerte über dem Kind. Ich hielt schmerzhaft die Luft an. Jetzt erst erkannte ich, daß es Nita war, die ich aus dem Wasser gezogen hatte. Eine Frau massierte angestrengt die Rippen des Kindes, dann bückte sie sich tiefer, um ihren Atem zwischen die blauen Lippen zu blasen. Kein Laut war zu hören, außer dem rhythmischen Atemeinblasen – einmal, zweimal, dreimal. Dann zählte ich nicht mehr mit, aber immer noch plagte sich die Frau . . .

Da kam ein Seufzer aus dem triefnassen Bündel, und ein weiterer. Ein aufgeregtes Murmeln der um das Kind gescharten Kioga wurde zum dankbaren Jubel, als Nita wieder gleichmäßig atmete.

Wenn ich mich nicht gleich setzte, würde ich umkippen. Da spürte ich stützend Obreds Arm um meine Schultern.

»Erneut schulden wir Euch einen Dank, der sich nicht zurückzahlen läßt. Ihr seid Nita nachgeschwommen, obgleich Ihr wußtet, daß es Euch das eigene Leben kosten mochte. Nie sah ich je solchen Mut.«

Ich schüttelte abwehrend den Kopf. »So war es nicht, Obred. Ich handelte, ohne zu überlegen. Hätte ich nachgedacht, würde ich es vielleicht nicht gewagt haben. Ihr seht, daß man das wahrhaftig nicht Mut nennen kann.«

»Ihr werdet nie etwas anderes von mir hören, Lord.«

»Wie ist es eigentlich passiert?« Ich saß jetzt im vollen Sonnenschein. Wäre nicht meine nasse Kleidung gewesen, hätte ich das Ganze für einen schlimmen Traum halten können.

»Nitas Pferd rutschte auf einem Stein aus. Es fiel und warf sie ins Wasser. Niemand von uns war nahe genug, ihr zu helfen.«

Ich hörte Schritte hinter mir, war jedoch zu erschöpft hochzublicken. »Vom vielen Wasser, das sie geschluckt hat, ist ihr noch übel«, sagte Guret. »Aber sie wird sich bald erholt haben.«

Der Junge fiel vor mir auf die Knie, faßte meine Hand und – ehe ich sie entziehen konnte – drückte sie an seine Stirn. »Herr, ich stehe in Eurer Schuld. Laßt mich Euch als Euer Gefolgsmann dienen, wie es sich schickt.«

»Nicht dienen sollst du mir, sondern mein Freund sein.« Meine Stimme war noch rauh von meiner schmerzenden Kehle. »Ich bin froh, daß Nita sich wieder erholen wird.«

Wir unterhielten uns noch eine Weile, dann schlief ich, während Obred sich um die Flußüberquerung kümmerte. Als ich erwachte, mußte ich ein zweites Mal über den Fluß. Erleichtert hörte ich, daß keine weiteren Unfälle passiert waren. An diesem Abend lagerten wir am Ufer. Ich lehnte mich gegen meine noch zusammengerollten Decken und lauschte den Frauen, die ein Lied zum besten gaben über einen Flußgeist, der in Ottergestalt zwei unerfahrenen Kiogatrappern Streiche spielte. Ich lächte mit den anderen.

Bei einem Tupfen auf meine Schulter drehte ich mich um. Guret hatte stützend den Arm um die Taille seiner Schwester gelegt. Nita war noch schwach, aber in ihren Augen glitzerte bereits wieder etwas ihres alten Feuers. »*Ihr* solltet erzählen, Lord Kerovan«, sagte sie. »Jeder hat vom Otter und seinen Streichen gehört, doch nur Guret und ich von dem kristallgefangenen Greifen, den eine Lady als Anhänger trug, ohne zu ahnen, daß er ein lebendes Geschöpf war.«

»Nita! Wie bist du herübergekommen?«

»Obred spannte ein Seil über den Fluß, und ich kam über das Wasser wie ein Korb voll Steine, mit einer Schlinge um mich herum. Darauf bestand er. Ich dürfte den Fluß nicht in Versuchung bringen, sich zurückzuholen, was er bereits an sich gezogen hatte, sagte er.«

Sie blickte mich fest an, doch ihre Stimme zitterte, als sie fortfuhr. »Ich schulde Euch mein Leben . . .« Hastig fuhr sie sich über Nase und Augen. »Ich – ich danke Euch . . .« Da fing sie zu schluchzen an, und ich drückte sie an mich. So saßen wir, bis das Mädchen sich wieder beruhigt hatte.

Schließlich flüsterte Guret so leise, daß nur ich es hören konnte: »Lord, seid Ihr wahrlich ein Mensch –

oder einer der Traumgeister, von denen Nidu spricht, wenn sie sich in Trance trommelt und durch andere Welten wandelt?«

Ich blickte über den Kopf seiner Schwester zu ihm. »Ein Mensch, Guret, nichts weiter. Obwohl . . .« Die dunklen Augen des Jungen schienen mich zu völliger Offenheit zu drängen. ». . . ich schon einmal unter dem Bann eines anderen stand – der nicht von – dieser Welt ist. Aber das ist schon lange her.«

»Doch habt Ihr das.« Der Junge deutete auf meine Hufe, die ich unter mir verschränkt hatte.

Ich spürte wieder die alte Kälte in mir, bemühte mich aber um eine feste Stimme. »Ich wurde so geboren. In meiner Familie gab es – anderes Blut, erzählt man jedenfalls. Wir sind mit den Alten verbunden.«

»Deshalb habt Ihr die Macht.«

»Wer sagt das?«

»Jeder kann sehen, daß Ihr anders seid. Und in der Nacht, als Ihr angekommen seid, erzählte Obred, daß Ihr durch Eure Warnung den Trupp vor einem tödlichen Ort der Finsternis bewahrt habt. Auch tragt Ihr das.« Er deutete auf mein Armband. »Das könntet Ihr nicht ohne die Macht.«

»Vielleicht hast du recht«, gestand ich widerwillig. »Aber ich bin nicht ausgebildet darin. Und ich möchte es auch gar nicht sein, wenn ich ehrlich sein will. Ich habe wahrhaftig nicht den Wunsch, auch noch innerlich anders zu sein, wenn ich es schon äußerlich bin.«

Die dunklen Augen glänzten im Feuerschein. »Vielleicht ist es so, wie Ihr heute vormittag gesagt habt. Wer sich keinen Gedanken über Verantwortung – oder Macht – hingibt, sollte auch keine haben.«

Ich lächelte, allerdings ein wenig grimmig. »Meine eigenen Worte verfolgen mich – aber vielleicht sollten wir *beide* darüber nachdenken.«

Während die Stille des Lagers mich umgab, mied der Schlaf mich, und ich erlebte in der Erinnerung noch einmal Nitas Rettung. Wie langsam und unbeholfen ich gewesen war! Kalter Schweiß brach mir aus, als mir bewußt wurde, wie nahe das Mädchen und ich dem Tod gewesen waren. *Und gegen den Tod,* dachte ich fröstelnd trotz der milden Nacht, *gibt es keinen Schutz . . .*

Das stimmt nicht, antwortete ein anderer Teil meines Ichs. *Die meisten Menschen haben Kinder und leben so auf gewisse Weise weiter.* Ich dachte an Guret und Nita, und empfand fast etwas wie Neid auf ihre Eltern. Wie wäre es, einen Sohn oder eine Tochter zu haben, denen ich Rat und Trost geben könnte wie heute den beiden?

Joisan und ich waren nun bereits seit drei Jahren wirklich verheiratet. Soviel ich wußte, hatte sie nie ihr Weisfrauenwissen angewandt, um eine Empfängnis zu verhüten. Trotzdem hatten wir keine Kinder. Das mußte bedeuten, daß sie keine von mir bekommen konnte – so unterschied ich mich demnach auch in dieser Beziehung von reinblütigen Menschen.

Ich erinnerte mich meiner Kindheit. Obgleich mein Vater alles getan und gegeben hatte, was seinem Sohn und Erben zustand, hatte doch die innere Verbundenheit gefehlt. Daß daran meine Mutter schuld war, die versucht hatte, ihn durch ihre Zauberkräfte dem von ihm gezeugten Monstrum zu entfremden, erfuhr ich erst nach seinem Tod – als es zu spät war. Ich erinnerte mich auch meiner kindlichen Schwüre, daß ich meinen Sohn nie so behandeln würde, wie Ulric mich behandelt hatte. Und dann dachte ich an den sehnsuchtsvollen Ton in Joisans Stimme, als sie von Utias Kind gesprochen hatte . . .

Ich atmete tief ein, als mir bewußt wurde, daß die Nägel meiner geballten Faust sich in die Handfläche bohrten. Mit offenen Augen zwang ich mich, mich zu entspannen, und blickte zu den glitzernden Sternen hoch. Hier auf der freien Ebene, wo keine Bäume die Sicht beschränkten, lag das weite Himmelsgewölbe über mir mit Sternen ohne Zahl. Bei ihrem Anblick wurde ich ganz klein und unbedeutend.

Doch etwas in mir kämpfte gegen diese Einstufung an. *Ich bin ein Mensch,* erklärte ich diesen fernen, gleichmütigen Beobachtern, *ein Mann, und ich rettete heute ein Leben!* Dieser Gedanke brachte mir ein bißchen Trost, und ich schlief endlich ein.

Die nächsten zehn Tage ritten wir südostwärts und hielten Ausschau nach Obreds ersehnten Bergen. Am Morgen des elften Tages, als er zufällig neben mir ritt, fragte ich ihn, weshalb er mit seinen Leuten das Gebirge verlassen hatte, von dem Joisan und ich gekommen waren – und ob sein Volk von dort stammte.

»Zuerst zu Eurer zweiten Frage: nein. Als ich noch so klein war, daß ich kaum allein reiten konnte, kamen wir in dieses Land. Nidu öffnete das Tor.« Als er meinen erstaunten Blick bemerkte, nickte er. »Ja, dieselbe Weise, die Ihr gesehen habt. Meine Rasse ist langlebig, aber ihre Kräfte haben Nidu darüber hinaus eine Lebensspanne beschert, wie sie nur wenigen vergönnt ist. Sie ist alt, doch scheint sie nicht zu altern . . . Es ist das beste, eine mit der Macht nicht zu bedrängen. Sie trommelte und sang, und wir ritten in undurchdringliches Grau – und als es schwand, befanden wir uns in diesem Land.«

»Warum habt Ihr Eure alte Heimat verlassen?« Joisan hatte also mit ihrer Vermutung recht gehabt, daß die Kioga nicht von hier stammten.

»Ich war zu jung, viel zu verstehen, und die Älteren sprachen nicht gern davon . . . Aber ich erinnere mich, daß wir uns in Wagen versteckt hatten und durch die Planen hinausspähten und sahen, wie einige unserer jungen Leute in Ketten verschleppt wurden, darunter meine Mutter. Hochgewachsene, schmale Männer mit hellem Haar und blassen Augen ritten mit Peitschen neben ihnen. So waren wir eine seltsame Schar, die in Arvon ankam: nur die ganz Alten und die ganz Kleinen und nur wenige Reiter in der Blüte ihres Lebens . . .«

»Da habt Ihr an einer schlimmen Erinnerung zu tragen«, sagte ich leise und dachte, daß auf seine Weise sein Schicksal noch rauher gewesen war als meines. »Eure Mutter muß Euch sehr gefehlt haben.«

»Anfangs vielleicht. Doch ich erinnere mich kaum. Nur dieses eine Bild blieb haften. Hier war es anders. Wir waren frei, konnten furchtlos in unserer neuen Bergheimat umherstreifen – das heißt, bis zum vergangenen Winter, als . . .« Er hielt inne und suchte nach Worten. ». . . dieses Wesen von den Bergkämmen Jerwin tötete. Guret und ich waren unter jenen, die es sahen – und das genügte. Wir packten unsere Habe und marschierten los, mit dem Hauch des Eisdrachen im Nacken. Wir hatten Glück, daß wir durch die Pässe kamen, ohne Lawinen auszulösen. Doch keiner, der *es* gesehen hatte, dachte auch nur daran, wieder umzukehren.«

Eine eisige Hand strich mir über den Rücken. »*Es?*« krächzte ich.

»Jeder sah es anders, aber alle bestätigten, daß es unheimlich war – etwas, das gegen die wahre Natur verstößt. Gelb und wirbelnd erschien es mir, und kalt, kälter als der Tod, fauliger als Fäulnis. Mit der Flinkheit eines Raubtiers sauste es den alten Bergpfad herab, und der junge Jerwin befand sich mitten in seinem Weg. Er – erstarrte – konnte den Blick nicht davon nehmen . . . Obwohl wir ihm zubrüllten davonzulaufen. Sein Gesicht . . .« Obred schluckte, und es dauerte einen Augenblick, ehe er fortzufahren vermochte. »Jerwin war der Sohn meiner Schwester. Er war zum erstenmal auf Kundschaft. Der Gedanke quält mich, daß er einen Tod fand, der noch nicht zu Ende ist – einen unsauberen Tod – einen nie endenden Tod.«

»Ich verstehe«, flüsterte ich erschüttert. »Auch ich habe *es* gesehen.«

»Ihr? Wann?«

»Kurz, ehe Joisan und ich in Euer Land kamen. Nicht seine wirkliche Gestalt sah ich, nur einen Schatten – eine Vision, wenn Ihr es so nennen wollt. Es war grauenvoll.«

»Ja.« Abwesend zupfte Obred an seinem Lippenbart. »Habt Ihr es auch so gesehen, wie ich es beschrieb?«

»Ja. Rote Streifen in einem gelblichen Dunst – ein Summen wie von gereizten Bienen, oder vielleicht die Musik eines Wahnsinnigen . . .«

»Ich hörte nichts. Wir sahen manches gleich und doch alle etwas anderes. Nidu war die einzige, die es deutlich sah – oder es zumindest glaubte.«

»Was hat sie gesehen?«

»Eine Jagd. Menschen und Ungeheuer verfolgten ein Fabelwesen – eine unheilige Kreuzung von Frau und Vogel, grotesk und häßlich. Wie eine Harpyie in Arvons alten Sagen.«

Harpyie? Ich sah die winzige Figur vor mir, die mein Freund Riwal in der Einöde gefunden hatte, und hörte wieder seine Worte, während er sich bemühte, ein gebrochenes Bein an den Körper zu kitten. »Ja, es ist ein Frauenkörper, Kerovan, und etwas, das wie ein Vogelbein aussieht. Aber sie passen genau zusammen, siehst du? Wie schade, daß ich das andere Bein nicht finden konnte!« Und ich hatte staunend auf das einbeinige Geschöpf gestarrt, ein Geschöpf mit dem Rumpf einer Frau und dem Kopf und den Gliedmaßen eines Greifvogels. Etwas an dem gierigen Ausdruck des kleinen Gesichts hatte mich erschaudern und zurückzucken lassen, als befürchtete ich, der scharfe Schnabel würde nach mir schnappen.

»Eine furchterregende Kreatur, so eine Harpyie«, murmelte ich.

Obred nickte. »Nach Jerwins grauenvollem Tod – nachdem das Ungeheuer sich über ihn gewälzt hatte und nichts von ihm übriggeblieben war, was wir hätten begraben oder verbrennen können – beschlossen wir, sofort weiterzuziehen. Nun suchen wir nach anderen Bergen, nach sicheren, reinen, ohne den Schatten der Finsternis.«

Unwillkürlich spähten wir beide zum Horizont. Doch nichts zeichnete sich dort ab. Plötzlich kniff ich die Augen zusammen und streckte eine Hand nach Obred aus.

»Seht! Dort im Westen! Was ist das?« Mir schien, daß sich aus dem welligen Grasland ein Hügel abhob.

»Ich sehe ni . . . O doch!«

Wir nahmen uns diesen Buckel zum Ziel.

Eine so ungebrochene Weite verzerrt den Blick. Schon wenige Augenblicke, nachdem ich diese Kuppe gesichtet hatte, erkannte ich, daß sie viel näher war als ursprünglich vermutet, und folgedessen viel kleiner. Nekia galoppierte darauf zu, und schon nach kurzer Weile hielten wir vor diesem einsamen Ding an.

»Ein Brunnen!« rief Obred erstaunt. »Wie kommt er hierher, so fern von jeglicher Behausung?«

Ich betrachtete die hohen Seiten, die aus gewöhnlichem Stein und mit Mörtel zusammengefügt waren. Im tiefen Innern gurgelte verlockend das Wasser. Kleine Büsche mit leuchtend orangen Blüten wucherten um den Brunnen.

Obred löste seinen Wasserbeutel vom Sattel. »Zumindest können wir unseren Wasservorrat auffrischen und trinken soviel wir wollen. Mir scheint ohnehin, als hätten wir nie genug Wasser.« Er saß ab.

In diesem Augenblick spürte ich das Prickeln an meinem Handgelenk. Trotz des blendenden Sonnenscheins war ganz deutlich zu sehen, daß das Armband der Alten blaugrün glühte. An seiner Oberfläche wanden sich rotgold seine Runen. Fast ungläubig betrachtete ich diesen Talisman. Der Brunnen wirkte so normal . . .

Die Hitze, die das Band plötzlich ausstrahlte, versengte mir fast die Haut, und ich fand meine Stimme: »Obred! Nein!«

Der Kiogaführer ging weiter zum Brunnen und wandte nicht einmal den Kopf. Schnell ließ ich den Blick über den Rest unseres Trupps schweifen. Die meisten saßen reglos und mit starrem Blick auf ihren Pferden. Ein paar wirkten beunruhigt. Ich wandte mich an ein vertrautes Gesicht und legte all meine Willenskraft in meinen Ruf. »Guret! Wir müssen ihn aufhalten! Zu mir!«

Der Junge riß mühsam den Blick vom Brunnen und wandte ihn mir zu. Dann gab er seinem Pferd die Fersen, bahnte sich einen Weg durch die anderen und erreichte mich.

Ich wendete Nekia, winkte Guret zu, und gemeinsam folgten wir Obreds breitem Rücken, der schon fast die blühenden Büsche erreicht hatte.

Ich beugte mich aus dem Sattel und packte das Hemd des Kiogaführers mit beiden Händen. Guret, an seiner anderen Seite, tat es mir gleich. »Nach rechts!« brüllte ich, und wir wandten uns vom Brunnen ab. Plötzlich spürte ich stechenden Schmerz in der Linken. Obreds Zähne bissen in meinen Daumen und Zeigefinger, daß Blut rann. Trotz der Schmerzen verstärkte ich meinen Griff und betete zu den Mächten, mir die Kraft zu geben, Obred aus dem Bannkreis des Brunnens zu bringen.

Wenige Schritte später öffnete Obred die Kiefer, und sein Körper erschlaffte unter unseren Händen. Gleich darauf hielten wir unsere Pferde an und ließen Obred vorsichtig ins Gras sinken.

»Paß auf ihn auf«, bat ich Guret und wandte mich dem Rest der Kioga zu – um zu meinem Entsetzen zu sehen, daß bereits vier abgesessen waren und sich der tödlichen Falle näherten. Ich raste an ihnen vorbei und versperrte ihnen den Weg.

»Halt!« befahl ich mit der blanken Klinge in der Hand. Ich beschloß, lieber jeden zu töten, der nicht gehorchte, als ihn der Finsternis zu überlassen.

Zwei zögerten, als sie mein Schwert sahen, und blieben blinzelnd stehen. Ich erinnerte mich an eine halbvergessene Sage und schwang den Stahl zwischen der Gruppe und dem Brunnen hin und her. Tatsächlich brach das kalte Eisen ihren Bann. »Zurück!« befahl ich, ständig die Klinge weiter schwenkend, während die Kioga wie Schlafwandler zurückwichen. Erst als wir etwa vierzig Fuß vom Brunnen entfernt waren, hörte der Bann abrupt auf. Verwirrt blickten die Kioga sich um. Einige drückten die Hände an die Schläfen und wimmerten.

Den mitgenommenen Obred stützend, kam Guret herbei. Ich saß ab und warnte: »Blickt nicht auf den Brunnen. Es könnte sein, daß einer, der bereits unter seinem Einfluß stand, seinem Bann ein zweites Mal noch leichter verfällt!«

Obred schauderte. »Ich glaube, die meisten hätten keine zweite Chance, Lord. Es war – grauenvoll!« Er spuckte aus, und einen Moment hatte es den Anschein, als würde Übelkeit ihn übermannen.

Ich wandte mich der von den unnatürlich leuchtenden Blüten umgebenen Falle aus Stein und Mörtel zu. Nachdem ich Obred und Guret ermahnt hatte, zu bleiben, wo sie waren, näherte ich mich mit ausgestrecktem Schwert dem Brunnen, während mein Armband blitzte. Vorsichtig ging ich um ihn herum, studierte die Steine, die Blüten. Worin lag seine Gefahr? Veranlaßte er seine Opfer, sich willenlos in ihn zu stürzen? Unter meinem

Fuß knirschte etwas. Ich blickte hinunter und sah den Schädel eines Hirsches, an dessen weißen Knochen noch ein paar Hautfetzen hafteten. Ein Stück weiter bleichten die Gebeine einer Gabelantilope, und dann die einer kleinen Wildkatze. Probehalber hielt ich das Schwert hinter mich, statt wie bisher zwischen den Brunnen und mich.

Sofort spürte ich die Verlockung, allerdings nur schwach, weil zweifellos mein Armband ihr die Kraft nahm. Das Gurgeln des Wassers versprach mir Unsterblichkeit – Unbesiegbarkeit – die Weisheit von Äonen . . .

Erst als ich einen halben Schritt vorwärts stolperte, wurde mir bewußt, wie nahe ich daran gewesen war, in die Falle zu gehen. Ich sprang zurück und streckte hastig das Schwert wieder vor mir aus, da war mir, als bewegte sich etwas am Fuß der Brunnenseite. *Die Blumen . . .*

Ich blinzelte. Hatte ich es mir nur eingebildet, oder waren diese Blüten wirklich vor dem Stahl zurückgewichen? Ich hielt das Schwert kurz wieder hinter mich und sah, wie die Blüten sich mir zuneigten, wie ihre Blätter sich Mäulern gleich öffneten . . .

Schnell streckte ich die Klinge wieder vorwärts, und sofort waren es nur noch reglose Blüten. Vorsichtig setzte ich meinen Rundgang fort und entdeckte noch weitere Knochen, die, wie nach einem Mahl weggeworfen, im hohen Gras kaum zu sehen waren.

Obred, der jetzt Nekias Zügel hielt, rief mir zu. »Wir wollen weiterreiten, Kerovan, ehe es wieder Macht über uns gewinnt. Einen Augenblick dachte ich schon, es hätte Euch erwischt.«

Ich schüttelte den Kopf. »Ich kann noch nicht weg. Ich muß erst sehen, was ich tun kann, um die Falle für immer unschädlich zu machen. Sie soll nicht noch mehr andere anziehen, ob nun Mensch oder Tier.«

Gurets Hand griff erschrocken nach meinem Arm. »Aber Lord Kerovan, Ihr habt selbst gesagt, daß Ihr in der Macht nicht ausgebildet seid. Wie wollt Ihr da so etwas fertigbringen?«

»Ich weiß es nicht«, gestand ich offen. »Aber ich weiß auch, daß ich nicht einfach fortreiten und zulassen kann, daß dieses – Ding weiter tötet.«

Ich löste meinen Arm aus seinem Griff und kehrte zum Brunnen zurück.

5. Joisan

Kaum vierzehn Tage waren vergangen, seit mein Gemahl mit den Kioga fortgeritten war, als ich mich zu fragen begann, ob ich etwa gar guter Hoffnung sein könnte. Meine Regel war immer genau vorherbestimmbar gewesen, doch diesmal war der Mond unsichtbar geworden und immer noch – nichts. Außerdem machte meine Erfahrung als Wehfrau mich auf andere Kleinigkeiten aufmerksam, die bedeuten mochten, daß mein Körper sich darauf vorbereitete, ein neues Leben zu hüten.

Da ich nicht wirklich wußte, ob ich mich auf eine Bestätigung meiner Vermutung freuen oder sie fürchten sollte, sagte ich mir, daß die Anspannung der vergangenen Wochen – der Abschied von Anakue, Kerovans unberechenbares Benehmen angesichts des schrecklichen Zwanges aus den Bergen – sehr wohl den Rhythmus meines Körpers gestört haben konnte. Jeden Morgen dachte ich, daß der kommende Tag meinem Zweifel ein Ende bereiten würde, doch diese Tage vergingen einer wie der andere, und mein Zweifel blieb. Nur die Zeit würde mir schließlich eine sichere Antwort geben können.

Mein Aufenthalt im Kiogalager ließ mir zu viel Zeit für solch zwecklose Überlegungen. Als Ehrengast hatte ich keine Pflichten, und jene, bei denen ich mithelfen konnte – wie das Weben mit dem groben Leinenfaden, der aus dem wilden Flachs entlang der Ufer gesponnen wurde

–, ließen mir erst recht Zeit, meinen Gedanken nachzuhängen. Allerdings unterhielt ich mich auch viele Stunden mit Jonka und erfuhr von ihr, wie die Kioga auf die Ebene gekommen waren. Es erschütterte mich zutiefst, als sie erzählte, was sie aus ihrer Bergheimat vertrieben hatte. Es mußte die gleiche Kreatur gewesen sein (oder eine gleicher Art, wenn solch ein doppeltes Grauen überhaupt vorstellbar war!), die Kerovan und ich als Vision gesehen hatten.

Aus irgendeinem Grund (vielleicht, weil ich nicht ständig an die Ungewißheit denken wollte) wandten meine Gedanken sich immer wieder dieser schrecklichen Kreatur in den Bergen zu. Ich fragte mich, ob es sie schon immer dort gegeben, oder ob ein abartiger Anhänger der Finsternis sie erst erschaffen hatte . . .

Manchmal träumte ich davon und erwachte schreckerfüllt. Ich sehnte mich dann besonders nach Kerovans Wärme und Trost. Immer hatten wir beim anderen Kameradschaft und Glück gefunden, als bewegten wir uns innerhalb eines von der Liebe gezogenen Kreises – wie ein Stab bei einer Beschwörung zum Schutz einen Drudenfuß zieht. Im Lauf der Tage fragte ich mich, ob wir diesen Kreis – sofern der Zug aus den Bergen endgültig gebrochen war – nicht auf einen dritten ausdehnen und ein Kind willkommen heißen könnten . . .

Mit so hoffnungsvollen Überlegungen sperrte ich Zweifel und Furcht aus, denn je mehr Tage vergingen, desto mehr wuchs meine Überzeugung. Manchmal lag ich wach im Bett und drückte die Hände auf den Bauch (obgleich es noch lange dauern würde, ehe sich darin etwas bewegte), um Befürchtungen mit Vernunft zu vertreiben.

Jede Frau fürchtet sich ein wenig, wenn sie feststellt, daß sie schwanger ist – ich vielleicht mehr als andere, denn ich hatte in den letzten Jahren bei vielen Geburten mitgeholfen. Es war die Furcht vor den Schmerzen, vor den Wehen, Furcht vor einer Veränderung, und Furcht vor der Möglichkeit – so unwahrscheinlich sie auch war – zu sterben. Meine Vernunft sagte mir, daß ich körperlich zum Kinderkriegen wie geschaffen war. Ich war gesund, kräftig und doch geschmeidig. Die Frauen aus der Familie meiner Mutter hatten seit Generationen leichte Geburten gehabt. Trotzdem fürchtete ich mich – ein bißchen.

Aber mein Verlangen wuchs schnell – und als der Mond wieder voll war, war es fast so groß, daß es meine Furcht überwand –, mein Kind, unser Kind, in den Armen zu halten. Wie von selbst zog es mich jetzt zu den Säuglingen und Kleinkindern im Lager, und ich lernte einige junge Mütter kennen – mein Geheimnis behielt ich allerdings noch für mich.

Terlys, eine der jungen Frauen, war ebenfalls allein, auch ihr Mann war bei dem Kundschaftstrupp, und so begann ich meine Abendmahlzeiten in ihrem Zelt einzunehmen und ihr mit ihren sehr lebhaften Kindern zu helfen, dem fünfjährigen Janos und der kleinen Ennia. Ennia war kaum erst aus der Wiege, aber manchmal schien mir, daß sie schneller krabbeln konnte als ihre Mutter und ich laufen, so sehr hielt sie uns in Trab. Wir mußten sie aus dem Flachskorb vor dem Spinnrad befreien; sie hastig zurückreißen, wenn sie vor dem Herdfeuer herumturnte; und einmal, als ich ihr nicht länger als einen Herzschlag den Rücken gedreht hatte, fand ich sie mit der Kupferhalskette ihrer Mutter friedlich zwischen den Vorderhufen des Wallachs spielen, der vor dem Zelt angebunden war.

Gunnora sei Dank, stand das Pferd wie angewurzelt, als wüßte es, daß es sich nicht rühren durfte. Ich trug Ennia ins Zelt zurück, mit so weichen Knien, daß ich es kaum schaffte, und stellte mir vor, was alles hätte passieren können. Nachdem ich die Kleine ihrer Mutter in die Arme gedrückt hatte, schnitt ich ein großes Stück Brot vom Laib, salzte es und brachte es dem Wallach. Ich kraulte seine Ohren und dankte ihm für seine Nachsicht.

In Terlys' Zelt zurückgekehrt, half ich ihr, dem Baby frische Windeln anzulegen und faltete sie sorgfältig so, daß sie die kleinen Beine und das Gesäß nicht wundreiben konnten. Ennia schlief bereits, ehe wir ihr noch ein sauberes Hemdchen über den Kopf ziehen konnten. Behutsam hob ich sie in ihre Korbwiege und deckte sie zu, als Terlys sagte: »Ihr braucht ein eigenes, um das Ihr Euch kümmern könnt, Lady Joisan.«

Ich blickte hoch und bemerkte den Hauch eines Lächelns um ihre Lippen. Ich fragte mich, ob sie es vielleicht schon ahnte. Vielleicht hätte ich es ihr da gesagt, wäre nicht in diesem Augenblick Janos vom Übungsfeld zurückgekehrt, wo er reiten lernte.

»Na, wie ging es denn heute, Janos?« fragte ich ein wenig besorgt, nachdem ihn gestern ein etwas übermütiges Pony abgeworfen hatte.

»Viel besser, Cera Joisan.« Er grinste, daß seine Zahnlücke zu sehen war. »Diesmal trottete Pika, wohin *ich* sie lenkte, nicht wohin *sie* wollte.«

Seine Mutter umarmte ihn. »Gut! Also dann kein Sturz mehr.«

»Oh . . .« Verlegen zeigte er uns das Gesäß seiner Leinenhose. »*Das* habe ich nicht gesagt. Aber . . .« Sein Gesicht erhellte sich. ». . . heute bin ich ganz allein wieder aufgestiegen!«

Als ich an diesem Abend von Terlys' Zelt zu meinem ging, sah ich, daß Vollmondnacht war. Ich beschloß Gunnora zu fragen (sie ist besonders aufmerksam gegenüber werdenden Müttern), ob ich wirklich guter Hoffnung war, und wenn ja, ob sie mir etwas über die Geburt sagen würde. Mit dieser Absicht traf ich besonders sorgfältige Vorbereitungen, denn noch nie zuvor hatte ich mich mit einer solchen Frage an sie gewandt.

Im Mondschein wandelte ich zu einer nahen Wiese, wo ich Pferde weiden sah und hörte. Durch eine behelfsmäßige Hecke aus abgeschnittenen Dornbüschen vor den Tieren geschützt, befand sich rechts der Wiese ein Fleckchen wilden Getreides. Behutsam erntete ich eine Handvoll der grünen Ähren und murmelte dabei meinen Dank.

Zurück in meinem Zelt gab ich die Körner in eine irdene Schüssel und goß Wein dazu, bis die Körner auf der Oberfläche der dunklen Flüssigkeit schwammen. Tief atmete ich den Duft des Weines ein, betete stumm zu Gunnora, damit sie mich segne und mir helfe, und hielt schließlich die Schüssel so, daß der Mondschein voll auf sie fiel. Dann setzte ich mich mit überkreuzten Beinen nieder und schloß die Augen, um mich ganz zu entspannen. Die Zukunft zu lesen ist keine Gabe, die alle Weisleute besitzen – wie überall gibt es auch unter ihnen solche, die in anderen Dingen weit geschickter sind. Ich selbst hatte es noch nie zuvor versucht – aber irgendwie schien etwas mich dazu zu drängen und wisperte in mir, daß ich es *wissen* mußte – *wissen* mußte . . .

Als ich glaubte, völlig entspannt zu sein, öffnete ich die Bänder meines Hemdes, um Gunnoras Amulett, das warm von meinem Busen war, über meinen Kopf zu ziehen und es in die Schüssel zu geben. Als die dadurch kurz aufgewühlte rote Flüssigkeit wieder unbewegt war, blickte ich hinein.

Im schwach flackernden Schein meiner gelben Kerze sah ich die Schüssel und ihren Inhalt ganz deutlich. Ich blickte auf die Oberfläche und bemühte mich, meinen Geist für ein mögliches Zeichen oder eine Botschaft offenzuhalten. Die Kerzenflamme spiegelte sich – meine weit geöffneten Augen . . . Doch da schien nichts zu sein, als dieses wechselnde Flackern – rot – dann gold – rot – rotgold.

Ich schwebte über mir selbst und blickte hinab auf eine junge Frau mit schlanken Schultern, über die rotgoldenes Haar fiel. Ihr/mein Gesicht war natürlich verborgen, aber meine Sicht war erweitert, schärfer; so konnte ich das sehen, was außerhalb normaler Sicht lag. Ein leicht bewegtes Glühen umgab sie schwach, blaugrün war es, etwas heller um den Kopf, und violett unterhalb der Schulterblätter, die sich ganz leicht unter dem Hemd abzeichneten. Violett, die Farbe reinster Kraft, die Magie des Geistes – die wenige dieser Welt zu lenken vermögen. Das violette Licht leuchtete stärker, begann zu pulsieren und pochte schließlich schnell und regelmäßig wie ein Herzschlag. Ich schien ein weißes Glühen in dem Violett, in seiner Mitte, zu sehen, ein silbernes Glimmen von etwas – *etwas*, das zu wachsen schien, sich in alle Endlosigkeit ausbreitete, das Universum füllte, und doch gleichzeitig zum winzigsten Punkt schrumpfte, kleiner als das menschliche Auge ihn noch zu sehen vermag.

Man kann nicht etwas ansehen, das *ist* und doch *nicht sein kann* – gnädigerweise verschließt der Verstand sich ihm und verhindert so einen Anblick, der so schrecklich, so furchterregend – so wundersam ist.

Ich kam auf dem Boden des Zeltes wieder zu mir. Die Schüssel war umgekippt und der Wein in die Erde gesikkert. Glücklicherweise war nichts auf Jonkas gewebte Matte gespritzt.

Langsam stand ich auf. Ich wagte kaum an das zu denken, was ich gesehen hatte. Ich fühlte mich sehr müde, aber voll innerem Frieden. Nachdem ich mein Amulett gewaschen und getrocknet und alles aufgeräumt hatte, drückte ich die Kerzenflamme aus und schlüpfte ins Bett.

Im weißen Licht des Mondes schloß ich die Augen und

atmete tief ein. Erst als ich spürte, wie ich dem Schlaf in die Arme glitt, dachte ich an mein Spähen und das Kind in mir, das es offenbart hatte. Dieses violette Glühen . . . *Kleines,* dachte ich, als könne mein Sohn oder meine Tochter bereits meine Gedanken aufnehmen, *was oder wer warst du zuvor? Bestimmt einer der Alten, einer, dessen Kräfte bei weitem alles übertrafen, was ich an Wissen und Weisheit auch nur ahnen kann . . .*

Es ist die Meinung einiger unserer Rasse, daß nur wenige geboren werden, die nicht schon zuvor einmal gelebt haben. Tatsächlich sollen wir alle viele Leben leben, und unser Verhalten im vorherigen Leben ist, wie man glaubt, ausschlaggebend für die Art der Existenz in diesem. Ich wußte das aus berufenem Mund, als Landisl sich Kerovan als sein Ich aus lang vergangener Zeit offenbarte.

War es das Erbe dieser uralten Macht, das ich in unserem Kind gesehen hatte? War es nur Kerovans Erbgut, das eine solch zeitvergessene Macht mit sich brachte? Ich dachte an meine Tante Math und wie sie die gewaltigen Steine Ithkrypts auf die verhaßten Eindringlinge von Alizon hatte herabstürzen lassen. Dieser Einsatz der Kraft hatte sie das Leben gekostet, doch das war ein Tod, wie er jedem Krieger Ehre brächte. Eine alte Frau hatte eine Festung, die Jahrhunderten zu trotzen vermochte, dem Erdboden gleichgemacht – wahrhaftig keine geringe Zauberleistung! Und ich hatte mit nur ein bißchen Lernen – zusätzlich zu dem, was ich mir bei Dame Math und anderen Weisfrauen angeeignet hatte – meinen Willen gestärkt, meine Kräfte, bis ich wahrhaft sagen konnte, daß ich selbst ein wenig der alten Kunst beherrschte.

Nein, unser Kind verdankte sein Erbe der Macht nicht nur meinem Gemahl – auch von mir hatte es Teil davon.

Da kam mir ein neuer Gedanke, und ich lächelte im

Mondlicht. Es war durchaus möglich, daß die Macht, die ich in dem Kind gesehen hatte, ganz allein seine und keinem Erbe zuzuschreiben war! Doch es genügte mir, daß Gunnora meine Frage beantwortet und meine Vermutung bestätigt hatte. Ich stellte mir Kerovan mit einem Wickelkind im Arm vor und seine Bestürzung, die bei allen jungen Vätern gleich ist, wenn sie zum erstenmal das quäkende krebsrote Wesen sehen, das sie gezeugt haben.

Ob er sich freuen würde? Ich hoffte es von ganzem Herzen und sehnte mich nach seiner Rückkehr. Vielleicht würde ihm das ein Ansporn sein, sich irgendwo niederzulassen und ein Zuhause zu schaffen. Er hatte sich zwar als fähiger Wehmann bei Briata erwiesen, trotzdem gefiel mir der Gedanke nicht, daß ich vielleicht irgendwo in der Wildnis entbinden müßte, ohne den Beistand einer fähigen, erfahrenen Wehfrau.

Ich rechnete es aus – das Kind würde etwa zum Mittwinterfest auf die Welt kommen, wenn der Odem des Eisdrachens am beißendsten war. Ich schloß die Augen und beschloß, während der Schlaf mich beschlich, daß wir, ehe es soweit war, unser eigenes Heim haben würden, sei es nun Hütte, Haus oder Zelt . . .

Im Kiogalager hatte ich noch keine Veranlassung gehabt, meine Gabe als Weisfrau einzusetzen – außer für mich selbst. Ich konnte das finstere, verschlossene Gesicht Nidus nicht vergessen, und so hielt ich Vorsicht für angebracht und beschloß nichts zu tun, was die Schamanin möglicherweise als Herausforderung ihrer Macht erachten mochte.

Zwei Tage nach meinem Zukunftlesen jedoch ward mir keine Wahl in dieser Beziehung gelassen. Terlys' aufgeregte Stimme erreichte mich noch vor ihr, als ich des Nachmittags in meinem Zelt saß. »Joisan! Joisan! Komm – bitte!«

Die sonst so ruhige junge Frau stürmte herein und zog mich am Arm. »Schnell, Joisan! Janos ist krank! Er braucht deine Weisfrauenhilfe! Du *mußt* kommen!«

Hastig griff ich nach meinem Beutel mit Heilmitteln. »Was hat er denn, Terlys? So beruhige dich doch und sprich!«

»Er – er wachte heute morgen mit Kopfschmerzen auf, doch ansonsten schien ihm nichts zu fehlen. Aber mittags legte er sich von selbst ins Bett und sagte, er sei müde. Und als ich ihn gerade aufwecken wollte, sah ich, daß er fieberte, noch ehe ich ihm die Hand auf die Stirn legte. Er wälzt sich stöhnend herum und wacht nicht auf!«

»Fieber – hohes Fieber . . .« Ich vergewisserte mich, daß ich das Nötige im Beutel hatte. »Sobald wir in deinem Zelt sind, mußt du Wasser zum Kochen aufstellen. Ich werde ihm einen Trank aus Weidenblättern und Safran aufbrühen.«

Im Dämmerlicht von Terlys' Zelt untersuchte ich Janos. Sein Fieber war so hoch, daß seine Haut straff wie Trommelfell gespannt zu sein schien und seine Augen eingefallen wirkten. Ich fürchtete, daß er Krämpfe bekäme, wenn er nicht sofort abgekühlt würde.

»Beeil dich, Terlys«, rief ich, während ich den Jungen auszog. »Wir müssen ihn zum Bach bringen. Nimm frische Wäsche für ihn mit und eine Kelle, damit wir ihn mit kühlem Wasser übergießen können.«

Wir erregten einige Aufmerksamkeit, als wir zum Bach hasteten, Terlys mit Janos auf den Armen, ich mit meinem Heilmittelbeutel und einem dampfenden Krug. Jonka eilte herbei. »Was ist los, Cera?«

»Janos ist sehr krank«, erklärte ich Jonka, die neben mir herlief. »Er hat hohes Fieber.«

»Wo ist Nidu?« erkundigte sich Jonka.

Terlys drehte sich nicht um, als sie antwortete: »Ich

suchte sie und fragte nach ihr, aber niemand weiß, wo sie ist, nur daß sie seit dem Morgen nicht mehr gesehen wurde.«

Als wir das Ufer erreichten, half ich Terlys hastig, Janos auf eine Matte zu legen. Ich wies sie an, die mitgebrachten Tücher zu befeuchten und auf ihn zu legen. »Wenn seine Haut sich der Kühle ein wenig angepaßt hat, dann schöpf mit der Kelle Wasser direkt auf ihn.«

Während sie tat wie geheißen, rieb ich mich eilig mit einem Heilöl ein und zündete die drei blauen Kerzen an, die ich mitgebracht hatte. Mit einem Auge auf Terlys und Jonka, die ihr half, sagte ich ein rasches, aber inbrünstiges Gebet: »Gunnora, Beschützerin der Unschuldigen, segne Janos und heile ihn. Hilf mir, damit ich ihm helfen kann, im Namen aller Geister des Lichtes. Möge es immer so sein durch deinen Willen.«

In den noch dampfenden Krug gab ich ein bißchen gestampfte Weidenblätter, eine gute Prise Safran, und dann noch ein wenig Sandelholzpulver. Ich rührte um und wartete, daß der Trank abkühlte. Dabei mußte ich mich zu Geduld zwingen, denn heilende Magie kann nur wirken, wenn die Heilerin sich völlig entspannt ein Bild des Kranken als völlig geheilt vorstellt. So beschwor ich ein Bild des glücklichen Janos auf seinem Pony herbei, während ich den Trank umrührte und etwas davon in den kleinen bläulichen Kristallbecher goß, den ich zum Abmessen der richtigen Menge verwendete.

Ich kniete mich neben Janos und berührte seine Stirn. Das kühle Wasser half – Gunnora sei gedankt! Der Trank würde das Fieber völlig vertreiben. Ich stützte den Kopf des Kindes, das nun halb bei Bewußtsein war, und flößte ihm den Trank ein. Er verzog das Gesicht, schluckte jedoch auf mein Drängen und das seiner Mutter. Dann deckten wir ihn mit einem leichten Bettuch zu und setzten uns still neben ihn. Ich nahm Terlys' Hand in meine und sagte ihr, sie solle sich Janos als gesund und fröhlich denken. Das tat auch ich und war so in diese Beschwörung vertieft, daß ich die Schritte nicht hörte, die sich von der anderen Bachseite näherten.

»Was geht hier vor?« Der barsche Ton ließ mich erschrokken aufspringen. Ich öffnete die Augen und sah Nidu am gegenüberliegenden Ufer stehen und mich anfunkeln.

Terlys antwortete, als ich schwieg. »Cera Joisan half Janos, als er plötzlich mit hohem Fieber erkrankte.«

»Half?« donnerte Nidu. »Indem sie das arme Kind mit kaltem Wasser übergoß? Ihn mit einem Trank würgte? Er braucht Trommelmagie, Terlys, nicht dieses – dieses . . .«

Welche weiteren Beleidigungen sie noch hervorstoßen wollte, erfuhren wir nicht mehr, denn Jonkas Aufschrei ließ uns zu Janos herumwirbeln. »Seht doch!« rief sie. »Schweiß auf Janos' Stirn! Ich glaube, das Fieber schwindet!«

Hastig wandte ich mich wieder dem kleinen Jungen zu. Ich berührte seine Stirn und die Brust und seufzte erleichtert. Behutsam wischte Terlys ihm die Stirn ab und wurde mit einem dankbaren Blick belohnt, als er kurz die Augen öffnete. »Mama, ich habe Durst . . .«

»Darf er Wasser trinken?« fragte Terlys mich.

»Natürlich. Ein so hohes Fieber trocknet den Körper aus. Doch sieh zu, daß das Wasser zwar kühl aber nicht kalt ist.«

Als wir uns daran machten, Janos zum Zelt zurückzutragen, schaute ich mich nach Nidu um, doch sie war verschwunden. Gemeinsam brachten Terlys und ich den Jungen ins Bett, und ich wartete noch, bis er fest schlief. Ich wies Terlys an, den Rest des Tranks aufzuteilen und ihm die Hälfte bei Sonnenuntergang und den Rest gegen Mitternacht zu geben.

»Wenn er mehr braucht, werde ich am Morgen noch etwas aufbrühen«, versprach ich, »aber ich glaube nicht, daß es noch nötig sein wird. Achte darauf, daß er gut zugedeckt bleibt. Und er soll zumindest morgen noch den ganzen Tag liegen bleiben. Ich werde . . .« Plötzlich dachte ich daran, daß ich lieber zurücktreten und Nidu das letzte Wort im Fall des Jungen überlassen sollte . . .

»Ich werde morgen nachmittag vorbeischauen, wenn du mich nicht am Vormittag brauchst«, sagte ich fest. Janos war augenblicklich meine Verantwortung und so mußte ich dafür sorgen, daß er wieder ganz gesund wurde. Wenn Nidu die Verpflichtung nicht verstand, die einer Heilerin auferlegt war, dann müßte sie selbst eine schlechte Heilerin sein.

»Danke dir, Cera Joisan.« Terlys nahm meine Hände in ihre. »Du hast mir meinen Erstgeborenen zurückgegeben, und eines Tages, dessen bin ich sicher, wirst du wissen, was das bedeutet. Rigon und ich erkennen unsere Schuld von Herzen an. Ich werde alles tun, um dir deine Güte zu vergelten.«

»Und ich weiß nicht, wie ich *dir* genug danken kann für die Wärme deines Herdes und die Freundschaft, die du mir bewiesen hast, Terlys.« Ich drückte ihre Hände und war tiefer bewegt, als ich es zeigen wollte. »Gunnoras Segen auf dich und die deinen!«

Als ich ihr Zelt verließ, staunte ich selbst über die Tiefe meiner Gefühle, die Janos' Heilung und Terlys' Worte mir bewußt gemacht hatte. Und es war, als dränge sie etwas nach außen, und das, obwohl ich Selbstbeherrschung gelernt hatte und mir meine Gedanken und Gefühle gewöhnlich nicht anmerken ließ – denn das hatte zu meiner Ausbildung als zukünftige Burgherrin gehört, ehe der Krieg mir diese Zukunft raubte.

Plötzlich wurde mir der Grund für diesen neuen Gefühlsüberschwang bewußt. Hatten nicht viele meiner schwangeren Patientinnen gerade das beschrieben? Ich brauchte mir doch nicht einzubilden, daß ich, nur weil ich Heilerin war, davon verschont bliebe!

»Ihr lächelt, Lady?« Die kalte Stimme erklang hinter mir. Herumwirbelnd sah ich Nidu von der Seite eines Zeltes kommen. Wie üblich trug sie ihren Kapuzenumhang aus grobem Leinen, das dunkelbraun, fast schwarz gefärbt war. Eine kleine Trommel hing von ihrem Gürtel, und ihre Finger, die das Fell fast liebkosten, brachten ein gedämpftes Dröhnen hervor. »Weshalb lächelt Ihr? Bewegt Euch ein heimliches Glück? Oder könnte es sein, daß Ihr daran denkt, wie Ihr mich als Törin habt erscheinen lassen?«

Der kaum hörbare Rhythmus der Trommel machte es mir schwer, mich zu konzentrieren, trotzdem gelang es mir zu antworten: »Ganz gewiß nicht, Cera Nidu. Ich freue mich nur, daß es Janos besser geht.«

»Dank Euch, natürlich . . .« Sie kam näher, und ihre Finger trommelten schneller. »Es scheint, daß Ihr über eine gewisse eigene Magie verfügt. Und obwohl sie sich nicht mit meiner messen kann, muß doch damit gerechnet werden. Das heißt . . .« Ihr Trommeln mit den Fingernägeln wurde lauter, und sie wiegte sich in seinem Rhythmus. ». . . wenn Ihr vorhabt hierzubleiben. Ist das Eure Absicht, Lady?«

»Ich – ich weiß es nicht.« Zu meinem Entsetzen bemerkte ich, daß mein Puls schneller wurde, genau wie der Trommelschlag. »Jedenfalls muß ich bleiben, bis mein Gemahl zurückkehrt. Was dann wird, weiß ich nicht. Aber ich will keinen Unfrieden. Ich half nur, weil Terlys mich rief, und weil sie mir hier zur Freundin geworden ist.«

Nidus Augen waren wie schwarze Steine in dem schmalen Gesicht. »Ich sehe, daß Ihr die Wahrheit sprecht. Trotzdem gibt es Zeiten, da jene, die keinen Unfrieden wollen, ihn trotzdem stiften. Eure Beschwörungen haben die Traumgeister beunruhigt, die mein Trommeln beantworten. Meine Visionen sind verschleiert. Ihr müßt gehen und zwar sofort!«

»Das kann ich nicht. Mein Gemahl . . .«

»Euer Gemahl, Joisan, hat selbst genügend Schwierigkeiten. Genau wie Ihr mischt er sich in etwas ein, das ihn nichts angeht, dabei hat er nicht einmal Eure geringe Ausbildung. Seht!« Sie hob die Hand vor meine Augen, daß ich die Linien ganz genau sehen konnte. Der gedämpfte Schlag der Trommel wurde noch schneller. Ich wollte vor dieser drohenden Hand zurückweichen, konnte mich jedoch nicht bewegen! Unfähig, etwas anderes zu tun, starrte ich auf die Handfläche. Die Linien schienen sich zu drehen, verschleierten sich, ein Bild entstand . . .

Kerovan stand inmitten einer endlosen Ebene. Er hielt das blanke Schwert, und die Runen seines Armbands pulsierten in glühendem Rot und Gold. Hinter ihm befand sich etwas, das ein Brunnen zu sein schien, doch war es schwer zu erkennen, da der Dunst der Finsternis sich um ihn erhob. Mir stockte der Atem, denn ich spürte, daß die Finsternis meinen Gemahl rief, ihn anzog, und daß er sich dieser Herausforderung stellte. Mit gespreizten Beinen, den Kopf hoch erhoben, trotzte er dieser Erscheinung des Bösen. So nahe, so wirklich erschien mir dieses Bild, daß ich glaubte, bloß nach seinem Arm greifen zu brauchen, um ihn von dieser gräßlichen Gefahr zurückzuziehen, die sich seiner bemächtigen wollte.

»Kerovan!« Ich bemühte mich um Gedankenverbindung, doch seine Aufmerksamkeit galt nur dem, dem er gegenüberstand. War dies ein Trugbild Nidus? Aber er wirkte so *echt* – und er war so nahe, daß ich den Anflug von Bartstoppeln in seinem Gesicht sah. Weshalb konnte er mich nicht hören. *Kerovan!*

Langsam ging er auf das – Ding zu, einen Schritt – einen zweiten . . .

»Kerovan!« Mein Schrei erschreckte mich nicht weniger als ein paar vorüberkommende Kioga. Ich blinzelte schaudernd, mein Herz pochte heftig, obgleich die Trommel jetzt verstummt war. Nidu betrachtete mich immer noch mit einem Lächeln, das nichts mit Freundlichkeit oder gutem Willen zu tun hatte. Langsam senkte sie die Hand. »Seht Ihr, Lady? Euer Gemahl kehrt vielleicht nicht von diesem Kundschaftsritt zurück. Ihr reitet besser ohne ihn weiter und seid dankbar, daß Ihr unbeschadet davonkommt!«

Grimm stieg in mir auf, heiß und berstend wie eine schwärende Wunde. Es verlangte mich danach, den Dolch an meiner Seite zu ziehen oder besser noch das Schwert, das wenige Schritte entfernt in meinem Zelt lag. Aber beherrschter Grimm, angesichts der Wut eines anderen, ist manchmal eine stärkere Waffe. So zwang ich meine Stimme zur Ruhe.

»Ihr wißt, daß ich das nicht tun werde, Nidu. Ich warte auf die sichere Heimkehr meines Gemahls. Er hat sich der Finsternis schon öfter gestellt und sie besiegt!«

»Glaubt Ihr das wirklich? Möchtet Ihr sehen, was jetzt mit ihm ist?«

Ich wagte nicht, ihr Angebot anzunehmen, denn ich konnte mir wohl vorstellen, daß damit eine Tür geöffnet wurde für jegliche Täuschung, die diese Frau mir zeigen wollte – Kerovans Tod, möglicherweise, oder Schlimmeres. Auch kann die Annahme eines magischen Geschenks von jemandem, der einem nicht wohlgesinnt ist, den Empfänger an den Geber binden – mit schlimmen Folgen!

»Nein«, antwortete ich fest und schritt ohne ein weiteres Wort und ohne Hast zu meinem Zelt.

Im Innern warf ich mich unbeobachtet auf das Bett.

Schauder schüttelten und Schluchzen würgte mich. Dieses – Ding der Finsternis – und mein Gemahl schritt geradewegs darauf zu! Ob er noch lebte? Für Nidus Ohren hatte ich mich tapferer Worte bedient, aber meine Gedanken beschäftigten sich unentwegt mit Kerovan und seiner hartnäckigen Entschlossenheit, sich kein Wissen anzueignen, das mit Kräften über jene der Menschen hinaus zu tun hatte. Doch gegenüber einem solchen Gegner würde normaler Stahl, selbst wenn noch so meisterhaft geführt, wenig ausrichten. Wenn Kerovan versuchte, eine Bedrohung so zu bekämpfen . . . Ich schloß die Augen und bemühte mich um wenigstens einen Hauch von Gedankenverbindung – doch vergebens. Auch in den nächsten Tagen versuchte ich es, obgleich mit geringer Hoffnung. Unsere Gedankenverbindung war nie sehr stark gewesen und gewöhnlich überhaupt nur aus nächster Nähe möglich. Aber ich gab nicht auf und versuchte es in Abständen immer wieder – umsonst.

Jede Nacht fiel ich erschöpft in mein Bett, denn vor allem die ersten drei Monate der Formung eines Kindes ist für den Mutterkörper sehr anstrengend. Das hatte ich oft gehört und fand es jetzt bestätigt, obgleich ich glücklicherweise nie von Übelkeit geplagt wurde. Von meiner ungewohnten Erschöpfung abgesehen – und meiner unablässigen Sorge um Kerovan – fühlte ich mich wohl.

Und noch etwas beschäftigte mich während jener Tage, etwas, das ich vergebens meiner Schwangerschaft zuschreiben wollte – die Träume begannen!

Jede Nacht wurde ich im Traum zu einer anderen, einer jungen, aber nicht völlig menschlichen Frau. Nie sah ich mich in etwas, das mein Abbild widergespiegelt hätte, aber meine Hände hatten lange geschwungene Finger von schwachem Perlschimmer, als wären sie mit winzigen Schuppen bedeckt. Und an meinen Armen (denn der kurze Kittel, den ich trug, war ärmellos) wuchs weißer Flaum, ebenfalls mit leichtem Perlmuttschimmer.

Anfangs wachte ich auf, wenn dieses Traumbewußtsein mir sagte, daß ich diese andere war, doch mit der Zeit blieb ich immer länger im Körper dieser anderen und sah durch ihre Augen. Als diese andere wohnte ich in einer uralten Burg – älter selbst als die ältesten Ruinen in Hochhallack – mit einer hohen Steinmauer ringsum. Ich schaute aus meinem Kemenatenfenster über die Berge (denn diese Burg stand auf einem hohen Gipfel), und wußte, daß dieses Bauwerk äonenalt war.

Doch *ich* war nicht alt, sondern vielleicht sogar noch jünger als mein träumendes Ich. Die felsigen Höhen schreckten mich nicht. Ich kannte jeden Pfad, jeden Berg, jeden Kamm. Fast jeden Tag stieg ich hinunter ins Tal mit seinem Fluß, den üppigen Wiesen und den Wäldern, die es schützte.

Ich liebte die kahlen Felsen, doch mehr noch fühlte ich mich im Tal zu Hause, denn eine Zuneigung verband mich mit den Tieren dort, ja selbst mit dem Gras und den Bäumen. So gab es kein größeres Glück für mich, als am Ufer eines plätschernden Baches zu sitzen oder leichtfüßig durch die Wiesen zu laufen.

Diese Bilder – wie ich durch die Wälder wanderte oder den Berg hoch- und hinunterstieg – beherrschten meine Träume viele Nächte lang. Seltsamerweise empfand ich keine Furcht vor jener anderen, wenn ich wach war, und hielt sie auch nicht für eine Bedrohung. Jeden Abend, wenn ich mich niederlegte, wußte ich, daß ich von ihr als ich träumen würde. Und jeden Morgen wachte ich ausgeruht auf. Doch im Gegensatz zu anderen Träumen, die mit dem Erwachen vergessen waren, erinnerte ich mich an diese in allen Einzelheiten. Immer stärker wurde das Gefühl in mir, daß ich durch die Augen einer anderen sah, damit sie mir eine Geschichte erzählen könne –

eine, deren Bedeutung mir schließlich klar werden würde. Aus irgendeinem Grund zweifelte ich nie daran, daß diese Träume von Bedeutung waren. Und im Lauf der Nächte wuchs in mir die Überzeugung, daß ich irgendwie mit dieser anderen verbunden war.

Vielleicht, weil ich mir tagsüber solche Sorgen um das Wohlergehen meines Gemahls machte, begann ich mich regelrecht nach diesen Träumen zu sehnen und konnte es kaum erwarten, mehr über jene andere zu erfahren. Eines Tages, als Terlys und ich vor ihrem Zelt saßen und Flachs zum Spinnen kämmten und dabei die Frühlingssonne heiß auf meine Lider brannte, schloß ich die Augen. Ich fühlte mich schläfrig, aber doch wach genug, die warme Brise zu spüren und das fröhliche Toben der Kinder zu hören. Die Sonnenstrahlen zauberten ein Rot unter meine Lider, das sich verdunkelte – und zum tiefen Grün des Waldes wurde. Ich vernahm das Plätschern eines Baches – dessen Wasser gegen meine Waden spülten, während ich hindurchwatete . . .

Ich zuckte zusammen, und das Bild war verschwunden. Mein Atem kam schwer, als mir bewußt wurde, daß ich die Welt meines Traum-Ichs im Wachen betreten hatte. Konnte ich das etwa gar nach Belieben tun? Und war es ratsam? Nie hatte ich auch bloß einen Hauch der Finsternis bei diesen Träumen gespürt – doch wie ich zu Kerovan gesagt hatte: die Finsternis hat viele Formen und Gesichter, und nicht wenige sind scheinbar angenehm und schön.

Terlys starrte mich an. »Was ist los, Joisan? Einen Augenblick hast du so erschrocken ausgesehen – und so merkwürdig. Dir fehlt doch nichts?«

»Nein, es geht mir gut«, versicherte ich ihr. »Ich bin nur plötzlich eingenickt.«

»Ich schaffe das Kämmen schon allein. Geh du in dein Zelt und ruh dich ein bißchen aus. Wenn es Zeit zum

Backen ist, laß ich dich durch Janos holen. Denk daran, daß heute das Fest des Wandels ist.«

Ein Gähnen unterdrückend, stand ich auf. »Ja, ich fühle mich wirklich schläfrig. Danke, Terlys.«

Auf dem Weg zu meinem Zelt rechnete ich nach, wie viele Tage mein Gemahl und der Kundschaftstrupp schon fort waren. Der Mond würde heute abend fast voll sein, also waren es über vierzig Tage. Der Trupp hatte jedoch nur Vorräte für einen Monat mitgenommen.

Erst gestern abend hatte Jonka mir versichert, daß alles in Ordnung war, daß der Trupp wahrscheinlich Wild aufgespürt hatte und jetzt jagte, wie beabsichtigt, und daß sie nach wie vor hoffte, er würde bis zum Fest zurück sein. Ich hoffte es noch viel mehr, mit all der Furcht und Einsamkeit, die mich quälten, seit Nidu mir Kerovan im Angesicht der Finsternis gezeigt hatte.

Kerovan – all mein Sehnen galt ihm. Als ich mich niedergelegt hatte, dachte ich an unsere gemeinsame Nacht hier, in der unser Kind zu werden begonnen hatte . . . Einen Augenblick schien mir, als würde ich die Wärme seines Körpers spüren. Meine Lider wurden schwer, so schloß ich sie, doch vor meinem inneren Auge war das Bild meines Gemahls, auch noch, als der Schlaf mich übermannte. Kerovan . . .

Ich hatte wieder eine Vision. Ich sah ihn, sah den Rest des Kundschaftstrupps, und er, mein Gemahl, ritt an der Spitze. Er trug sein Kettenhemd, und sein Helm war tief ins Gesicht gezogen, um die Augen zu beschirmen, aber trotzdem erkannte ich ihn.

Ich beobachtete ihn von einer Erhöhung aus, als sie alle zum Lager ritten, aber hören konnte ich sie nicht. Das Gras kräuselte sich merkwürdig und war grau, doch dann wieder von normalem Frühlingsgrün . . . Und dann hatten sie das Lager erreicht. Ich staunte über die Geschwindigkeit, denn einen Herzschlag zuvor waren sie noch mehr als eine Meile entfernt gewesen.

Schritte näherten sich dem Zelt, die Klappe wurde aufgerissen! Kerovan! Ich sprang auf, rannte ihm entgegen. Und so groß war meine Erleichterung über seine Heimkehr, daß ich leicht wie eine Feder im Wind war. Kerovan! Seine Umrisse hoben sich von der Zeltöffnung ab, als ich auf ihn zulief . . .

Plötzlich sah ich etwas im Sonnenschein hinter ihm blitzen. Er hielt das Schwert blank in der Hand – warum? Ich versuchte stehenzubleiben, wurde jedoch weitergetragen und sah, wie er die Klinge schwang und sie auf mich zustieß. Ihre blitzende Helligkeit wurde zum unerträglichen Schmerz.

Ich starrte auf das Schwert, das aus meinem Bauch ragte – und sah das schlimmste Grauen überhaupt: Kerovan lächelte . . .

Ein gellender Schrei löste sich aus meiner Kehle und weckte mich. Ich lag unverletzt auf dem Bett, doch die Nachwehen des Stichs spürte ich noch in meinem Bauch. Sie überzeugten mich, daß zumindest der Schmerz echt gewesen war. Wahrhaftig war ein Schwert gegen mich geführt worden, doch kein stoffliches. *Ein Zauber* . . .

Taumelnd stand ich auf und fuhr mit zitternder Hand über den Nacken, wo sich die Härchen aufgestellt hatten, während ich die andere Hand auf den Bauch drückte. Doch kein weiterer Schmerz peinigte ihn. Ich holte schluchzend – halb aus Zorn, halb aus Erleichterung – Luft. Jemand hatte versucht, mich zu verwunden, hatte mein Baby töten wollen. Es war ihm jedoch offenbar nicht geglückt – dank der gesegneten Gunnora. Ich nahm das Amulett in beide Hände und stieß ein vermutlich unverständliches Dankgebet zu ihr hervor.

»Joisan!« Das war Jonkas Stimme vor dem Zelt. »Was ist mit Euch? Ich hörte Euren Schrei . . .«

»Es ist alles in Ordnung.« Ich bemühte mich um eine feste Stimme. »Ich rückte das Bett, da rannte eine Maus über meinen Fuß.« Ich brauchte mich nicht anzustrengen, mein Lachen zittrig klingen zu lassen. »Ich benahm mich sehr töricht.«

»Unsinn. Da wäre jede erschrocken«, versicherte Jonka mir. »Einen schönen Tag. Wir sehen uns dann später beim Fest.«

»Habt Dank, Jonka.«

Verärgert, daß ich mich vor ihr als Törin hatte geben müssen, beeilte ich mich, meiner Erklärung wenigstens ein bißchen Wahrheit zu verleihen, und verrückte das schwere Bett ein Stückchen. Dabei sah ich, daß etwas Helles unter die Matte geschoben worden war. Ich griff danach und erkannte eines meiner eigenen Leinenunterhemden. Ich trug es ins Licht, das durch die Zeltöffnung fiel, wo die Klappe nicht dicht schloß. Als ich es umdrehte, fiel etwas heraus und auf den Boden. Im selben Moment bemerkte ich, daß aus der Vorderseite in Herzhöhe ein großes Stück unsauber herausgeschnitten war.

Ich bückte mich auf Hände und Knie, öffnete die Zeltklappe ein wenig, und betrachtete das, was auf den harten Erdboden gefallen war, achtete jedoch darauf, es nicht zu berühren. Es war klein, oval, schwarz – ein Stein, auf dessen stumpfer Oberfläche etwas eingeritzt war, das Runen sein mochten.

Ein Zauber, wahrhaftig! Und dies der Leitstein! In mein eigenes Kleidungsstück gewickelt und dort versteckt, wo ich liegen würde! Einen Augenblick zitterte ich vor Wut und Haß, und wollte nichts so sehr, als Jonka diese Dinge zu zeigen, ihr von meiner Schwangerschaft zu erzählen und Nidus Tod zu verlangen. Wer solche Zauber wirkte, trug nicht nur ein bißchen der Finsternis in sich, und war nicht würdig, Schamanin der Kioga zu sein. Ganz offenbar hatte ihre Eifersucht sie dazu getrieben, Pfade zu beschreiten, die weit vom Licht abführten.

Aber welche Beweise hatte ich denn? Ein schadhaftes Kleidungsstück und einen Stein, der von Natur aus ein helleres Muster haben konnte – nur wußte ich, daß es eingeritzt war. Nein, ich mußte das herausgeschnittene Stoffstück finden und feststellen, wozu es benutzt wurde. Dann konnte ich Nidu anklagen, wenn das der beste Weg zu sein schien. Vielleicht würde sie auch aufgeben, nachdem ihr Zauber hier versagt hatte. Außerdem war es ein Unterschied, ob man einen Zauber auf jemanden richtete, der ahnungslos war, oder ob man es mit einem gewarnten Gegner zu tun hatte. Ich konnte mich mit Nidus Kräften nicht messen, davon war ich überzeugt, aber in meinem Beutel hatte ich genug Mittel, mit denen ich einen wirkungsvollen Schutz gegen das Böse zu errichten vermochte. Und sobald Kerovan zurück war, konnten wir das Kiogalager verlassen. Ich hatte noch nie vor einem Kampf gescheut, doch nun mußte ich an mehr als meine eigene Sicherheit denken.

Nachdem ich meinen Entschluß getroffen hatte, hielt ich Gunnoras Amulett über das zerschnittene Unterhemd, berührte es aber nicht, denn es war jetzt besudelt.

»Gesegnete Herrin alles Wachsenden, hilf mir! Laß mich das herausgeschnittene Stück finden, damit ich mich schützen kann!« Langsam fuhr ich mit dem Amulett dreimal über das Hemd in Gegensonnenrichtung, denn die Kraft, die es verseucht hatte, war zweifellos wider, nicht für die Natur.

Der Talisman leuchtete auf und zog nach rechts. Hastig griff ich nach meinem Beutel und trat aus dem Zelt, das Amulett in meiner Hand. Auch den schwarzen Stein trug ich, wieder in das Leinenhemd gewickelt.

Stetig dem sanften Zug des Amuletts folgend, verließ ich das Lager und näherte mich einem Gehölz am Ufer eines Bachs. Ich bemühte mich um innere Ruhe, aber der Gedanke, ob ich Jonka von Nidus gemeiner Tat erzählen sollte oder nicht, quälte mich immer noch, genau wie die Frage, weshalb der Zauber der Schamanin versagt hatte.

Schließlich, nach einem unangenehmen Kampf mit Dornbüschen und Unterholz (denn das Amulett führte mich auf geradem Weg, und ich wagte es nicht, einen Weg zu suchen), fand ich das Erwartete.

In einem Holunderbusch, natürlich – Holunder bietet sich für die finsteren Zauber geradezu an. Ein winziges Figürchen, aus etwas Holzartigem grob geschnitzt, bewegte sich leicht in der schwachen Brise. Ich betrachtete es eingehend, jedoch aus sicherer Entfernung, und schloß, daß es aus einer Wurzel gemacht war. Es gibt verschiedene Arten, die dafür benutzt werden können, wie beispielsweise die von Eschen und Zaunrüben. Aber irgendwie war ich sicher, daß Nidu sich bei diesem Zauber mit nichts Halbem zufriedengeben würde, und daß das, was ich hier vor mir sah, eine echte Alraunwurzel war, die sehr selten, aber dafür besonders zauberkräftig sind, besonders, wenn es sich um Zauber handelte, die mit Fruchtbarkeit zu tun hatten. Die kleine Figur war in mein Leinenstück gewickelt und mit einer Beinnadel durch die Mitte an den Stamm des Holunders gesteckt worden.

Mir wurde fast übel von dem Haß, der hinter einer solchen Boshaftigkeit stecken mußte. Mit meinem Dolch schüttelte ich den Busch, bis die Alraune herabfiel. Dann schaute ich mich nach einer Eberesche um, denn sie bietet den wirkungsvollsten Schutz gegen jegliche Magie. Es wuchs eine nur wenige Schritte entfernt.

Ich wickelte die Alraunenpuppe, ohne sie mit bloßen Fingern zu berühren, in den Hemdenrest und trug das Ganze zu dem gesuchten Baum.

»Gute Eberesche«, wandte ich mich an ihn, »ich bitte

dich, benutze deine Kräfte, dieser Hexerei die Bedrohung zu nehmen. Das flehe ich dich im Namen der gesegneten Gunnora und bei der Macht des Lichtes an.«

Schnell grub ich mit dem Messer ein Loch in die Erde, zwar unter dem Laubdach der Eberesche, aber weit genug von den Hauptwurzeln entfernt, daß ich dem Baum nicht weh tat. Dann legte ich das Bündel mit der Messerspitze hinein, füllte das Loch wieder mit der Erde und drückte sie fest.

Nunmehr kramte ich eine Knoblauchknolle aus meinem Beutel, zog die dünne äußere Haut ab, teilte sie in ihre einzelnen Zehen und drückte jede in die Erde über dem vergrabenen Bündel. Mit der Messerspitze kratzte ich eine Schutzrune und flüsterte: »Halte das Böse hier fest, daß es niemandem schaden kann.« Das wiederholte ich zweimal.

Zu guter Letzt gab ich eine Prise Salz darüber. Ich stand auf und schüttelte den Schmutz von meinem Rock. Als ich mich aufrichtete, spürte ich plötzlich dieses merkwürdige Gefühl im Nacken, es sagte mir, daß jemand mich beobachtete. Ich versuchte mir einzureden, daß mir die Nerven einen Streich spielten, und glaubte es selber schon, als ich Schritte hörte. Mit dem Dolch in der Hand wirbelte ich herum.

6. Kerovan

Jeden Schritt, den ich auf den Brunnen zu tat, machte ich zögernder. Immer mehr wünschte ich mir, statt dessen im Sattel zu sitzen und fortzureiten. Guret hatte recht, ich war kein Zauberer, und mir fehlten die Kräfte, die für eine solche Art von Kampf erforderlich waren. Sich einer Erscheinung der Finsternis ohne dergleichen Schutz entgegenzustellen, war unverzeihliche Dummheit. Ich hatte Angst, und diese Angst wuchs mit jedem Schritt, den ich weichen Knies auf diese Abscheulichkeit zu tat. Und doch konnte ich nicht mehr umkehren. Das verbot mein Stolz, nehme ich an, aber auch eine angeborene Starrköpfigkeit, wie sie mich immer dem Feind hatte trotzen lassen, selbst angesichts der so gut wie sicheren Niederlage. Aber eine solche Hartnäckigkeit war nicht wirklich Mut, so sehr sie einen auch anspornte.

Schließlich gab es keinen weiteren Schritt mehr. Ich stand unmittelbar am Brunnen und spürte wieder seine Verlockung, fühlte den Durst, der mir die Kehle austrocknete, als ich das Gurgeln des kühlen Wassers hörte. Ich griff in meinen Gürtelbeutel, wo ich das Stück Steinmetall aufbewahrte, das wie das meines Armbands war, und das Landisl Quaneisen genannt hatte. Im Sonnenschein glitzerte es blau wie das Talismanband. Ich schaute es an und brach so den Zauberbann des Wassers.

Wenn ich nur mehr wüßte! Konnte ich aus diesem Stückchen gesegneten Metalls Kräfte herbeibeschwören – *beschwören?* Ich räusperte mich, meine Hand hob wie von selbst das Quaneisen wie einen Schild vor mich. Meine Stimme klang heiser, die Worte kamen zögernd, doch mein Flehen drang aus ehrlichem Herzen.

»Wenn es Jene des Lichtes gibt, die mich jetzt hören können, so flehe ich sie an: helft mir, die Kraft dieses Finsteren zu brechen. Ich bitte dies voll Demut, denn ohne den Segen des Lichtes bin ich nichts.«

Mit dem Quaneisenstück in der Rechten blieb ich wartend stehen. Jetzt erst wurde mir der Schmerz von Obreds Biß richtig bewußt. Blut tropfte vom linken Daumen langsam auf den Boden. Blut! Sowohl in Weißer wie Schwarzer Magie diente es dazu, einen Zauber zu verstärken. Ich ballte die Linke und hielt sie über die Rechte. Drei rote Tropfen sickerten auf das bläuliche Metall. Die Farbe brannte wie Feuer, als hätte ich Öl auf Flammen gegossen.

Und dann, als wäre dieses Quaneisenstück eine Feder, zeichnete ich damit die geflügelte Kugel in die Luft, wie Joisans Stab sie vor mehr als einem Monat in den Boden gekratzt hatte.

Dreimal zog ich dieses Symbol in die Luft, und beim letztenmal zeichnete es sich rot mit blauen Umrissen ab, als wäre es aus reinem Licht geboren. So erstaunte es mich, daß ich das Metallstück fast fallen ließ (denn ich hatte nicht wirklich an eine Antwort geglaubt). Das Symbol schwand auch nicht, sondern blieb einem Schild gleich vor mir hängen. Meine Hufe berührten den Rand der Büsche, die die leuchtenden Blüten hervorbrachten. Ich holte tief Atem und warf meinen Talisman durch das Zeichen der geflügelten Kugel in den Brunnen.

Die Erde erbebte unter mir und ich stemmte die Hufe fest in den Boden, um nicht umgeworfen zu werden. Aus dem Brunnen quoll eine Wolke trüber purpurschwarzer Finsternis. Nicht mit den Ohren und doch ganz deutlich hörte ich ein tiefes Stöhnen, dann einen wimmernden Schrei. Meine Augen verschleierten sich, als die abscheulich riechende Wolke an meinem Kopf vorbeitrieb und mir fast den Magen umdrehte.

Nun veränderte sich sogar die Form des Brunnens. Dieses – Etwas – was immer es auch sein mochte, war genausowenig ein Brunnen, wie ich der Taloberbefehlshaber. Irgendwie war es imstande, das Auge so zu täuschen, daß es das sah, was ihm am verlockendsten war. Wir hatten Durst gehabt, also hatten wir einen Brunnen gesehen. Anderen Reisenden hatte es sich vielleicht als obstbehangener Baum gezeigt, oder vielleicht die betörende Figur einer winkenden Frau angenommen, falls der Wanderer ein Mann war, der sich in seiner Einsamkeit nach einer sehnte.

Die Brunneneinfassung schwand, und an ihrer Statt war *etwas* – etwas so Fremdartiges, so Feindseliges, daß meine Augen seine wirkliche Form nicht aufzunehmen vermochten. Einen Herzschlag lang glaubte ich, eine Schnauze oder einen kurzen Rüssel zu sehen und scharlachrote Zähne in bewegter Flüssigkeit. Dann war ich gezwungen, die Augen zu beschirmen. Ein blendend blaues Licht (von derselben Farbe wie die geflügelte Kugel) breitete sich aus, und wieder vernahm ich diesen Schrei in meinem Kopf. Die Hände auf die Ohren gepreßt, die Augen fest zugezwickt, wartete ich diese endgültige Vernichtung des Etwas ab.

Eine Hand berührte meine Schulter. Ich hob die Lider und sah Guret und Obred neben mir. Nita, die die großen braunen Augen weit aufgerissen hatte, hielt das Pferd ein paar Schritte entfernt. Zitternd schaute ich mich um.

Der Brunnen war verschwunden, dafür lagen ein paar Steine herum, über die klares Wasser quoll, das sich in einer Mulde ausbreitete. Ich streckte die Hand mit dem Armband darüber, doch diesmal glühte es nicht warnend auf.

Guret schlug mir so überraschend und fest auf den Rücken, daß ich fast fiel. »Ihr habt es geschafft! Das war mächtige Magie, Lord. Und Ihr habt gesagt, Ihr hättet dergleichen nicht gelernt!«

»Habe ich auch nicht.« Ungläubig starrte ich auf die neuentstandene Quelle.

»Aber . . .« Er blickte auf das Wasser. »Wie habt Ihr dann gewußt, was zu tun war?«

»Ich wußte es nicht, ich folgte nur einer Eingebung.«

»Einer Eingebung?« Guret blinzelte.

»Eingebung?« Obreds tiefe Stimme klang entsetzt. Unwillkürlich mußte ich grinsen, so erleichtert war ich. Ich zuckte die Schulter. »Es hat funktioniert, oder nicht?«

Ein Kichern Nitas ließ uns alle auf sie starren. Halb belustigt, halb verärgert wandte sie sich an die beiden anderen: »Genügt es euch denn nicht, daß Lord Kerovan das Böse vernichtet hat? Müßt ihr da auch noch verlangen, daß er erklärt, wie?« Sie fing zu lachen an, und unwillkürlich stimmten wir ein – obgleich ich mich völlig erschöpft fühlte.

Obred kostete vorsichtig das Wasser aus der neuen Quelle, und als er sich vergewissert hatte, daß es rein und unschädlich war, füllten wir unsere schlaffen Wasserbeutel. Dann tränkten wir die Pferde eines nach dem anderen, und erst als sie ihren Durst gestillt hatten, tranken auch wir. Bei den Kioga kommen immer als erstes ihre Pferde.

Wir schlugen unser Nachtlager in der Nähe der neuen Quelle auf und hielten Rat. Jeder sollte sagen, ob er dafür war, die Kundschaft weiter auszudehnen, oder ob wir umkehren sollten. Gurets Hinweis, daß wir, wenn wir weiterritten, nicht rechtzeitig zum Fest des Wandels zurück wären, und dadurch die meisten unserer jüngeren Begleiter länger auf ihre verdiente Anerkennung als Erwachsene warten müßten, gab den Ausschlag. Ich bedauerte, daß wir keine Berge gefunden hatten, die die Kioga so ersehnten, aber meine Freude, Joisan bald wiederzusehen, überwog.

Joisans Bild begleitete mich Tag und Nacht, und nun, da wir zum Lager zurückritten – und viel schneller als auf dem Herweg –, konnte ich meine Ungeduld kaum noch bezähmen. Jeden Morgen sandte Obred Kundschafter nach Wild aus, und wir machten reiche Beute.

An einem Spätnachmittag erspähte ich am Horizont mehrere Rauchfahnen, und lenkte Obreds Aufmerksamkeit darauf. Er beschirmte die Augen mit einer Hand und nickte. »Ja, wir haben es bald geschafft!«

Nekia, die bisher in gleichmäßigem Trott gelaufen war, beschleunigte – möglicherweise auf einen mir unbewußten Druck meiner Knie hin – zum leichten Galopp und legte die Ohren zurück, als fragte sie: »Wollen wir?« Ich beugte mich über ihre Mähne und schüttelte die Zügel los, damit sie frei laufen konnte. Schneller galoppierte sie, daß der Wind mir um die Ohren pfiff. Und hinter mir erhob sich ein Jubelgebrüll, als wir mit trommelnden Hufen auf das Lager zustürmten.

Schon als wir das erste Zelt erreichten und ich Nekia zügelte, hielt ich Ausschau nach meiner Gemahlin unter den herbeieilenden Frauen. Ich saß ab und führte die schweißnasse Stute, damit sie sich langsam abkühle. Joisan kam immer noch nicht. Als ich Jonka in der Menge entdeckte, wandte ich mich an sie:

»Wo ist Joisan?«

»Ein paar Leute sahen sie zum Bach gehen.« Jonka deutete auf das kleine Gehölz nördlich des Lagers. »Als die Späher den Staub eurer Rückkehr sahen, schickte ich Valona, um sie zurückzuholen und von Eurer Heimkehr zu unterrichten.«

Gleichzeitig schauten wir zu dem dunklen Grün der Bäume.

Etwas Weißes trat heraus! Zwei Gestalten: Joisan mit Jonkas Tochter Valona an der Hand. Und sie beeilten sich. Ich konnte meine Ungeduld kaum noch beherrschen, mußte jedoch erst Nekia versorgen ehe ich Joisan entgegeneilen durfte, denn es verstieß gegen die Bräuche der Kioga, nach einem langen Ritt jemand anderen darum zu bitten, sich seines Pferdes anzunehmen.

Aber da nahm Guret mir Nekias Zügel aus der Hand. »Laßt mich meine Dankesschuld wenigstens ein bißchen abtragen, Lord Kerovan«, bat er. »Ich werde mich um sie kümmern, als wäre sie mein eigenes Pferd.«

Nur zu gern gestattete ich es. Ich tätschelte Nekia schnell noch, dann rannte ich los.

Staub stieg unter meinen Hufen auf, als ich dahinraste, trotzdem schien sich die Zeit endlos zu erstrecken, bis ich endlich meine Gemahlin in die Arme schließen konnte. Sie sprach nicht, lachte nur, doch plötzlich schluchzte sie. Der Druck ihrer Hände auf meinen Schultern verriet mir deutlicher als Worte, welche Sorgen sie sich um mich gemacht hatte. Und ich – ich drückte sie an mich, murmelte hin und wieder ihren Namen, spürte die sanfte Wärme ihres Körpers und roch die Kräuter, mit denen sie ihr Haar gespült hatte. Ja, ich hielt sie ganz fest, und dankte den Mächten des Lichtes, daß wir beide gesund wieder beisammen sein durften.

Schließlich ließen wir uns gegenseitig los und betrachteten einander. »Warum bist du . . .«, begann ich.

Und im selben Moment sagte sie: »Ich habe dich gesehen . . .« Wir lachten, dann bestand ich darauf, daß sie als erste spreche. Ihr Lächeln schwand, und ich sah die Schatten überstandener Sorge in ihren Augen. »Ich habe dich gesehen, Kerovan. Du standest etwas gegenüber, das wie ein Brunnen aussah, aber keiner war. Es war etwas, das der Finsternis gehörte . . .«

»Ja.« Selbst die Erinnerung daran ließ mich noch

erschaudern. »Wahrhaftig war es etwas, das der Finsternis gehörte, obgleich ich nicht genau weiß, was. Doch wurde es völlig von dem Stück Quaneisen vernichtet, das ich bei mir trug – erinnerst du dich?«

»Natürlich. Aber woher hast du gewußt, daß es dir helfen konnte?«

Ich zögerte. »Ich bat die Mächte des Lichtes um Hilfe. Die Worte kamen von selbst, und ich wußte, was ich zu tun hatte. Vielleicht halfen die Alten – vielleicht war es etwas, an das *ich* mich von – viel früher erinnerte.« Ich dachte an dieses andere Erbe, das mein gewesen war, welches mich ein paarmal mit dem Wesen Landisls erfüllt hatte. Ich sah Joisans Nicken und wußte, daß sie meine Gedanken gelesen hatte und mir zustimmte.

»Aber jetzt *meine* Frage.« Ich deutete auf das Gehölz, während wir ins Lager spazierten, ich mit dem Arm um ihre Schultern, und die kleine Valona hinter uns. »Was hast du dort – bei den Bäumen gemacht? Jonka sagte, sie mußte ihr Töchterchen nach dir schicken.«

Ihr Blick begegnete kurz meinem, dann senkte sie ihn zu dem überwucherten Pfad unter ihren Füßen. »Ich suchte – einen Holunderbusch.«

»Und hast du einen gefunden?« Ich sah ihren Heilmittelbeutel von ihrem Gürtel hängen, und schloß, daß sie Holunder für ihre Heilkünste brauchte.

»Ja.« Sie sagte nichts weiter, sondern lächelte nur. Ich spürte die Wärme unserer Verbindung, die einem Kuß gleichkam. Als wir die Zelte erreichten, rannte Valona allein weiter, während wir auf das rege Treiben blickten. Männer und Frauen schüttelten ihren besten Staat aus und hängten ihn in der Spätnachmittagsbrise zum Lüften auf. Der köstliche Duft von brutzelndem Braten und frischgebackenem Brot ließ mir – nach fast zwei Monaten eintöniger Kost – das Wasser im Mund zusammenlaufen.

»Was ist los, Joisan?«

»Ich weiß nicht . . . Oh!« Sie schlug die Hände zusammen. »Heute ist ja das Fest des Wandels! Ich war so mit – anderem beschäftigt, daß ich es ganz vergaß! Ich muß Terlys beim Backen helfen – ich habe es ihr versprochen, Kerovan.« Flehend blickte sie mich an. »Es wird nicht lange dauern, dann habe ich wieder Zeit für dich.«

Ich bemühte mich, mir meine Enttäuschung nicht anmerken zu lassen. »Geh nur. Aber wer ist Terlys?«

Sie erklärte mir, daß sie und Terlys sich angefreundet hatten, während Rigon (Terlys' Ehemann) und ich fortgewesen waren. In wenigen Minuten kratzten wir an der Klappe eines braunen Zeltes, die mit rotgefärbten Pferdehaarzöpfen verziert war.

Terlys war eine große üppige Frau, mit so langem Haar, daß es fast bis zu den Knien reichte. Ihren Gemahl Rigon hatte ich ein wenig näher kennengelernt, als wir eines Nachts gemeinsam Wache hielten. Er war ein drahtiger kleiner Mann und sparsam mit Worten, doch seine dunklen Augen waren vertrauenerweckend.

Ihr junger Sohn Janos ging mißtrauisch um mich herum und musterte mich abschätzend wie ein Fohlen, dann duckte er sich plötzlich und grinste. Nachdem Joisan mich vorgestellt hatte, beugte sie sich über eine Wiege und hob ein Baby heraus. »Schau, Ennia«, sagte sie, »das ist Kerovan.« Die Kleine blinzelte mich verschlafen an, steckte den Daumen in den Mund und schmiegte vertrauensvoll das Köpfchen an die Schulter meiner Gemahlin. Als ich den Ausdruck von Joisans Augen bemerkte, durchzuckte mich tiefer Schmerz. Ich hatte mich also nicht getäuscht: Joisan wollte eigene Kinder – und die konnte ich ihr nicht geben.

Ich blickte hastig zur Seite und biß mir auf die innere Lippe, um mich zu beherrschen, da spürte ich ihre

Hand sanft auf meinem Arm. »Möchtest du sie halten, Kerovan?«

Ich schüttelte den Kopf und wich zurück. Wie sehr ich mich bemühte, gleichmütig zu klingen! Aber meine Stimme klang barsch in der Stille des Zeltes, als ich sagte: »Nein. Sie würde nur weinen, wenn ich sie berührte.« Ich räusperte mich und drehte mich zur Zeltklappe um. »Ich bin müde, meine Gemahlin, und schmutzig vom langen Ritt. Wir sehen uns dann später.«

Den Kopf einziehend stieg ich durch die Klappe. Ich hörte Joisan hinter mir meinen Namen rufen, dann folgte Schweigen. Ich stand im weichen Sonnenschein und blinzelte, während die alte, nur allzu vertraute Bitterkeit wieder in mir aufstieg. Warum konnte ich mich nicht damit abfinden, daß ich nie wie andere Männer sein würde? Und nun mußte ich auch noch Joisan weh tun! Ich blieb stehen und verfluchte mich, als ich Gurets Stimme hörte:

»Mein Lord Kerovan!« Er rannte auf mich zu und wich einer alten Frau aus, die eine riesige Platte behäuft mit Brot trug. Ich wartete, bis er mich erreicht hatte, dann stellte ich die Frage, die bei jedem Reiter – sei er nun Kioga oder Talsmann – als erste kommt:

»Die Pferde? Nekia?«

»Gestriegelt, getränkt und dann zum Weiden gebracht, Lord. Es geht ihr gut. Ich habe ihre Beine und Hufe nachgesehen.«

»Ich danke dir.« Mein Blick wanderte über das lebhafte Treiben. »Bist du bereit für deinen Teil am Fest heute abend?«

Gurets Lippen verzogen sich zu einem schiefen Lächeln. »Mein ›Teil‹ scheint wohl augenblicklich hauptsächlich daraus zu bestehen, daß ich mich aus dem Wege halte. Meine Mutter backt und brät und brummelt, weil wir erst im letzten Augenblick zurückgekommen sind.

Und mein Vater ruft auf Jonkas Anweisung den Rat zusammen. Das hat meine Mutter noch mehr aufgebracht, weil sie alles liegen- und stehenlassen muß, um teilzunehmen.«

»Warum läßt Jonka den Rat zusammenrufen? Ist das üblich vor dem Fest des Wandels?«

»Nein.« Guret wirkte einen Augenblick besorgt, dann schüttelte er sich wie ein von Fliegen geplagtes Pferd. Ganz offensichtlich verunsicherte diese neue Wendung ihn.

Ich bemühte mich, ihn abzulenken. »Ich gebe es ungern zu, aber ich weiß nicht, wo ich untergebracht bin. Es war dunkel am Abend, als wir ankamen, und ich schlief nur eine Nacht in eurem Gastzelt. Kannst du mir zeigen, wo es ist?«

»Natürlich.«

Ich folgte ihm durch die engen Gassen zwischen den Zeltreihen, bis wir zu dem Zelt gelangten, an das ich mich erinnerte. Joisans Hand hier war nicht zu übersehen. Selbst der vorübergehendsten Unterkunft konnte sie den Hauch von Zuhause geben. Frühlingsblumen, sorgsam mit Wurzeln ausgegraben, verschönten die »Wände«, und ihr Duft vermischte sich mit dem würzigen der Kräuter, die sie zum Trocknen aufgehängt hatte. Ich schlüpfte aus der Rüstung, dem schweißnassen Unterhemd und -wams, und schon brachte Guret einen Eimer Wasser, Seife und ein grobgewebtes Handtuch. Bis ich fertig mit Waschen, Rasieren und Kämmen war, hatte er mir frische Wäsche aus dem Rucksack zurechtgelegt.

Sauber und frischgekleidet stellte ich meinen Rucksack in das Schlafteil. Bei einem Blick auf das Bett schlug mein Puls schneller. Heute nacht würde ich nicht allein schlafen . . .

Während wir durch das Lager zu Terlys' und Rigons

Zelt gingen, bemerkte ich eine größere Schar Männer und Frauen vor uns, die sich schnell auflöste, wie nach einer Versammlung.

»Die Ratssitzung ist vorüber«, murmelte Guret. »Ich frage mich, was beschlossen wurde.«

Ich studierte die Gesichter der nächsten und fand, daß sie nicht sehr erfreut über den Ausgang zu sein schienen, was immer der auch sein mochte. Die Vernunft sagte mir, daß diese Sitzung wenig mit Joisan und mir zu tun haben konnte, doch noch während ich es dachte, erschien Jonka an der Öffnung des Zeltes, das unser Ziel war, und Joisan folgte ihr dichtauf. Meine Gemahlin wirkte besorgt, und das üblicherweise so gutmütige und gesund wirkende volle Gesicht der Kiogaführerin war düster und bleich. Beim Näherkommen murmelte sie nur einen knappen Gruß.

Ich beeilte mich, zu Joisan zu kommen. »Was ist passiert? Was macht Jonka so zu schaffen?«

»War es die Ratssitzung?« fragte Guret angespannt. »Was ist besprochen worden?«

Joisan rang die Hände in ihrer mehlbestäubten Schürze und wandte sich halb von uns ab. In diesem Augenblick schob Terlys, mit dem lebhaften Baby auf den Armen, die Klappe zurück und antwortete an Joisans Statt: »Es ist Nidu, die Schamanin. Sie hat – wie es ihr Recht ist – die Wahl eines Schattentrommlers heute beim Fest verlangt.«

Guret sog erschrocken den Atem ein. Ich fragte: »Was bedeutet das?« Eine unbeschreibliche Furcht regte sich in mir. Von einem ernsten Gesicht zum andern blickend, fragte ich: »Was ist ein Schattentrommler?«

Stumpfer Stimme antwortete Terlys. »Der Schamanin steht ein Jüngling oder eine Maid als Gehilfin zu. Wenn dieser Trommler sich für die Schamanenarbeit als brauchbar erweist, kann sie ihn in ihrer Kunst anlernen.

Wenn nicht, wird er nach einem Jahr aus dem Dienst entlassen und ein anderer kann durch das Los ausgewählt werden.«

»Wie sieht dieser ›Dienst‹ des Trommlers aus?«

»Das hängt von Nidu ab«, antwortete Guret düster. »Sie kann verlangen, daß er die Traumgeister herbeitrommelt – das sind die Schatten, die ihr die Macht verleihen –, daß er Kräuter sammelt und zubereitet; ihr Zelt sauber hält; ihr alle Handreichungen macht; das Essen bringt – und Blut, Seele und Leben für ihre Zauber gibt . . .«

»Dafür gibt es keine Beweise«, unterbrach ihn Terlys heftig, aber in ihrer Stimme schwang Unsicherheit mit. »Tremon war nie sehr kräftig.«

»Gerade deshalb hätte er auch nicht gezwungen werden dürfen, ihr zu dienen, als die Wahl auf ihn fiel!« Gurets Mund wurde zu einem dünnen, grimmigen Strich. »Er war mein bester Freund. Obgleich ich viel jünger war als er, waren wir einander tief verbunden. Dann, nach der Wahl, mußte ich zusehen, wie er immer dünner und bleicher wurde. So oft fragte ich ihn, was mit ihm los sei. Scham sprach aus seinen Augen – doch er hatte zu viel Angst zu antworten. Dann – war er nicht mehr! Ich weiß nicht, was geschehen ist, was seinen Tod verursacht hat, aber ich weiß, daß es *übel* war. Eine weitere Wahl dürfte ihr nicht erlaubt werden!«

»Warum verlangt sie jetzt eine? Wie lange ist es her, seit Terlys ihr diente?« Ich legte eine Hand auf Gurets Schulter und spürte seine Verkrampfung.

»Fast acht Jahre«, beantwortete Terlys meine zweite Frage. »Und warum . . .« Sie hob die Schulter. »Das weiß ich nicht.«

Aber mir war Joisans kaum merkliches Zusammenzucken nicht entgangen und ich spürte ihr schnell unterdrücktes Schuldgefühl. »Was weißt *du* über ihre Gründe, meine Gemahlin?«

»Sie ist nicht dafür verantwortlich, Lord Kerovan!« warf Terlys hastig ein. Sie hatte ihren Grimm zwar gut unter Kontrolle, aber ich spürte trotzdem etwas davon. »Sie konnte gar nicht anders, als Janos zu helfen, als er plötzlich erkrankte!«

Ich nickte. »Ich glaube, ich beginne zu verstehen. Indem sie deinem kleinen Sohn half, griff Joisan in Nidus Aufgabenbereich über, und erzürnte so die Schamanin – die nun glaubt, ihr Ansehen stärken zu müssen, indem sie die Wahl eines Trommlers fordert.« Ich blickte meine Gemahlin an. »Das ist sehr unangenehm für uns, Joisan, aber wie Terlys sagt, gab es wohl keine andere Möglichkeit. Hast du versucht Nidu zu erklären, daß du ihr dadurch nicht schaden wolltest?«

Ein Funke glitzerte in den Tiefen von Joisans Augen, wie ich es nur ein- oder zweimal zuvor gesehen hatte. »Wenn ich meiner Berufung folge, schulde ich niemandem eine Erklärung oder Entschuldigung, Kerovan. Nicht einmal dir, und schon gar nicht Nidu!«

Sie hob die Klappe des Zeltes und verschwand im Innern.

Ich seufzte. »Meine Worte waren nicht gut gewählt. Ich wollte nicht andeuten, daß Joisan falsch gehandelt hat . . .«

Terlys nickte schnell. »Das weiß sie, Lord, genau wie ich.« Sie warf einen raschen Blick zum Zelt. »Es wird schon wieder gut.«

»War sie krank, Terlys?« erkundigte ich mich und fuhr fort, als ich ihren fragenden Blick sah: »Sie hat Schatten unter den Augen, als wäre sie sehr müde. Und sie – sie ist anders . . .« Ich unterbrach mich, weil ich selbst nicht so recht wußte, was ich meinte.

»Joisan geht es gut, Kerovan«, versicherte mir Terlys.

Dann lächelte sie plötzlich geheimnisvoll. »Ich muß mich wieder ans Backen machen.«

Als wären ihre Worte ein Signal gewesen, dröhnte plötzlich ein Gongschlag durch den Nachmittag. Ich drehte mich um und sah, daß aus vielen Zelten die jungen Prüflinge in ihrer besten Reitkleidung und mit Waffen kamen. Ich wandte mich an Guret: »Bist du bereit?«

»Nein – ich . . .« Er schaute sich nach den anderen um, von denen ihm einige zuriefen und -winkten. Sein Gesichtsausdruck verriet plötzliche Panik. »Was soll ich denn . . .«

Ich griff nach seinem Arm und eilte mit ihm zum Zelt seiner Eltern. »Dann dürfen wir keine Zeit verlieren!«

Nachdem der Junge in aller Hast gekleidet war und nach den Waffen gegriffen hatte, begleitete ich ihn zum Festfeld, das sich südlich des Lagers befand.

Die Kioga hatten dort Platz für die jungen Leute – die Anwärter – geschaffen, damit sie dort ihre Geschicklichkeit mit Pfeil und Bogen, mit Lanze, Kurzspeer und im Messerwerfen sowohl zu Fuß wie beritten beweisen konnten.

»Bleib du hier an deinem Platz in der Reihe«, flüsterte ich Guret zu und schob ihn in die Gruppe der Wartenden. »Ich hole dein Pferd.«

Vengi, der Hengst des Jungen, graste gleichmütig auf der Westweide. Glücklicherweise war ich oft genug mit seinem Herrn geritten, daß er mich anerkannte und zu mir trottete, als ich ihn rief. Eilig zäumte ich ihn und schwang mich auf seinen bloßen Rücken. Guret würde auch ohne Sattel auskommen – viele seiner Leute benützten einen ohnehin lediglich, wenn sie Lasten befördern mußten.

Vengi war trotz des anstrengenden Rittes heute jetzt gut ausgeruht. Er schnaubte eifrig, als er die anderen

Pferde witterte und die anspornenden Rufe aus der Menge hörte.

Nachdem Guret aufgesessen hatte und bereit für seine Prüfung war, ehrte ich ihn mit dem Kriegergruß. Er strich grinsend das dunkle Haar aus der Stirn, ehe er ihn erwiderte. »Habt Dank, mein Lord. Wenn es soweit ist, daß ich Blut opfere und aufgenommen werde, würdet Ihr dann an meiner Seite stehen? Tremon hätte es getan, aber er . . .«

Ich nickte. »Ich verstehe. Es ist mir eine Ehre.«

Als er losritt, schloß ich mich den Zuschauern an und beobachtete die jungen Männer und Frauen. Nach einigen Minuten legte sich eine Hand sanft auf meinen Arm – Joisans.

Zögernd nahm ich ihre Hand in meine. Während wir den Prüflingen zusahen, ergab sich wieder eine Gedankenverbindung.

Es tut mir leid, daß ich dich mit meinen Worten kränkte, versicherte ich ihr. Ihre schmalen Finger fühlten sich schwielig an. Ihre Geistnähe war ein warmer Funke in mir. *Sie waren unüberlegt.*

Sie beruhigte mich sofort. *Denk nicht mehr daran, mein Gemahl. Du warst müde und hast nicht miterlebt . . .* Ihre Gedankenstimme verlor sich wie auf Wegen, denen ich nicht folgen konnte. Dazu waren meine Fähigkeiten wohl zu beschränkt.

Was miterlebt? Ist etwas vorgefallen, während ich weg war? Ich zwickte die Augen leicht zusammen, um gegen die untergehende Sonne sehen zu können, wie Guret den Kurzspeer warf. Die Widerhakenspitze bohrte sich genau ins Herz der gut ausgestopften Puppe aus Pferdeleder.

. . . später davon sprechen, mein Gemahl. Schuldbewußt zuckte ich zusammen, weil meine Aufmerksamkeit von Joisan abgeschweift war. Aber ihre nächsten Gedanken

waren voll Wärme und Verständnis. *Der Junge – Guret – ich freue mich, daß ihr euch befreundet habt . . .*

Er ist ein feiner junger Mann . . . Du solltest seine Schwester Nita kennenlernen . . . Mit kurzen Geistbildern erzählte ich Joisan von Nitas Rettung aus dem Fluß.

Aus Joisans Gedanken sprach solche Bewunderung und Lob, daß ich mir wie ein Kriegsheld vorkam. Ich hob ihre Hand an meine Lippen, ohne den Blick von Guret zu nehmen. Auch sie wandte ihre Aufmerksamkeit nicht von ihm ab, doch einen Herzschlag berührten ihre Finger zärtlich meine Wange.

Als die westliche Ebene unter der Sonne rot erglühte, ehe sie hinter den Horizont sank, sammelten wir uns zur Aufnahmezeremonie. Mit seinem Vater Cleon und seiner Mutter Anga stand ich neben Guret. Jonka und Nidu hatten den Vorsitz. Ihr Platz war links und rechts von einem uralten, stark befleckten Pferdefell. In ihrer Rechten hielt die Schamanin eine sichelförmige Klinge. Gruppe um Gruppe trat vor sie. Schließlich war Guret an der Reihe. Er ließ uns zurück und schritt allein vorwärts.

Feierlich sagte Jonka: »Guret, Sohn Cleons und Angas, bist du bereit, dein Blut zu geben, damit die Kioga gedeihen? Wirst du von nun an dein Volk vor allem Bösen schützen?«

»Ja.«

Der Junge streckte die Hand aus und hielt ganz ruhig, als Nidu die blitzende Halbmondklinge über sein rechtes Handgelenk zog. Blut tropfte auf das alte Pferdefell und vermischte sich mit dem der bisherigen Anwärter.

Nidu begann leiernd zu singen, dabei klopften ihre Fingernägel auf die kleine Trommel, die vor ihrem Gürtel hing. Ihre weiten schwarzen Ärmel flatterten in der Abendbrise und erinnerten plötzlich an Schwingen. Ich entsann mich Obreds Beschreibung der Harpyie, und erschauderte, als der Blick der Schamanin meinen traf und ich das Gefühl hatte, daß sie meine Gedanken lesen konnte.

Da drückte Jonka ein gefaltetes sauberes Leinentuch auf Gurets blutendes Handgelenk und umarmte den jungen Mann. »Du bist aufgenommen. Möge die Mutter der Stuten dir Weisheit in unserem Rat schenken!«

Hochrufe ließen mich hastig meine Blickverbindung mit Nidu abbrechen und zu den Glückwünschern um Guret eilen. Eine kurze Weile später saßen wir auf Kiogaweise auf dem Boden und genossen ein Mahl, das mich die Eintönigkeit unserer Reiseverpflegung vergessen ließ.

Joisan trug ein Leinengewand mit geschnürtem Mieder, das bunt bestickt war. Ihr Haar hing auf Maidart lose über den Rücken. Ich blickte sie über den Rand des Weinkelchs bewundernd an und fand sie begehrenswerter denn je. Während ich sie so betrachtete, hob sie den Blick zu meinem und machte mich noch verlegener, weil mir bewußt wurde, daß sie meine Gedanken las.

Ich weiß nicht, was mich mehr wärmte, ihr folgendes Lächeln oder der Wein. Ich dachte gerade daran, mich mit Müdigkeit durch den langen Ritt zu entschuldigen, damit wir uns zurückziehen konnten, als Jonka aufstand. Ihr sonst so freundliches und gütiges Gesicht war eine starre Maske, und da fiel mir plötzlich Nidus Forderung nach einem Trommler wieder ein. Sie hob Schweigen gebietend die Hand, und sofort setzte Stille ein.

»Die heutige Nacht ist zum Feiern bestimmt, trotzdem dürfen wir unsere Pflichten nicht vergessen. Nidu hat um die Wahl eines Trommlers gebeten, der ihr in ihrem Dienst für uns behilflich sein soll. Ich ersuche alle unverheirateten Erwählten zwischen fünfzehn und neunzehn aufzustehen!«

Flackernder Fackelschein fiel auf die ernsten Gesichter der jungen Männer und Frauen. Mit Obreds Unterstützung verteilte Jonka dünne Lederstreifen. Jeder Wählbare sollte seinen Namen auf seinen Streifen schreiben und ihn dann zusammengefaltet in den Korb in der Mitte der Wiese werfen.

Als das getan war, trat Nidu an den Korb. Ihr knochiges Handgelenk und die dünnen Finger wirkten durch ihr dunkles Gewand besonders bleich. Sie schloß die Augen und griff suchend in den Korb . . .

Mein Herz pochte heftig, während ich dem leisen Scharren dieser Finger lauschte. Ein ungeheurer Druck lastete auf mir. Etwas sagte mir, daß ich aufhalten mußte, was geschah . . .

Da zog Nidu mit einem triumphierenden Lächeln die Hand zurück und öffnete den gewählten Streifen, ohne den Blick von den Anwesenden zu nehmen.

»Guret ist der Schattentrommler nach dem Gesetz des Rates. Guret, Sohn von Anga und Cleon.«

»Nein!« Meine Lippen bewegten sich lautlos. Mir war, als streiche ein Hauch der Finsternis über meine Wange. Ein Stimmendurcheinander war um mich, erleichtert, aufgeregt, bestürzt, alles gleichzeitig.

Wie betäubt spürte ich Joisans Hand auf meinem Arm, und ihre Finger zitterten. »Komm, Kerovan, heute nacht können wir in dieser Sache nichts tun, aber morgen sprechen wir mit Jonka, um zu sehen, was sich machen läßt.«

Erschüttert ließ ich mich von ihr aus dem Feuerlicht in die Dunkelheit führen. »Ich muß zu Guret – muß mit ihm sprechen. Es muß doch eine Möglichkeit geben, zu ändern, was geschehen ist – es muß!«

»Es gibt eine.« Sie nickte, doch ihr Gesicht war hier zwischen den Zelten kaum zu sehen. »Terlys hat heute nachmittag erwähnt, daß der Erwählte seine Ernennung ablehnen kann und daß dann ein neuer durch das Los gezogen wird.«

»Aber?« fragte ich, denn ihr Ton verriet, daß eine solche Entscheidung ihre Folgen hatte.

»Eine solche Ablehnung wird als schändlich erachtet. Wenn Guret sich dazu entschließt, wird er von seinem Volk eine lange Zeit geächtet werden.«

»Besser das, als Nidu zu dienen – ich mißtraue diesem Weib. Sie hat die Ziehung behext!« Ich war von der Wahrheit meiner Worte überzeugt.

»Ich pflichte dir bei. Morgen unterhalten wir uns mit Jonka und dem Jungen.«

Ja. Eine Idee wollte in meinem Kopf Form annehmen, entzog sich mir aber noch . . . Ich gähnte und fühlte mich plötzlich völlig erschöpft. Morgen – morgen würde ich wieder klar denken können.

Kaum in unserem Zelt angekommen, beeilte ich mich ins Bett zu schlüpfen. Ich mußte sofort eingenickt sein, erwachte jedoch, als Joisan sich ebenfalls niederlegte. So wie ihre am Abend strich meine Hand zärtlich über ihre Wange. »Ich bin so froh, daß ich wieder zu Hause bin, Joisan. Du hast mir gefehlt – so sehr!« Wie immer klangen meine Worte verlegen. Warum konnte ich ihr meine Liebe nicht in zärtlichen Worten ausdrücken, wie andere Ehemänner ihren Frauen? Selten, daß ich es fertiggebracht hatte, auch nur in Gedanken zu sagen »ich liebe dich«; denn immer schien es mir, als verschwände jedesmal, wenn ich meiner Zuneigung für jemandem Ausdruck verlieh, dieser Jemand – wie Riwal, Jago, mein Vater – aus meinem Leben, als hätten meine Worte ihn verdammt . . .

»Ich dachte an dich jeden Tag, jede Stunde«, flüsterte Joisan weich. »Ich bat Gunnora, dich zu mir zurückkommen zu lassen, und sie erhörte mein Flehen. Dafür danke ich ihr aus tiefstem Herzen.«

Der jetzt dreiviertelvolle Mond schien durch die offene Zeltklappe über uns und auf Joisans Gesicht, das dichte dunkle Haar und die Bänder ihres Nachtgewands. Schatten berührten sie, auf ihre Weise so offenbarend wie der silberne Mondschein, und belebten ihre Brüste unter dem Hemd, die mir voller zu sein schienen und Verlangen in mir weckten . . .

Meine Hand zitterte leicht, als ich ihre Wange wieder berührte und nach Worten suchte, um ihre zu beantworten. »Vielleicht war Gunnora es, die mir im Fluß und am Brunnen beistand. Aber Joisan, du sagtest, daß auch du etwas erlebt hast während meiner Abwesenheit. Was ist passiert?«

Sie zögerte einen langen Moment, dann, als ich meine Hand sanft zu ihrer Schulter gleiten ließ, sagte sie fast atemlos. »Wir einigten uns, mein Gemahl: keine Probleme von der Außenwelt für uns heute nacht. Diese Nacht soll uns allein gehören.«

»Aber . . .«

»Nur wir zwei jetzt. Kein Guret, keine Nidu, niemand anderer.« Sie drückte die Lippen sanft auf meine, mit einem Versprechen, das alle anderen Gedanken vertrieb . . .

Schließlich schlief ich traumlos – und trotzdem spürte ich, wie sich etwas in mich schlich . . . Es war wie Kopfweh nach zu viel Wein oder einer Verletzung – ein dumpfer Schmerz, dessen man sich selbst im Schlaf bewußt ist, auch wenn man zu müde ist, wach zu werden und sich seinetwegen Gedanken zu machen . . .

Sonnenstrahlen, die auf meinem Gesicht spielten, weckten mich. Ich lag halb aus dem Bett und hielt das Schwert in der Hand, das ich bereits ein Stück aus der Scheide gezogen hatte. Ich konnte ein Stöhnen nicht unterdrücken, als ich die Art dieses Schmerzens in mir erkannte.

Warum jetzt? *Warum?* Bitterkeit stieg in mir auf und brachte beißende Trockenheit in meinen Mund. Mein

Körper war schwerfällig, doch dieser Zwang trieb mich, wie ein Reiter sein erschöpftes Pferd allein Kraft seines Willens antreibt. Steif und gequält stand ich auf, schlüpfte in meine Kleidung, die Rüstung. Joisan schlief noch. Ich mußte gegen diesen Zwang ankämpfen, mußte sie wecken. Ich würde sie nicht zurücklassen, auch wenn dieser Zwang noch so mächtig war . . .

Sie murmelte schläfrig. Als sie bemerkte, daß ich gerüstet war, setzte sie sich verwirrt auf. Und dann verstand sie – und Entsetzen sprach aus ihrem Blick.

»Nein, Kerovan!« Sie streckte die Hand nach mir aus. »Nein, mein Gemahl! Es kann nicht sein . . .«

»Beeil dich, Joisan.« Es fiel mir schwer stehenzubleiben, noch schwerer, Worte aus den starren Lippen zu pressen. »Ich weiß nicht, wie lange ich noch soweit widerstehen kann.«

»Große Mutter, hilf uns!« Ihre Stimme brach. Aber sie faßte sich und zog sich hastig an. Gedämpft erreichte mich ihre Stimme. »Wann hat das Ziehen begonnen, Kerovan? Ist es wie früher?«

»Stärker«, quetschte ich am ganzen Leib zitternd heraus. Mein Atem kam keuchend, als dieser Zug aus den Bergen jetzt zu körperlichem Schmerz wurde, zu einer Qual so gewaltig, daß es mir Schweiß austrieb, der von der Stirn brennend in die Augen rann.

»Vielleicht kann ich den Schutz wieder errichten, es in Schach halten . . .«

»Nein!« Mehr als dieses eine Wort brachte ich nicht hervor, aber ich bemühte mich, meine ganze Entschlossenheit in diese Silbe zu legen. Durch den Schmerz plagte ich mich um die Gedanken: *Ich werde nicht mehr weiter davonlaufen, Joisan. Damit ist jetzt ein Ende! Ich bin ein Mann, kein Tier, das sich von einem Jäger anlocken und verfolgen läßt . . . Ich muß mich diesem zwingenden Ruf stellen. Genug des Fortlaufens!*

7. Joisan

Furcht war mein Begleiter. Vor mir ritt Kerovan, ohne zurückzublicken, sein Gesicht gen Nordosten gewandt.

Ich seufzte. Hunger zog meinen Magen zusammen. Bald würde ich Kerovan rufen und ihn bitten müssen, daß wir eine Rast machten und etwas aßen. Wenn es um mich alleine ging, würde ich bis zur Erschöpfung und darüber hinaus durchhalten, doch nicht jetzt. Mein Kind – *unser Kind*, verbesserte ich mich heftig, hatte ein Recht darauf, daß ich besser auf mich achtete, als ich es sonst tun würde. Die Sonne schien warm zu meiner Linken, denn der Mittag war vergangen; trotzdem fröstelte ich, als ich an den vergangenen Morgen dachte. Ich streichelte den Nacken meiner Stute und biß mich auf die Lippe. Ich würde nicht – wollte nicht weinen!

Die Kioga hatten sich um uns geschart, als wir für die Reise gekleidet, mit den gepackten Rucksäcken, durch das Herz des Lagers geschritten waren. Jonka war die erste, die sich an mich gewandt hatte – das verschlossene Gesicht meines Gemahls hielt sie davon ab, ihn zu fragen.

»Cera Joisan, was ist los? Wollt ihr fort?«

»Ja, Jonka, wir müssen leider.« Ich war überrascht, als Kerovan nickte. Manchmal schien es, als wäre er durch den ihm auferlegten Zwang nicht in der Lage zu sprechen oder überhaupt zu verstehen, was um ihn vorging. »Unser Dank für eure Gastfreundschaft. Wir werden euch nie vergessen.« Ich hielt inne und kämpfte um eine feste Stimme. »Gunnoras Segen auf euch alle.« Ich schrieb ein Zeichen in die Luft. Es nahm sichtbare Form an und glühte leicht. Ein Teil meines Ichs bemerkte Nidus Erstaunen und empfand eine gewisse Freude darüber, daß die Schamanin meine Kräfte so unterschätzt hatte.

»Wir sind es, die zu danken haben, Cera Joisan. Euch und Eurem Gemahl.«

Kerovan drehte sich um und blickte starr auf den Horizont im Nordosten. Jonka bemerkte es. »Ich sehe, daß ihr in Eile seid, Lady. Könnt ihr wenigstens noch einen Augenblick bleiben? Ich habe etwas, das euch die Reise erleichtern wird. Könnt ihr?«

Ich nahm den Arm meines Gemahls und hielt ihn fest, versuchte es jedoch so aussehen zu lassen, als wäre es lediglich eine Geste der Zuneigung. »Gewiß, Jonka.«

Jonka war wirklich rasch. Augenblicke später hatten wir zwiegebackenes Brot und geräuchertes Fleisch – die Reste von der nächtlichen Feier – eingepackt. Auf mein Drängen schaffte Kerovan es, ein paar Bissen zu essen und Fruchtsaft zu trinken, während ich mich zwang, das gleiche zu tun. Als ich einen leichten Zug an meinem Rucksack spürte, drehte ich mich um und sah, daß Valona gerade ein beachtliches Paket hineinsteckte. »Etwas für unterwegs, Cera Joisan. Ihr werdet mir fehlen.«

Ich strich über das feine dunkle Haar des kleinen Mädchens, und ich plagte mich wieder, das aufsteigenden Schluchzen zu unterdrücken. »Danke dir, mein Herz. Du wirst mir ebenfalls fehlen.«

Einen Augenblick barg sie ihr Gesicht in meinem Wams, dann rannte sie davon. Als ich mich aufrichtete, standen Terlys und ihr Mann Rigon vor mir. Meine Freundin hielt eine wunderschöne Fuchsstute am Zügel. Ich blickte Terlys an und fragte mich, wie ich die Worte finden sollte, ihr Lebewohl zu sagen, da drückte sie mir die Zügel in die Hand. »Sie heißt Arren, Joisan. Sie ist die Mutigste unserer Herde und hat den sichersten Schritt.«

Ich starrte auf das Pferd, berührte den edlen Kopf, und suchte nach Worten. »Terlys, danke, aber ich kann es nicht annehmen . . .«

»O doch!« Sie verschränkte die Arme über dem üppigen Busen und nickte heftig. »Die Kioga verkaufen ihre Pferde nie, wie du weißt, aber sie schenken sie den Würdigen. Ich weiß, daß keine Zeit zum üblichen Erwählen bleibt, aber die Große Mutter wird es verstehen. Du hast meinem Sohn das Leben gerettet – und dies ist das Mindeste, was ich für dich tun kann.«

Einen Moment konnte ich sie nur anblicken, dann umarmte ich sie, und meine Worte, die Dankbarkeit ausdrücken sollten, waren nicht zu verstehen. Sie erwiderte die Umarmung und flüsterte, was nur für mein Ohr bestimmt war:

»Der Segen der Großen Mutter auf dich, Joisan, und auf das Kind, das du trägst. Wenn du kannst, dann kehr zu uns zurück . . .«

»Das werde ich . . .« Meine Hand verkrampfte sich um Arrens Zügel, als könnten sie mich mit dieser Welt verbinden.

»Cera Joisan!« Ich drehte mich um. Guret führte ein anderes Pferd herbei – Nekia, die Stute, die meinen Gemahl während der Kundschaft getragen hatte. Obred und Jonka standen hinter ihm. Ich zupfte an Kerovans Ärmel, und langsam, zögernd, wandte er den Blick aus der Richtung der Berge, die ihn so zogen. Es dauerte eine ganze Weile, bis seine Augen den jungen Mann vor ihm fanden. Aber Guret wartete geduldig, selbst mit besorgter Miene.

Die Stimme meines Gemahls war leise und heiser vor Anstrengung. »Guret – ich muß – einem Ruf folgen. Es tut – mir leid – daß ich . . .« Er holte tief Luft. »Nidu meint es – nicht gut mit dir – dessen bin ich – sicher . . .«

»Mein Lord, quält Euch nicht. Ich weiß es.« Der Junge redete so leise wie Kerovan.

»Lehn es ab – für sie – zu arbeiten, Guret.« Kerovans Stimme war so schwach, daß ich ihn kaum hören konnte. »Du bist – willensstark – weigere dich. Laß es dir – von niemandem – ausreden.«

Nun trat Jonka herbei. »Lord Kerovan, bitte nehmt Nekia als mein Geschenk an. Obred erzählte mir, daß Ihr und sie euch gut verstanden habt. Und wenn Ihr in Gefahr reitet, braucht Ihr ein gutes Pferd. Nehmt sie an und laßt Euch versichern, daß in unseren Zelten immer Platz für Euch und Eure Gemahlin ist.«

»Habt Dank, Jonka.« Nun verkrampften Kerovans Finger sich um die Zügel seines Pferdes. Ohne ein weiteres Wort schwang er sich in den Sattel. Guret hielt Arren, während ich mich beeilte, seinem Beispiel zu folgen.

»Dank Euch, Jonka – danke . . .«

Ich fand in die Gegenwart zurück und verlagerte mein Gewicht im Sattel und drängte Arren weiter. Die Fuchsstute, die im Gegensatz zu Nekia noch keine langen Ritte gewohnt war, ermüdete bereits und mußte sich nun anstrengen, mit der Schecke Schritt halten zu können.

»Kerovan!« Es erschreckte mich, daß er sich auf meinen Ruf nicht einmal umdrehte. War er schon so unter dem Bann, daß er mich gar nicht mehr hörte? Ich konzentrierte mich und rief ihn nun nicht mehr nur laut, sondern auch mit Gedankenkraft. *»Kerovan!«*

Diesmal blickte er über die Schulter. »Mein Gemahl! Wir müssen uns ausruhen! Arren ermüdet!« *Und ich ebenfalls,* dachte ich und sah, wie er den Kopf wieder nach Nordost wandte. Doch zu meiner Überraschung hielt er an, saß ab und wartete auf mich.

Stumm aßen wir und nahmen ein paar Schlucke aus unseren Wasserbeuteln, während die Pferde hungrig das dicke Gras kauten. Ich spürte, daß ich einnickte – und zuckte hoch. Ängstlich blickte ich meinen Gemahl an. Ich mußte mich dringend ausruhen, aber wenn ich einschlief, würde er dann noch hier sein, wenn ich erwachte?

Entschlossen kramte ich in meinem Sattelbeutel und holte ein kräftiges Band aus ungegerbter Tierhaut heraus. »Kerovan, gib mir die Hand.«

Langsam, unendlich langsam nahm er den Blick vom fernen Horizont, wo sich schattenhaft die rufenden Berge abhoben. Ich zog an seiner Hand, bis er sich endlich mir zuwandte. Ohne sie loszulassen zog ich das Fellband durch seinen Armreifen und schlang es obendrein vorsichtshalber auch noch um sein Handgelenk. »Und jetzt dein Messer, Kerovan!«

»Warum?« Das Reden schien ihm wieder schwerzufallen, so groß war jetzt der Zug. Ich beobachtete, wie er zögerte, die Stirn runzelte und den Kopf schüttelte, als hätte er bereits vergessen, was ich von ihm wollte. Ich nahm all meine Geduld zusammen und rückte näher, bis wir fast Brust an Brust waren. Meine Finger suchten das Jagdmesser in seinem Gürtel.

Ich riß es aus seiner Hülle und steckte es in meine Umhangtasche. »Nun dein Schwert, Kerovan. Wirf es dorthin!« Ich deutete auf gut Glück zu einem Dornbusch.

»Joisan . . .« Als ich sah, wie sehr seine Finger zitterten, half ich ihm hastig. Dann wickelte ich das andere Ende des Fellbands um mein eigenes Handgelenk und ließ nur etwa eine Handbreit Spielraum zwischen unseren Händen.

»So ist es gut. Ich glaube nicht, daß du dich befreien kannst, ohne mich zu wecken. Ich muß schlafen,

Kerovan.« Ihn mit mir ziehend, streckte ich mich aus und bettete den Kopf auf meinen Sattel.

Kerovans Hand legte sich warm und beruhigend um meine. Seine Stimme klang fester, als hätte ich eine Bresche in seine Verhextheit geschlagen. »Ich würde dich nicht verlassen, Joisan.«

»Ich weiß«, antwortete ich. Doch das war eine Lüge, denn die Angst, daß er es tun würde, wuchs immer mehr in mir. »Aber so werde ich besser schlafen können.«

Ich schlief auch, während die Sonne gen Westen wanderte. Doch für mich war es nicht Nachmittag, sondern Nacht. Ich war wieder die andere, wie in so vielen Träumen zuvor . . .

Ich wandelte durch meinen geliebten schattigen Wald im Tal, spürte den Nachtwind lind im Gesicht und fühlte, wie er mit meiner dichten Kopfzier spielte, die nicht – oder nicht *ganz richtig* – Haar war . . .

Meine Sinne, mein Ich, waren mit dem Leben ringsum abgestimmt – und ich war beunruhigt. Etwas war hier geschehen! Etwas stimmte nicht mit den Körpern der Waldbewohner, und zwar sowohl was die der Tiere wie auch Pflanzen betraf. Das Reifen des Herbstes hätte beginnen und durch Samenkapseln und getragene Jungen neues Leben im Frühling versprechen müssen. Doch das würde es hier nicht geben. Etwas hatte alles Leben berührt – eine Kraft außerhalb aller Naturgesetze. Die hatte den Rhythmus Dessen-was-sein-muß gestört . . .

Ich streckte eine Hand aus (im Mondlicht war der daunige Flaum auf meiner Haut kaum zu sehen), um ein Blatt zu liebkosen und über eine Rinde zu streichen. »Was ist geschehen?« murmelte ich und setzte mit aller Kraft meine Gabe ein. Ich mußte dieser Sache auf den Grund gehen!

Die *Zeit!* Sie war aus den Fugen geraten! Sie war angehalten worden, nicht nur einmal, sondern öfter, wenn auch jeweils nur für eine flüchtige Sekunde. Doch das hatte genügt, die innere Zeitmessung von Pflanzen und Tieren durcheinanderzubringen. Sekunden angehalten, dann den Lauf wieder aufgenommen . . . Wer, fragte ich, war dazu imstande? Wer hatte das getan, bloß um seine Macht zu beweisen – denn daß dies der Grund war, dessen war ich sicher.

Ich konzentrierte mich und beschwor Neave vom Tempel, die für die geregelte Ordnung des Lebens verantwortlich ist, für die Beziehung zwischen Pflanze und Erdboden, Muttergeschöpf und Junges, Mann und Maid. So verlangte ich gebieterisch eine Antwort und bekam sie.

Ein klares Bild schob sich vor mein inneres Auge. Ich taumelte, denn es war wie ein Schlag, als ich Maleron erkannte. Das schmale Gesicht mit dem spitzen Kinn und der breiten Stirn, das schwarze Haar, und funkelnde Augen, so dunkel und hart wie Onyx. Maleron, zu dessen Reich dieser Wald gehörte, dieses Tal und die umgebenden Berge. Maleron, der sich im vergangenen Jahr immer mehr den Verpflichtungen seiner Regentschaft entzogen und sich statt dessen in die Burg verkrochen hatte, die er selten verließ, und wenn, dann aller Kraft bar und in den Geruch von Zauberei gehüllt. Maleron, den ich geliebt und der mir einst näher gewesen war, als jeder andere . . . Maleron – mein Bruder.

Schluchzen schüttelte mich, als ich den Schmerz des Verrats spürte. Obgleich ich eine andere Mutter gehabt hatte (flüchtig sah ich das Bild eines liebreizenden nichtmenschlichen Gesichts), an die ich mich, genausowenig wie an unseren gemeinsamen menschlichen Vater, kaum erinnern konnte, war meine Kindheit doch voll Liebe und Wärme gewesen, dank dieses Halbbruders, der so jung schon den Thron hatte besteigen müssen – allerdings bereits erwachsen, verglichen mit mir.

»Maleron . . .« flüsterte ich. Ich hörte meine würgende Stimme, als der Wald um mich zu schimmern begann. Ich wollte bleiben – ich mußte Gewißheit haben! Aber der Wald schwand.

Ich erwachte. Tränen brannten in meinen Augen, als ich mich aufsetzte. Meine Bewegung machte Kerovan auf mich aufmerksam. Er beobachtete mich mit besorgter Zuneigung.

Hastig wandte ich das Gesicht ab und beschäftigte mich schnell mit der Klappe meiner Gürtelscheide, ließ mir jedoch Zeit, um mich zu fassen, ehe ich mein Messer herauszog und das Fellband durchschnitt. Mein Gemahl hatte Sorgen genug, als daß ich ihn auch noch mit meinem »Traum« belasten durfte. Ich biß mir auf die Lippe. Das Leid meines Traum-Ichs bei ihrer Entdeckung war noch allzu wach in mir.

Namen . . . Der Wahre Name war oft der Schlüssel eines Zaubers. Nun hatte ich aus meinem »Traum« einen Namen mitgebracht – Maleron. Wer – oder was – war er? Lebte er noch? Hatte sein unbedachter Eingriff in das Walten der Natur nicht wiedergutzumachenden Schaden in jenem Tal angerichtet, das ich noch jetzt vor mir sehen konnte, wenn ich die Augen schloß?

Fragen – Fragen, ohne Antworten – außer ich fand sie im Schlaf. Woher diese »Träume« wohl kamen? Es mußte doch einen Grund für all das geben . . .

»Bist du jetzt ausgeruht, Joisan?« Kerovan zog mich offenbar mühelos auf die Füße. Seine flüchtige Sorge um mich war verschwunden. Wieder hatte er nur Augen für die Berge, nicht für mich.

»Es geht«, murmelte ich. »Reiten wir weiter.«

Wir ritten und hielten nicht einmal an, als die Sonne unterging. Die Gegend hatte sich verändert. Aus dem Flachland war Hügelland geworden. Bäume wuchsen vereinzelt an den Hängen und ihre Blätter waren vom saftigen Grün des Frühlings. Steine und Felsbrocken waren überall zu finden. Ich lockerte Arrens Zügel, damit sie aus einem rauschenden Bach saufen konnte. Die Kälte des Wassers spürte ich selbst im Sattel. Das Gebirge kam eben immer näher.

Im Rot des Sonnenuntergangs blickte ich gen Westen. Anakue lag in dieser Richtung. Sehnsüchtig dachte ich an ein heißes Mahl und ein warmes Bett in Zwyies Dachkammer. Dinge, die ich bis heute morgen fast wieder für selbstverständlich gehalten hatte. Seufzend lenkte ich die Stute weiter und rief Kerovan zu, auf mich zu warten.

Wir hielten in dieser Nacht erst an, als ich meinen Gemahl darauf aufmerksam gemacht hatte, daß Arren kaum noch laufen konnte. Nekia schien so unermüdlich zu sein wie Kerovan. Mühelos fand sie ihren Weg zwischen Felsbrocken und über Büsche hinweg. Ich erinnerte mich an Obreds Bemerkung, daß »Nekia« in der Sprache der Kioga »Nachtauge« bedeutete.

Schweigend aßen wir. Außer dem Plätschern eines nahen Baches und dem leisen Kauen unserer Pferde war es völlig still. Mir war kalt, so kramte ich einen gewebten Schal aus meinem Rucksack und wickelte ihn fest um meine Schultern. Kerovan breitete unsere Decken im Schein des Mondes aus. Wir hatten es für sicherer gehalten, kein Feuer zu machen. Ich dachte an die letzte Nacht, die wir unterwegs verbracht hatten, und erinnerte mich an die Vision des glühenden Grauens, das den Hang zu unserem Lager herabgekommen war.

Und während ich an dieses – Ungeheuer dachte, spürte ich plötzlich die Berührung der anderen. Ich schloß die Augen und konnte die zerklüfteten Berge und den grauen Stein der Burg »sehen«. Diese Burg stand wie ein Wachtturm zwischen der Einöde und Arvon . . . Das mußte Malerons Burg sein. Wie hieß sie bloß?

Namen . . . Ich schaltete alle anderen Gedanken aus und konzentrierte mich nur auf einen möglichen Hinweis jener anderen.

Nach langen Augenblicken begannen meine Lippen einen Namen zu formen: *Car Re Dogan* . . . Eine mächtige Festung, sicherlich, die Burg eines Herrschers. Aber Vernunft und Wissen gewannen die Oberhand. Ich hatte nie von einer solchen Burg gehört und auch nicht von einem Herrscher namens Maleron. Meine Vision mußte aus der Vergangenheit kommen . . .

Ich seufzte und streckte mich. Ich war viel zu müde, mich weiter mit diesem Rätsel zu beschäftigen. Weiteres Wissen mußte von meinem anderen Ich kommen. Ich war ganz sicher, daß sie mit ihrer Geschichte noch nicht zu Ende war.

Nachdem ich meine Stiefel augezogen hatte, band ich meinen Gemahl und mich wieder am Handgelenk zusammen, ehe wir uns niederlegten. Er ließ es stumm über sich ergehen.

Obwohl der Mond am Zunehmen war, glitzerten die Sterne hell am Himmel. Ich blickte trotz meiner Müdigkeit zu ihnen hoch. Langsam hob ich meine freie Hand und legte sie auf meinen Bauch. Noch rührte sich nichts, aber bald – bald würde es soweit sein. Ich überlegte meine Worte.

Mein Gemahl, ich trage dein Kind. Nein, das war viel zu förmlich.

Kerovan, wir werden ein Baby haben. Bitte freu dich darüber . . . Zu flehend. Er *wird* sich freuen, sagte ich mir, aber die Zweifel ließen sich nicht verdrängen. Ich erinnerte mich an sein abweisendes, verzerrtes Gesicht, als ich ihn fragte, ob er Ennia halten wolle. Warum?

Hast du je daran gedacht, daß wir Kinder haben sollten, mein Gemahl? Dumm! Es bestand kein Zweifel mehr, wie töricht also, eine solche Frage zu stellen . . .

Ein schwaches Schnarchen drang durch meine Gedanken. Ich drehte mich um. Kerovans Augen waren geschlossen und unendliche Müdigkeit zeichnete seine Züge. Seine Erschöpfung war nun stärker als der Zug von den Bergen.

Ich lächelte trocken. Ich brauchte mir nicht einzubilden, daß ich ihn jetzt wecken könnte, um ihm die frohe Botschaft kundzutun – und wie als Antwort folgte ein lauteres Schnarchen.

Der Schlaf überwältigte auch mich. Der Mond war am Untergehen, als das Klicken eines beschlagenen Hufs auf Stein mich weckte. Die Pferde? Ich drehte vorsichtig den Kopf. Ich sah die schattenhafte Gestalt der Fuchsstute und die weißen Flecken der Schecke. Beide Tiere standen unbewegt mit gesenkten Köpfen und schliefen offensichtlich.

Erneut war Hufschlag zu hören. Jemand näherte sich.

Ich zupfte an Kerovans Arm. »Wach auf!« Ich flüsterte es zwar nur, aber mit solcher Eindringlichkeit, daß er sofort hochschreckte.

»Joisan?«

»Jemand kommt!«

Ich spürte, wie er über mich langte und sich seinen Dolch am Lederband holte. Und schon war er, mit dem Messer in der Hand, auf den Füßen. Hastig zog ich meinen eigenen Dolch aus der Gürtelscheide, überlegte es mir jedoch und griff statt dessen nach dem Schwert. Die halbgezogene Klinge schimmerte bläulich im Mondlicht.

Das Pferd blieb stehen. Ich hörte jemanden absitzen, dann Schritte. Ich schluckte. *Ist es Nidu?* fragte ich mich erschrocken. *Haßt sie mich so sehr?*

Die Schritte wurden langsamer, zögerten und hielten an. Ich spürte, wie Kerovan sich neben mir zum Sprung spannte.

»Mein Lord?« Diese Stimme kannte ich doch. Da fragte Kerovan auch schon ungläubig: »Guret? Was . . .«

Hastig stand ich auf und holte den Feuermacher heraus. Er klickte einmal, zweimal, dann brannte der Docht der Kerze in meiner Hand, und die Flamme flackerte im Nachtwind.

Tatsächlich war es Guret, der vor uns stand und blinzelnd auf das plötzliche gelbe Licht blickte. »Cera Joisan, es tut mir leid, wenn ich Euch erschreckte. Ich folgte euch schon seit heute vormittag.«

Auf die Reaktion meines Gemahls neugierig, blickte ich zu ihm. Da wurde mir bewußt, daß er wieder völlig in den schrecklichen Bann geschlagen war. Wie ein Magnetstein drehte er sich bereits gen Norden. Ich griff nach seiner Hand, um ihn neben mir zu halten. Seufzend blickte ich zu Guret: »Aber was ist mit Nidu?«

Nach einem kurzen verständnisvollen Blick auf Kerovan antwortete er: »Das weiß ich nicht, Cera. Ich bin nicht zu ihr gegangen. Ich bat meine Eltern, ihr und dem Rat auszurichten, daß ich die Wahl nicht annehme.«

»Nahmen sie es dir übel?«

Sein Gesicht war im Kerzenschein kaum zu sehen, wohl aber sein Kopfschütteln. »Nein. Ich sagte ihnen, daß Lord Kerovan den ganzen Kundschaftstrupp – und mich – am Brunnen rettete. Und dann erzählte ich Nita, daß er sein Leben einsetzte, um sie aus dem Fluß zu ziehen. Ich erklärte ihnen, daß ich ihm den Lehnseid leisten wollte, er aber nur um meine Freundschaft bat. Sie fanden, daß ich ihm Treue und Dank schulde, auch wenn er mir den Lehnseid nicht abnahm – und wir Kioga vergessen so etwas nicht. Wohin reitet Euer Gemahl?«

Ich schüttelte bedrückt den Kopf. »Das weiß ich nicht. Ich spüre keinen Hauch der Finsternis, doch das mag nichts zu bedeuten haben.«

»Was auch kommen mag, ich werde ihm als sein Schildmann zur Seite stehen. Ich konnte nicht anders als euch folgen, Cera.«

Ich seufzte müde, und es wurde mir bewußt, daß der Morgen bald grauen würde. »Danke, Guret, es ist beruhigend, einen solchen Freund zu haben, wenn man sich dem Unbekannten stellen muß. Doch jetzt brauche ich noch ein bißchen Schlaf. Könntest du bitte aufpassen, daß er nicht davonreitet?«

»Ja.«

Dankbar legte ich mich wieder nieder, und kaum hatte ich die Augen geschlossen, war ich zurück in der Welt der anderen.

Car Re Dogan erhob sich in schwindelerregender Höhe vor mir. Trotzdem war ich flink und kletterte – statt die breite Straße auf der anderen Seite zu nehmen – den schmalen Pfad hier hoch. Der Fels unter meinen schmalen, fast krallenbewehrten Füßen war beruhigend stabil, ganz im Gegensatz zu meinen aufgewühlten Gefühlen. Wie konnte Maleron so etwas bloß getan haben? War ihm denn nicht klar, daß er durch sein Anhalten des Zeitlaufs Krankheit und Finsternis Tür und Tor geöffnet hatte? Weder Neave noch Gunnora waren jenen wohlgesinnt, die den Lauf der Dinge-wie-sein-müssen störten.

Fast schluchzend von der Eile meines Aufstiegs, aber hauptsächlich aus Besorgnis, kletterte ich über den Rand des geglätteten Simses, das sich zur Kuppe ausweitete. Ohne mir eine Rast zu gönnen, rannte ich zur schweren Tür in der hinteren Burgmauer.

Kaum daß ich die vom Fackelschein beleuchteten Wächter dahinter sah, die mir Platz machten. Mein Blick galt dem verhangenen Eingang zur großen Empfangshalle, aus der ich Malerons Stimme vernahm:

»Schickt den Kurier sofort aus. Und sendet einen der Botenfalken mit der Nachricht, daß dem Kurier ein ausgeruhtes Pferd bereitgestellt wird, sobald er die Ratshalle erreicht. Er soll umgehend mit der Antwort der Sieben Lords zurückkehren!«

»Ich werde mich sofort darum kümmern, Markgraf.«

Ich hatte gerade den schweren Samtvorhang der Tür erreicht, als Maleron fragte: »Wo ist meine Schwester?«

»Ich habe Lady Sylvya heute noch nicht gesehen. Sie wird wohl . . .«

Ich schob den Purpursamt zur Seite. »Ich bin hier, Maleron.«

Er runzelte die Stirn, weil ich die Etikette derart vergaß, unterließ jedoch eine Zurechtweisung in der Anwesenheit des Gefolgsmanns. »Setz dich, Schwester.« Seine tiefliegenden Augen musterten mich. Natürlich entging ihnen mein etwas mitgenommenes Äußeres nicht. »Ihr dürft gehen, Bern.« Abwesend entließ er den Mann.

Als wir allein waren, deutete er auf den Stuhl zu seiner Rechten. »Du hast meine Erlaubnis, Sylvya.«

Die Aura seiner Macht war augenfällig, sie schien bei jeder Bewegung um ihn zu schimmern. Daß er ein Adept war, wußte ich schon lange, aber für meine mir plötzlich geöffneten Augen erschien dieser schwache Schein, der ihn umgab, befleckt, stumpf – dunkler und, wenn das überhaupt möglich war, von noch größerer Macht zu zeugen. Ich merkte, daß ich zitterte. »Maleron, *warum?* Du hast das Tal – verletzt, vielleicht sogar zerstört. Warum?« Ich hielt den Atem an, sah, wie sein Gesicht sich veränderte . . .

»Joisan!« Ich wurde heftig hin und her geschüttelt, daß ich in meine Decken gehüllt auf dem Boden rollte. Guret kauerte über mir, sein Gesicht verstört. »Wacht auf, Cera! Wacht auf!«

Ich drückte benommen die Hände an die Schläfen. Diese andere Wirklichkeit – Sylvyas Wirklichkeit – hielt mich noch in Bann. »Was . . .« Meine Stimme war nur ein heiseres Krächzen, aber Guret verstand.

»Ihr habt geträumt, Cera! Ihr habt gestöhnt, Euch herumgewälzt und fremde Namen gerufen. Und als ich versuchte, Euch aufzuwecken – konnte ich es nicht.«

»Kerovan?« Ich setzte mich auf, schaute mich um, immer noch halb gefangen von meinem Traum. Ich fand es seltsam, das frühlingsgrüne sanfte Hügelland um mich zu sehen, wo ich doch gerade noch in der alten düsteren Burg gewesen war.

»Tränkt die Pferde. Beeilt Euch und eßt einen Bissen. Ich glaube nicht, daß er lange warten wird, wenn sie erst gesattelt sind.«

Ich beeilte mich, in meine Reitstiefel zu schlüpfen. Dann kämmte und flocht ich schnell das Haar und steckte es hoch. Das bestickte Leinenhemd bürstete ich am Leib aus und schnallte den Gürtel mit Messer und Schwert um. Bis ich mit der Katzenwäsche fertig war, hatte Guret bereits von sich aus meine Decken zusammengerollt. Sein Benehmen ließ keinen Zweifel, daß er sich des Drangs meines Gemahls bewußt war, so schnell wie möglich aufzubrechen.

Hufschlag kündete Kerovans Rückkehr mit den Pferden an. Sofort sattelte mein Gemahl sie, und Guret drückte mir ein Stück Brot in die Hand, ehe er sich seines Hengstes annahm.

Ich schwang mich auf Arren, das Brot in der Hand, und wappnete mich gegen einen weiteren ermüdenden Tagesritt. Wo würden wir unser nächstes Nachtlager aufschlagen? Entschlossen vertrieb ich solche Gedanken und verweigerte mir kräfteverzehrende Sorgen über Kerovan und Sylvya.

Im Lauf des Tages wurden die Hügel höher und ausgedehnter. Von jeder neuen Kuppe war das Gebirge deutlicher zu erkennen, und aus dunstverhangenen Höhen wurden bewaldete Hänge und felsige Gipfel.

Kerovan ritt den ganzen Vormittag stumm und unbewegten Gesichts und sprach selbst, als er uns eine allzu kurze Rast gestattete, kein Wort. Was immer ihn anzog – ob es nun dem Licht oder der Finsternis angehörte –, tat es mit so unerbittlicher Kraft wie die Fischer von Anakue, wenn sie ihre Netze einholten. Er schien sich weder meiner noch Gurets wirklich bewußt zu sein, obgleich seine bernsteinfarbenen Augen schwach schimmerten, wie Wasser tief in einem Brunnen.

Schließlich, als wir nach unserer knappen Mittagsrast wieder aufsaßen, fragte mich Guret: »Ist es Eurem Gemahl schon früher so ergangen?«

»Schon im Kindesalter wurden wir in einer Waffenheirat verbunden, doch wirklich vermählt sind wir erst seit drei Jahren. Kerovan sagte mir, daß er dieses Ziehen seit dem wirklichen Vollzug unserer Ehe spürt – doch anfangs war es viel leichter.«

»Er erzählte mir von Eurer Vermählung – von dem Greifen auf Eurer Brust, der sich als lebendes Geschöpf herausstellte, das in einem Kristall gefangen war.«

Ich staunte. Meines Wissens hatte Kerovan nie zu jemandem über die Ereignisse gesprochen, die uns nach Arvon geführt hatten. *Er muß sehr viel von Guret halten,* dachte ich, *denn gewöhnlich spricht er nicht von dem, was seinem Herzen am nächsten ist – von dem Greifen und seinem ungewollten Erbe.*

Des Nachmittags erreichten wir das Vorgebirge und mußten Felskolossen ausweichen, die sich wie gebleichte Gebeine aus dem weicheren Fleisch der Erde um sie erhoben. Wir waren Kerovans Führung gefolgt, der sich östlich hielt, während sein Blick die nördlichen Pfade suchte. Weitere Rast gönnte er uns nicht mehr, und wir mußten unsere erschöpften Tiere antreiben, damit er uns in seinem unermüdlichen Drang nicht zurückließ.

Schließlich bogen wir um einen riesigen Granitberg

herum, der höher war, als unser Blick ihm folgen konnte, und mußten feststellen, daß er weiter reichte, als wir vermutet hatten, jedoch zu einem schmalen Paß gespalten war. Zu beiden Seiten dieser Öffnung stand ein Pfeiler aus dem blauen Stein, jener gesegneten Substanz, welche die Finsternis abstieß. Beide Pfeiler trugen das mir inzwischen vertraute Symbol: die geflügelte Kugel.

Der Eingang, den diese Kugeln bewachten – denn diesen Eindruck erweckte es –, war von einem wirbelnden graublauen Dunst verhangen. Er war unnatürlich dick und undurchsichtig. Ich blinzelte überrascht. Hier, wo ich auf Arren saß, schien die Nachmittagssonne, doch ihre Strahlen vermochten diesen Vorhang nicht zu durchdringen.

Plötzlich bewegte sich voraus etwas, dann hob sich einen Moment ein dunkler Schatten von dem schwach schimmernden Wirbeln ab – Kerovan! Ich gab Arren die Fersen und rief seinen Namen, als die Stute vorwärtssprang – doch zu spät. Vor der linken Kugel zügelte ich sie, um auf den Kiogajungen zu warten.

»Wo ist Lord Kerovan?« Guret schaute sich suchend um. »Er bog direkt vor mir um den Felsen, aber jetzt – sehe ich ihn nicht mehr!«

Ich deutete auf den blaugrauen Vorhang. »Er ritt da hinein. Wir müssen ihm folgen.«

Mit weit aufgerissenen Augen starrte er vor sich hin, als könne er den Eingang nicht sehen, der so nahe lag. Ahnungsvoll blickte ich von dem Jungen zu dem dunstgeschützten Paß. Daß er verzaubert war, bezweifelte ich nicht – aber weshalb konnte ich ihn sehen und Guret nicht? Probehalber deutete ich. »Dort! Siehst du den wirbelnden Dunst vor dir nicht?«

»Was sehen, Cera?« fragte Guret mit wachsendem Schrecken. »Was seht Ihr denn?«

»Eine Wand aus Dunst. Mein Gemahl ritt zu ihr und verschwand darin. Was siehst du?«

»Nichts als eine Felswand, Cera. Ich schwöre es beim heiligen Pferdefell meines Volkes.«

Ein wahrlich mächtiger Zauber! Wie könnte Guret in etwas reiten, das ihm als feste Felswand erschien? Für jene, die auf diese Weise blind waren, mochte sich die Macht der Täuschung als gefährlich erweisen. Weshalb konnte ich den Dunst sehen?

Ich bedeutete dem Jungen zu bleiben, wo er war, und ritt mit Arren näher heran, um den Dunst mit den Augen des Geistes zu durchdringen. Doch da war nichts, was sie aufnehmen konnten, und nur die gleiche Leere, die Kerovan seit gestern morgen besessen hatte, fing meine Gedankensuche ab.

Ich lenkte die Stute zwischen die Pfeiler. Keine stoffliche Barriere hielt mich auf, aber ich schwankte, erschauderte, und ein so ungeheures Schwindelgefühl überwältigte mich, daß ich fast aus dem Sattel gefallen wäre. Rings um mich waren bewegte Bilder – Felsen, die mich scheinbar tückisch anstarrten und nach mir griffen; Bäume, die sich wie im Sturm krümmten; und alles verschmolz in flüchtigen Blicken wirr durcheinander. Ich keuchte und klammerte mich mit beiden Händen an Arrens Mähne.

Die Stute schnaubte laut und blickte sich mit fast menschlicher Besorgnis nach mir um. Es war offensichtlich, daß keine Trugbilder sie quälten. Ich schloß die Augen und kämpfte gegen den Sichtzauber an, der diesen Ort schützte. Kerovan war irgendwo vor mir, und ich mußte zu ihm!

Nach einer langen Weile der Dunkelheit spürte ich sanften Frieden meine Furcht vertreiben. Ich legte die Hand auf den Bauch und fühlte, daß er einen Schutz schuf. So wagte ich die Lider zu heben. Die wechselnden unwirklichen Bilder blieben, doch sah ich sie jetzt nur noch wie bewegte Schatten. Warum?

Für meinen Gemahl war der Dunst ganz offensichtlich keine Barriere gewesen. Er war hocherhobenen Hauptes hineingeritten, als läge der Weg für ihn offen und führte zu dem, was er sich je erwünscht hatte und erwünschen konnte. Mit der Hand auf dem Bauch ließ auch das Schwindelgefühl nach. Konnte es sein, daß der Zauber, der diesen Paß beschützte, Kerovan erkannt, willkommen geheißen und Zugang gewährt hatte? Und daß ich, weil ich sein Kind trug, ihn ebenfalls sehen konnte, obgleich ein Teil des Schutzzaubers noch anhielt?

Solch müßige Überlegungen nutzten mir jetzt nichts; während ich ihnen nachhing, würde mein Gemahl sich nur noch weiter entfernen. Es drängte mich, Arren ihm nachgaloppieren zu lassen, aber ich durfte Guret nicht vergessen, ihn nicht angesichts von Zauber, die er nicht verstand, im Stich lassen.

Ich kehrte zum Paßeingang zurück. Guret wartete mit besorgter Miene; als er mich sah, seufzte er erleichtert. »Habt Ihr ihn gefunden, Cera?«

»Nein. Und der Paß ist durch Zauber geschützt. Trotzdem müssen wir ihm folgen, so gut wir es vermögen. Ich kann gegen das Schwindelgefühl ankämpfen, doch ich fürchte, daß du dich blind an mich halten mußt.«

»Was ist mit Vengi?« Er tätschelte den Nacken seines Hengstes.

»Der Zauber scheint Arren nichts anzuhaben, also ist anzunehmen, daß auch er nicht davon betroffen ist.« Ich griff nach Vengis Zügel, die Guret mir überließ. Der Hengst schnappte nach dem Hals meiner Stute. Sie legte die Ohren zurück und wieherte warnend. »Das wird nicht leicht werden«, murmelte ich und versetzte der neugierig aufdringlichen Pferdenase einen leichten Klaps. Dann reichte ich Guret einen Schal aus meinem

Sattelbeutel. »Verbinde dir damit die Augen, und nimm das Tuch ja nicht ab, ehe ich dir sage, daß die Gefahr vorbei ist.«

Nickend knüpfte Guret sich den Schal um den Kopf. Mit einer Hand Arrens, mit der anderen Vengis Zügel haltend, ritt ich zurück zum Paß. Als wir in den Dunstvorhang eindrangen, zwickte ich die Augen zusammen und gestattete Arren, die nächsten zwölf Schritte ohne meine Lenkung zu machen. Mit klopfendem Herzen zählte ich mit, dann öffnete ich die Augen und wappnete mich gegen das verwirrende Chaos.

Es war noch da, und immer wieder mußte ich lange Momente die Augen schließen, denn nur so gelang es mir, das Schwindelgefühl zu überwinden. Ich blickte über die Schulter zu Guret. Der Junge schwankte im Sattel, das Gesicht bleich und angespannt. »Halt dich fest, Guret«, mahnte ich ihn. Meine Stimme hallte dröhnend wider, daß die Pferde erschrocken die Augen rollten. »Wie fühlst du dich?«

»M-merkwürdig. Als würde ich wach durch einen Traum reiten.« Er schwankte noch stärker.

»Halt dich fest!« flehte ich ihn an, doch das gespenstische Echo machte meine Worte zum Lachen eines Wahnsinnigen. Wenn er fiel, wüßte ich nicht, wie ich ihn wieder aufs Pferd kriegen sollte!

»Die Kioga – müssen sich nicht – festhalten – um auf ihren – Pferden zu bleiben«, stammelte er. Er schwankte weiter.

»Guret, benimm dich nicht wie ein dickköpfiges Kind! Niemand sieht dich, außer mir, und ich schwöre dir bei Gunnora, daß ich nicht darüber reden werde!« Erleichtert sah ich, daß er sich jetzt am Sattelknauf festklammerte.

Unser Ritt durch diesen schmalen Paß war ein Alptraum. Immer wieder überspülten mich Wellen des Schwindelgefühls, aber allmählich lernte ich sie zu beherrschen. Ich atmete tief, schloß die Augen und blickte, wenn ich sie öffnete, nie länger als einen Herzschlag auf den nur verschwommen erkennbaren Boden, weil das entsetzliche Schaukeln des *Wandels* die Übelkeit noch erhöhte. Trotzdem bemühte ich mich um größere Geschwindigkeit, um endlich Kerovan einzuholen.

Schließlich erspähte ich etwas Verschwommenes, Dunkles vor uns – weit vor uns. *Kerovan?* Mit aller Kraft schickte ich diesen Gedankenruf aus, doch auch jetzt erhielt ich keine Antwort. Wenigstens beruhigte es mich, daß er noch vor uns ritt und nicht irgendwo durch ein mögliches Tor abgebogen war. Mein linker Arm begann von der Anstrengung, Vengi zu führen, zu schmerzen, trotzdem hielt ich die Zügel fest und schickte ein stummes Stoßgebet zu Gunnora, damit sie mir Kraft und Ausdauer verleihe.

»Kerovan! So warte doch, Kerovan!« Mein Ruf echote hohl und erhöhte mein Schwindelgefühl, weil er nicht nur von den Felswänden, sondern auch in meinem Kopf dröhnte.

Er – er ritt langsamer! Drehte sich im Sattel um! Ich zerrte stärker an Vengis Zügel, gab Arren die Fersen und galoppierte auf ihn zu. »Warte, Kerovan!«

Als wir ihn erreichten, öffneten sich die Felswände des Passes, wurden weiter – weiter . . .

Der Zauber schwand! Ich sah wieder ganz deutlich. »Guret! Öffne die Augen!« Keuchend hielt ich Arren neben meinem Gemahl an und starrte auf das, was vor uns lag.

Ein Tal! Ein wunderschönes welliges Grasland, zu meiner Linken von einem hohen Wald eingezäunt. Es war etwa fünfeinhalb Meilen lang und halb so breit. Berge umgaben es mit himmelstürmenden Felsgipfeln und bewaldeten Hängen. Zu meiner Rechten ragten zwei sattelförmige Berge empor, auf die die Strahlen der untergehenden Sonne fielen. Und auf dem näheren davon, etwas unterhalb der Kuppe . . .

In Gedanken rang ich um Worte. Eine Festung? Burg? Ein Wohngebäude zweifellos, aber gewiß nicht von Menschen errichtet. Es war aus dem heiligen blauen Stein erbaut und sah fast so aus, als wüchse es aus dem Berg. Es hatte geschwungene Türme, dunkle Bogenfenster, schmale Rampen, statt Treppen. Es sah wahrhaftig sehr fremdartig aus, aber keineswegs bedrohlich. Es klebte, scheinbar ohne Stütze, an der Bergwand, wie in einem unwahrscheinlichen (aber auf seine Weise wunderschönen) Traum.

Gurets Stimme riß mich aus meiner Andacht. »Was ist das, mein Lord?«

»Kar Garudwyn«, antwortete Kerovan fest.

»Woher weißt du das?« fragte ich.

Er lächelte mich sanft an, ohne jedoch zu antworten. Als ich ihn musterte, erkannte ich ihn kaum wieder. Sein Gesicht, das nun frei von Furcht und Drängen war, wirkte fast wie das eines Kindes. Mein Gemahl hatte schon immer, solange ich ihn kannte, weit älter ausgesehen, als er war. Seine Erziehung, sein innerer Kampf gegen die Furcht und den Haß, die seine »Verunstaltung« oft bei seinen eigenen Leuten hervorgerufen hatte, hatten zu einer Reife geführt, die ihn viel älter als ich hatte erscheinen lassen, obwohl wir nur zwei Jahre auseinander waren.

Nun, da ich ihn betrachtete, wurde mir wirklich bewußt, daß Kerovan erst einundzwanzig war. Ich streckte die Hand aus und griff nach seiner. »Kar Garudwyn? Was ist das, Kerovan?«

Er lächelte wieder mit dieser Offenheit, die ihn so jung machte. »Zuhause!«

Ich blickte zu der – Burg oder was immer an der Felswand hoch, und fragte mich, was sich im Innern befand. Ohne ein Wort lenkte mein Gemahl Nekia vorwärts, und wir ritten in das grüne Tal.

Vögel zwitscherten, und erstaunlich viele Tiere waren zu sehen. Eine Gabelantilope starrte uns eine lange Weile entgegen, ehe sie gleichmütig weglief. Es mußte lange her sein, seit ein Mensch in dieses Tal gekommen war.

Am Fuß des Berges hielten wir an und schauten über die Bäume hinweg auf die steile, hohe Felswand, die zu der Burg führte. Die Burg selbst war von hier nicht zu sehen. Einen Pfad schien es nicht zu geben. Ich begann mich zu fragen, ob jene, die diese Festung in uralter Zeit bewohnt hatten, nicht vielleicht geflügelt gewesen waren.

Erschöpft saß ich ab, befreite Arren vom Zaumzeug und ließ sie frei grasen. »Sollen wir die Sättel abnehmen, Kerovan? Hast du vor, heute nacht hier zu bleiben?« Dieses geschützte Fleckchen erschien mir ein besserer Lagerplatz als jeder bisherige.

Kerovan hob die Brauen und fragte erstaunt. »Weshalb sollten wir hierbleiben? Kar Garudwyn erwartet uns jetzt.«

Ich betrachtete die Steilwand vor uns. »Schon möglich, mein Gemahl, aber ich bin kein Adler, auch ist mir nicht aufgefallen, daß dir Flügel gewachsen sind. Es gibt keinen Weg zur Burg für uns.«

Er lachte fröhlich. »Kommt mit, ich führe euch.«

Nachdem wir die Pferde von den Sätteln befreit hatten und alle drei hungrig grasten, schulterten wir unsere Rucksäcke. Kerovan führte uns ostwärts, zunächst durch die Bäume am Fuß des Berges, dann einen schmalen Pfad an der kahlen Wand entlang. Guret und ich blickten einander erschrocken an, folgten Kerovan jedoch.

Die Steilwand war aus hartem grauen Granit, da und dort mit dunklerer Maserung. Nirgendwo sah ich eine Möglichkeit, sie hochzusteigen, außer mit Seil und Steigeisen. Ich fragte mich schon, ob der Zauber im Paß meinem Gemahl etwa den Verstand verwirrt hatte. Furcht, die in dieser friedlichen Schönheit geschwunden war, erwachte erneut.

Wir bogen um einen kantigen Vorsprung, doch auch dahinter erstreckte sich nur kahle Steilwand. Und doch war Kerovan stehengeblieben und blickte zufrieden auf den glatten Felsen. Als wir ihn erreichten, deutete er lächelnd darauf. »Hier geht es weiter.«

Es kostete mich meine ganze Selbstbeherrschung, müde wie ich war, nicht in Tränen auszubrechen. Die Rucksackriemen drückten auf meine Schultern, und ich blickte blinzelnd auf die leere Wand. Es mußte meinem Gemahl wirklich den Verstand gekostet haben. Nicht einmal eine Eidechse könnte hier hochklettern! Ich benetzte die Lippen und blickte Guret an, der, als er es bemerkte, den Zeigefinger an der Schläfe drehte. Kerovan blickte in diesem Moment in seine Richtung und sah es. »Wieso hältst du mich für verrückt? Siehst du es denn nicht?«

Sanft, als spräche ich zu jemandem im Fieberwahn, fragte ich. »Was denn, Kerovan?«

»Das Symbol!« Verärgert deutete er wieder auf die Wand. »Ihr seht es doch! Ihr *müßt* es sehen!«

Ich schüttelte den Kopf. »Wir sehen nur eine kahle Felswand, mein Gemahl.«

Fragend blickte Kerovan nun Guret an, dann betrachtete er erneut die Wand vor sich, und seine Verwirrung wuchs. »Aber es ist doch so offensichtlich!«

Er streckte die Hand aus und drückte eine Fingerspitze auf die rauhe graue Fläche. Unter seiner Berührung flammte violettes Licht auf – und tatsächlich konnte ich das Symbol sehen, während er die Umrisse nachfuhr! Eine geflügelte Kugel! Guret schrie hinter mir auf, und Kerovan drehte sich abrupt zu ihm um.

»Jetzt – ist es weg!« Ungläubig blinzelte Guret auf den Stein, dann blickte er mich fast flehend an, und Furcht flackerte in seinen Augen.

Das Symbol, das wir flüchtig tief in den Granit gemeißelt gesehen hatten, war wirklich verschwunden. Auch ich blinzelte, dann berührte ich mit der Handfläche die Stelle, wo ich es gesehen hatte. Sie war warm . . .

Unter meiner Berührung glühte ganz kurz ein blaugrünes Licht auf, und während dieser Herzschlagschnelle konnte ich das Symbol ertasten.

»Wollt ihr sagen, daß der Stein für euch – leer ist?« Kerovans Verwirrung schwand. »Aber es ist wirklich ganz deutlich . . .«

»Offenbar genauso deutlich, wie der Zugang zum Paß für dich gewesen war, während er für Guret und mich dunstverschleiert und mit Trugbildern gefüllt war. Siehst du einen Eingang hier?«

Als Antwort fuhr er wieder die Umrisse des Symbols nach. Erneut flammte violettes Licht. Ich hörte einen knarrenden Laut, doch nicht mit den Ohren, sondern mit jenem anderen Sinn, den ich gelernt hatte, mit der Benutzung der Macht in Verbindung zu bringen. Dann begann die Felswand irgendwie zu wirbeln, verdunkelte sich . . .

Und wir sahen einen breiten, aus dem Gestein gehauenen Gang vor uns, der in Serpentinen aufwärts verlief.

Obgleich dieser Rampengang nicht übermäßig steil verlief, strengte er mich doch an. Kerovan rannte leichtfüßig voraus, während Guret sich offenbar genauso plagte wie ich. Immer öfter mußte ich stehenbleiben, um Atem zu holen.

Bei einer der ersten dieser Verschnaufpausen nahm Guret mir wortlos den Rucksack ab, obgleich sein eigener ebenfalls nicht leicht war. »Ich kann ihn selbst tragen!« protestierte ich.

»Ich weiß, Cera, aber er ist schwer und Ihr dürft Euch nicht überanstrengen.«

Ich blickte in seine dunklen Augen und las dort Verständnis und Feingefühl. »Woher weißt du es?« fragte ich. »Hat Terlys . . .«

Der junge Mann lächelte. »Ich habe vier jüngere Brüder und Schwestern, Lady. Die Augen meiner Mutter waren wie Eure, wenn sie guter Hoffnung war. Lord Kerovan weiß es nicht?«

»Nein«, gestand ich. »Und er darf es auch nicht erfahren, ehe wir nicht wissen, was uns hier erwartet. Versprich mir, daß du darüber schweigst.«

Er zögerte. »Und abgesehen von Eurer Müdigkeit fühlt Ihr Euch wohl?«

»Völlig«, versicherte ich ihm. »Ich bin Wehfrau, oder weißt du das nicht? Ich werde nicht leichtsinnig Risiken eingehen. Habe ich dein Versprechen?«

Er nickte schwer. »Ja, ich schwöre beim heiligen Pferdefell, zu schweigen – außer Ihr werdet krank, Lady. Dann muß ich davon sprechen.«

Ich nickte.

Kerovan schritt ungeduldig hin und her, als wir die letzte Biegung der Serpentinenrampe erreichten.

Kar Garudwyn erwartete uns. Im letzten Sonnenlicht schien der blaue Stein weich zu glühen und uns willkommen zu heißen. Es gab hier keine Holztüren, wie ich sie von den Hochhallacker Burgen und Häusern gewöhnt war. Statt dessen trat man hier durch einen Torbogen ein, der etwas größer als die vielen schmalen war, die Licht und Luft einließen. Ein kurzer Gang lag dahinter, dann eine große kreisrunde Halle mit Kuppeldecke. Als wir sie betraten, leuchtete eine Kristallkugel, die von der Mitte der Kuppel hing, in rosigem Schein auf.

Um ein Podest in der Mitte der Halle standen Tische und Bänke. Auf dem Podest selbst war etwas wie ein

Thron zu sehen, der aber gewiß nicht für einen Menschen bestimmt gewesen sein konnte. Auch zu ihm führte eine Rampe.

Ich runzelte die Stirn, denn etwas, was ich hier erwartet hatte, fehlte – Staub. Ungläubig strich ich mit den Fingerspitzen über eine Tischplatte. Sie ließen keine Spuren zurück und blieben selbst rosig sauber. Nachdem sie zweifellos unendlich lange Zeit leer gestanden hatte, müßte doch Staub in der Halle liegen!

Die Tischplatte war glatt und kühl – nicht wie Holz, für das ich sie zunächst gehalten hatte. Nein, dieses Material hatte zwar die Farbe und Maserung von Holz, aber die Glätte und das glasige Glänzen von poliertem Stein.

»Cera!« Bei Gurets Flüstern blickte ich auf. »Seht Euch die Wände an!«

Ich trat zu ihm an die geschwungene Wand der Bankethalle – denn ich nahm an, daß sie das war. Was ich für weitere Maserungen der steinigen Oberfläche gehalten hatte, waren Muster und Bilder aus unzähligen winzigen Edelsteinen. Ehrfürchtig strich ich mit einem Finger über das Mosaik und staunte über diese kunstvolle Arbeit. Der grüne Stein hier war gewiß Jade. Und der mit dem sanften Feuer in der milchigen Oberfläche – ein Opal?

Meine forschenden Augen und Finger entdeckten ein unvorstellbares Vermögen an Achaten, Jade, Opalen, Bernsteinen und Topasen sowie anderen Halbedelsteinen und Edelsteinen, mit denen die Wände gemustert waren. Die Szenen selbst waren irgendwie wirbelig wirkende Bilder von der Sonne und dem Berg, und – wie mir erst nach eingehendem Betrachten klar wurde – dazwischen uralte Runen – so alt, daß ich sie kaum als das erkannte, was sie waren. Daß ich sie nicht lesen konnte, machte mich traurig, denn ich hatte das Gefühl, während ich sie so studierte, daß sie die Geschichte dieser Burg erzählten.

»Cera!« Guret zupfte mich am Ärmel. »Lord Kerovan ist nicht hier!«

»Wo ist er denn hingegangen?« Ich wollte hier an diesem zwar schönen aber doch fremdartigen Ort nicht von ihm getrennt sein.

»Ich habe ihn nicht weggehen sehen. Als ich mich umdrehte, war er verschwunden.«

Eilig suchten wir nach Ausgängen. Auf einer Rampe echote das Klicken von Huffüßen. Wir rannten sie hoch.

Kerovan ging schnellen, doch nicht hastigen Schrittes durch den Türbogen am Ende der Rampe, der, wie wir alsbald feststellten, zu einer weiteren, noch viel höher führenden Rampe Zugang bot. Der Ausblick durch die Süd- und Westfenster hier war schwindelerregend – nichts als rotgetönter Himmel mit vereinzelten Wolken war zu sehen. Glücklicherweise leuchteten die Lichtkugeln, die in regelmäßigen Abständen von der Decke hingen, von selbst auf, sonst hätten wir jetzt durch die Dunkelheit laufen müssen. Und wenn ich so die ungeschützten Fensterbogen betrachtete, die vom Boden bis zur Decke verliefen, mochte ich lieber gar nicht daran denken. Trotz des Lichtes befiel mich die Furcht, aus einer solchen Höhe in die Tiefe zu stürzen.

Hinter meinem Gemahl her stiegen wir eine weitere Rampe hoch. Ich nahm an, daß wir hier in einem der Türme waren, die ich vom Taleingang aus gesehen hatte. Auch am Ende dieser Rampe befand sich ein Türbogen. Er war mit flimmerndem violetten Licht gefüllt, das mich instinktiv zurückweichen ließ. Irgendwie wußte ich, daß es das Leben kosten würde, es zu berühren.

Kerovan streckte eine Hand aus und murmelte mir unverständliche Worte. Das Licht wurde gedämpfter und schwand. Er trat durch den Eingang. Ich holte tief Luft und folgte ihm.

Die Fensterbögen ließen die hohe Bergluft in den kreisrunden Raum, und ein bißchen von dem Schwindelgefühl kehrte zurück, gegen das ich im Paß angekämpft hatte. Ich hielt mich vorsichtshalber von diesen Fenstern fern und beobachtete meinen Gemahl.

Der Raum war groß, doch nur mit ein paar Tischen ausgestattet. Der Schein der untergehenden Sonne ließ Runen an der Wand aufglühen. Auf dem Fußboden war ein Drudenfuß eingraviert und daneben eine geflügelte Kugel. Der kühle Abendwind, der durch die Fensterbögen blies, ließ mich frösteln.

Kerovan trat an den nächsten Tisch und legte eine Hand auf das Buch in seiner Mitte. Ich hielt den Atem an, weil ich befürchtete, es würde zu Staub zerfallen, wie ich es einst bei einem verzauberten Raum in einer uralten Burg gesehen hatte, aber das Buch blieb, wie es war. Mein Gemahl schritt in dem Raum herum, sichtlich unberührt von der schwindelerregenden Höhe, die die hohen Fenster so auffällig machten. Hin und wieder strich er fast zärtlich über ein Buch, eine Schriftrolle, eine Rune an der Wand. Und wo sein Finger etwas berührte, leuchtete ein violettes Glühen auf. Ich *fühlte* die Macht hier. Sie regte sich wie ein großes Tier, das aus tiefem Schlaf erwacht.

Gurets Hand umklammerte mit eisigen Fingern die meine.

»Kerovan!« Meine Stimme plagte sich, diese uralte Stille zu durchdringen. »Wessen – Burg ist dies? Wem gehören die Dinge hier?«

Er drehte sich um. Ein wenig der Benommenheit schien zu schwinden. Ich glaube, er nahm mich jetzt, seit langen Stunden, erstmals wieder bewußt wahr. »Das weißt du nicht?«

Ich wurde solcher Fragen leid, und ich fürchte, meine Stimme klang leicht gereizt. »Nein, das weiß ich nicht, aber ich würde mich freuen, wenn du es mir sagen würdest!«

Er kam zu mir und legte die Hände auf meine Schultern. Angespannt sagte er: »Dies ist, wovor ich all diese Jahre Angst hatte, ohne davon zu wissen. Es rief mich, denn es birgt mein Erbe. Ich war nicht bereit, diesen Teil meines Ichs anzuerkennen, ehe ich mir nicht meiner Menschlichkeit bewußt sein konnte, Joisan. Kar Garudwyn war – und *ist,* auf eine Weise, die ich schwer erklären kann, weil ich es ganz einfach *weiß* – Landisls Zitadelle.«

8. Kerovan

Als Joisan mich anblickte, wie wir so in diesem windkalten Raum hoch oben im Turm von Kar Garudwyn standen, glaubte ich Furcht in ihren Augen zu sehen.

»Landisls Zitadelle . . .«, hauchte sie, ohne daß ihr Blick meinen verließ. »Kann eine Burg eine so lange Zeit erhalten bleiben?«

»Wenn sie durch Zauber geschützt ist, ja, Joisan.« Ich war selbst verzaubert von diesem Turmraum, den uralten Büchern und Schriftrollen, so unberührt von der Zeit, den tief gemeißelten Runen, in denen sich kein Staub gesammelt hatte. »Alles wäre schon vor Äonen zerfallen, ohne diesen Zauber. Ich glaube . . .«, mein Blick wanderte um die Berge ringsum, ». . . diese Zitadelle ist jedem, der zufällig hierherkommt, verschlossen – und öffnet sich nur ihm, der das Erbe des Greifen in sich trägt.«

»Mit anderen Worten, sie wartete auf *dich*.« Ihre Stimme schwankte leicht, und ihre Hände griffen so vorsichtig nach meinen Schultern, als befürchtete sie fast – trotz allem, was wir zwei miteinander erlebt hatten –, sie würde zurückgewiesen werden. »*Macht*, mein Gemahl, ja, sie ist dein, ich spüre sie.«

Auch ich spürte etwas in mir, etwas Aufwühlendes, wie eine sturmgepeitschte See. Einmal als Junge hatte ich leichtsinnig etwas getrunken, das mir in den Kopf stieg. Auch damals war mein Blick verschwommen gewesen, und ich hatte Bilder gesehen, die sich ineinander schoben, halb zu erkennen bloß, so wie jetzt. Wissen kam und schwand. Ich wußte, was etwas bedeutete und dann wieder nicht – bis solche Unsicherheit mich schwindelig machte. Manchmal war ich fast ein anderer, dann plötzlich wieder Kerovan.

»Ich weiß.« Erneut spülte diese Wissensflut an und fast – *fast* – bekam ich sie in den Griff. Da war sie wieder fort! Ich seufzte, schloß die Augen – und wurde heftig an den Schultern gerüttelt.

»Kerovan! Nein!« Tränen glänzten auf Joisans Gesicht. Ihre Augen waren weit aufgerissen und verstört. »Entgleite mir nicht, mein Gemahl, nicht hier, nicht jetzt! Macht – was kümmert mich Macht, wenn ich dafür meinen Gemahl verliere? Laß uns fortgehen – sogleich!«

»Joisan . . .« Ich drückte sie an mich und bemühte mich um eine feste Stimme, obgleich ein Teil meines Ichs noch unter dem erzitterte, was ich spürte. »Nein, mein Herz. Selbst für alle Macht der Welt wäre der Preis zu hoch – wenn ich dich durch solches Wissen verlieren würde. Nein, nie . . .«

Vage wurde mir bewußt, daß Guret mit seinem angeborenen Takt uns in diesem Raum allein gelassen hatte. Ganz fest hielt ich meine Gemahlin, bis der fast verzweifelte Griff ihrer Hände um mich sich lockerte. Ich hielt sie in Armweite von mir, um sie anzusehen. Ich legte die Hand unter ihr Kinn und hob ihr Gesicht, um in diese blaugrünen Augen sehen zu können. »Hab Geduld mit mir, Joisan, ich flehe dich an. Ich weiß, welche Heimsuchungen ich dir ungewollt auferlegt habe, und vielleicht sogar noch mehr, als ich weiß. Aber hier fühle ich, daß alles richtig ist – daß dies hier unser wahres Zuhause ist!«

Joisan lächelte schwach. »Geduld ist immer etwas, das Dame Math mir vergebens beizubringen versuchte. Aber der Krieg und die drei Jahre mit dir brachten doch etwas fertig, was sie vermutlich nicht mehr für möglich gehalten hätte. Außerdem . . .« Ihre Stimme wurde sanfter, und ihre Finger strichen eine widerspenstige Strähne aus meiner Stirn. ». . . wenn man wirklich liebt, ist wenig unmöglich, Kerovan.«

Ich küßte sie – schnell, da ich wußte, daß der Junge auf dem Gang auf uns wartete. Hand in Hand überquerten wir den runengeprägten Boden und achteten darauf, nicht auf eines der noch schwach glühenden Muster zu treten.

Zu dritt kehrten wir zur großen Halle mit dem Podest zurück. Behutsam hob ich Joisan darauf, denn ich bemerkte, daß sie zum Umfallen müde war. Ich räusperte mich. »Einer von uns sollte noch vor Einbruch der Dunkelheit hinuntergehen, um nach den Pferden zu sehen.«

Guret nickte. »Ich tue es gern, nur – wie komme ich durch den Felsen?«

Ich seufzte. »Ich weiß es nicht. Ganz gewiß gibt es einen simplen Weg, doch meine Kenntnisse dieses Ortes kommen und gehen und lassen sich nicht erzwingen. Also ist es besser, wenn ich mich um die Tiere kümmere. Dann müssen wir nachsehen, wo wir hier oben Wasser finden.«

Guret hob seinen Wasserbeutel. »Glaubt Ihr, daß es hier überhaupt welches gibt? Vielleicht solltet Ihr lieber welches von unten mitbringen.«

Ich blickte ihn nachdenklich an. »Ja – irgendwo ist hier Wasser, das *weiß* ich. Aber da meine Erinnerung mir noch nicht verraten hat wo, müssen wir suchen.« Ich grinste ein wenig schief. »Ich bin noch kein Zauberer, Guret, also hör auf, mich so ehrfürchtig anzusehen, wenn du glaubst, ich merke es nicht. Ich bin wirklich der Kerovan, wie du ihn kennst.«

Halb verlegen, halb erleichtert grinste er zurück, als ich

zu unseren Futtersäcken griff. Ich eilte die Rampe hinunter, und selbst im Laufen glühte der blaue Stein der Wände leicht auf, um mir zu leuchten. Im Tal angekommen, pfiff ich. Augenblicke später tauchte Nekia auf, und Grasbüschel ragten links und rechts aus ihrem Maul. Arren und Vengi folgten ihr dichtauf. Von den Blicken, die der Hengst den beiden Stuten zuwarf, erkannte ich, daß die zwei ihn zurückgewiesen hatten. Ich fütterte ihn in guter Entfernung von den Stuten.

»Armer Kerl – sie wollen also nichts von dir wissen?«

Er schnaubte laut und hob den Kopf aus dem Sack. Ich lächelte. »Wenn der Frühling erst weiter voranschreitet, wird sich das ändern. Die mähnigen Damen werden dann deiner Werbung nicht lange widerstehen können.«

Wie bestätigend hob und senkte er erneut den Kopf, dann machte er sich wieder hungrig über seinen Futtersack her. Ich schaute zu Kar Garudwyn hoch, obwohl selbst im Tageslicht seine Mauern kaum zu sehen gewesen waren. Ein schwaches Glühen verriet mir, daß das gesamte blaue Steinmetall Licht abgab. War das auch während all der unendlich langen Jahre so gewesen, oder geschah das nur, wenn jemand sich rechtmäßig im Innern der Zitadelle aufhielt?

Müdigkeit überfiel mich, als ich wieder hochstieg. Die Aufregung, die die Entdeckung der so lange verlassenen Zitadelle mit sich gebracht hatte, schwand, während ich mich hochschleppte. Immer öfter mußte ich mich an die Wand stützen, und wo immer ich sie berührte, leuchtete der blaue Stein heller und fühlte sich warm an. Diese Berührung verlieh mir auch jeweils eine Spur neue Kraft und verdrängte für Augenblicke die Erschöpfung.

Joisan und Guret betrachteten einen Teil des wandweiten Mosaiks in der großen Halle. Ich hob den Rucksack meiner Gemahlin auf und führte die beiden durch einen Türbogen, dem Eingang gegenüber. Unsere Schritte hallten laut auf dem Steinboden. Wie zuvor begannen die Lichtkugeln aufzuleuchten, wenn wir uns ihnen näherten, und gaben ihren sanftrosa Schein ab. Hinter der großen Halle erstreckte sich ein langer, schmaler Korridor mit den hohen Fensterbogen zu beiden Seiten. Joisans Stimme erreichte mich wie aus weiter Ferne, denn irgendwie dämpfte die Luft hier, so frisch sie war, jeden Laut.

»Wenn wir hierbleiben wollen, müssen wir diese Öffnungen zustopfen. Ich möchte nicht gern eines schlaftrunkenen Morgens hindurchfallen und mich dann unten auf diesen Felszacken wiederfinden.«

»Ja«, warf Guret ein, »so wie sie jetzt ist, ist diese Zitadelle weder für die Unbeholfenen noch die ganz Kleinen geeignet.«

»Wir gehören glücklicherweise weder zu den einen noch den anderen«, sagte ich. Bei meinen Worten wechselten die beiden Blicke, Guret amüsiert, Joisan warnend. Ich runzelte die Stirn und fragte mich, welches Geheimnis sie teilten, als Joisan sagte:

»Merkwürdig, daß der Wind uns trotz dieser Öffnungen nicht berührt. Außerdem sollte man meinen, daß es einem nach Einbruch der Nacht hinter solchen Steinmauern kalt wird – wie ich es aus den Burgen von Hochhallack gewöhnt bin. Aber mich friert nicht.«

Guret schaute sich verunsichert um. »Zauberei . . .«

Der Gang, der für unsere Füße weniger lang war, als er unseren Augen geschienen hatte, brachte uns zu einem großen dreieckigen Hof, mit einem Blick auf die östlichen Höhen durch die allgegenwärtigen hohen schmalen Bogenöffnungen. An der Nord- und Südseite gab es Eingänge zu anderen Teilen der Burg. In der Mitte des Hofes plätscherte ein Brunnen. Sein Wasser wirbelte und floß in seltsamer, halbvertrauter Form. Erst als ich näher heran trat, erkannte ich, daß das Wasser aus einer kristallenen Figur quoll und sie einhüllte. Sie war so geschickt geschaffen, daß schwer zu erkennen war, was von ihr Wasser war und was Kristall.

»Das ist eine Greifenfigur!« hauchte Joisan neben mir. Sie legte die Hand auf die Brust, wo die winzige Figur Telphers, Landisls Greifen, im Kristall gefangen geruht hatte. Die Kristallkugel war längst zerschmettert, und an ihrer Statt trug Joisan nun das Gunnoraamulett um den Hals. »Es ist wunderschön, Kerovan – und es weckt so viele Erinnerungen. War das all die Jahre so, oder erwachte es zu neuem Leben, als wir kamen?«

Ich konnte nicht darauf antworten, denn meine Kenntnisse und Erinnerung ließen sich nicht befehlen. Wir beobachteten andächtig das Wasserspiel, bis Guret das Schweigen brach:

»Sollen wir hier unser Nachtlager aufschlagen, Lord Kerovan? Mit dem Wasser zur Hand, halte ich es für den besten Platz.«

»Das scheint mir auch so«, antwortete ich. Ich ging zu einem riesigen Kessel aus Stein in einer Ecke. Er wies Spuren alten Rußes auf. »Seht her! Wir werden sogar kochen können!«

»Es ist perfekt!« bestätigte Joisan. Sie wusch sich das Gesicht am Brunnen. Ich schloß mich ihr an und tauchte die Hand in das Brunnenbecken. Das Wasser war erfrischend. Was hier überfloß, rann in ein zweites Becken, ehe es versickerte. Ich fragte mich, ob der Brunnen von einer Bergquelle gespeist wurde, doch dazu schien es mir nicht kalt genug zu sein.

Wir tranken und aßen hungrig von unserer mitgebrachten Wegzehrung. Wenn wir hierblieben – und so wohltuend war der Frieden, den ich hier empfand, daß ich keinen Grund sah, Kar Garudwyn zu verlassen –, würden wir uns morgen nach Beeren und dergleichen umsehen müssen – und jagen, obgleich ich davorzurückschreckte, das dem Tal unten anzutun.

Joisan mußte meine Gedanken geteilt haben, denn sie sagte: »Wir haben nur noch für einen Tag zu essen . . .« Sie holte ein zweites Stück Brot aus dem Rucksack, brach die Hälfte ab und verstaute den Rest wieder. Sie mußte mein Erstaunen bemerkt haben, als ich sie beobachtete. »Ich kann mich nicht erinnern, je so hungrig gewesen zu sein.« Sie lächelte mich an. »Das macht sicher die Bergluft. Und wir haben ja auch am Mittag nicht angehalten.«

»Du hast recht, jetzt, wo ich daran denke«, gestand ich. »Der heutige Tag verstrich irgendwie unwirklich für mich, bis wir hierherkamen. Obgleich ich euch antrieb, wußte ich selbst nicht, was am Ende des Weges lag, bis ich Kar Garudwyn erspähte. Dann war mir, als hätte ich immer gewußt, daß es auf mich wartete.«

Wir waren zu müde, uns lange zu unterhalten, so schlüpften wir bald in unsere Decken. Die Kugeln an der Wand leuchteten weiterhin rosig. Ich beobachtete ihre Spiegelung im Brunnen und wünschte mir, ich wüßte, wie sich ihr Schein dämpfen ließe, damit er meine Gemahlin nicht störe. Meine Gedanken begannen zu wandern . . . Ich hörte Joisans leichten gleichmäßigen Atem neben mir und Gurets in einiger Entfernung.

Erstaunt sah ich, daß die Lichtkugeln dunkler wurden! Als hätten meine Gedanken sie erreicht und sie ihnen gehorcht, brannten sie nun in einem unauffälligen tiefen Rot. Dieses kleine Beispiel der Zauberei machte mich mehr als alles andere bisher darauf aufmerksam, wie sehr dieser Ort auf *meinen* Geist eingestellt war.

Meine alte Furcht vor der Macht kehrte zurück und verkrampfte meinen Körper. Ich zwang mich zur Entspannung und ließ mich von dem hier herrschenden Frieden einhüllen wie von einem dicken Mantel gegen den Wintersturm. Wie Joisan mir in jener Nacht gezeigt hatte, konnte die Macht zur Beruhigung und zum Schutz eingesetzt werden, so wie die Finsternis sie für das Böse benutzte. Vielleicht würde ich mich mit der Zeit an diesen Teil meines Ichs gewöhnen. Zeit . . . Wie lange hatte Kar Garudwyn wohl gewartet? Vielleicht war die Zeit hier auf andere Weise zu messen als sonstwo . . . Meine Gedanken überschlugen sich, und als sie sich beruhigten, schlief ich ein.

Zum erstenmal seit drei Tagen erwachte ich mit klarem Kopf und räkelte mich genußvoll in den ersten Strahlen der aufgehenden Sonne. Guret war bereits auf und rieb das Kopfstück von Vengis Zaum sauber. Joisan schlief noch fest, das Gesicht im Schatten. Ich setzte mich so, daß ich sie vor der Sonne schützte, damit sie vielleicht noch eine Weile weiterschlafen konnte. Die dunklen Ringe unter ihren Augen, die mir gestern abend aufgefallen waren, beunruhigten mich. Doch jetzt konnten wir uns endlich ausruhen und die Zeit damit verbringen, ganz einfach zu *sein*. Heute würden wir uns die Burg genauer ansehen, geeignete Räumlichkeiten für uns finden und dieses ungewöhnliche Bauwerk zu unserem Heim machen.

Ich blickte zu den morgenoffenbarten Höhen und sah die Kuppe des anderen Berges fast in Augenhöhe – obgleich in beachtlicher Entfernung – durch die Fensterbogen der östlichen Hofseite. Purpurner Dunst verschleierte diesen geglätteten Gipfel und schlängelte sich um die wirren Felsbrocken. Vergebens versuchte ich den Umrissen der Steine dort zu folgen, um festzustellen, ob sie von Natur aus so lagen, oder etwa einen Ort der Alten anzeigten. Ich konnte mir nicht schlüssig werden . . . Wann immer ich mir einen bestimmten Teil des Bergplateaus vornahm, schien er sich merkwürdig zu verzerren. Das war offenbar in etwa so wie der Trugzauber im Paß, von dem Joisan und Guret erzählt hatten.

Die Kraft der Sonne wurde stärker. Ich erhob mich und ging zu den Fensterbogen gegenüber dem Eingang, um mehr zu sehen.

Wie das helle Tageslicht klarmachte, ruhte Kar Garudwyn auf dem niedrigeren der Zwillingsberge. Zwischen den beiden Gipfeln gab es nur einen gewundenen Pfad, der von der Rückseite dieser Burg in Serpentinen abwärts- und dann den anderen Berg wieder hochführte. Doch so schmal und felsig, wie er war, schien er mir nur für die kleinen Huftiere geeignet, die sich von den Flechten und Moosen der oberen Höhen ernährten.

Neben mir bewegte sich etwas. Joisan stand neben mir, mit teilweise offenen Zöpfen, und die Augen weit, als sie auf den etwas höheren Zwillingsgipfel blickte. Ihre Finger verkrampften sich um meinen Arm. »Das ist er . . . Das ist der Berg«, murmelte sie. »Aber Car Re Dogan ist nicht mehr . . .«

»Car Re Dogan?« Obwohl ich mir sicher war, diesen Namen noch nie gehört zu haben, erschien er mir vertraut. »Wer – oder was – ist das, Joisan?«

Sie zuckte zusammen. Offenbar war sie sich gar nicht bewußt gewesen, daß sie laut gesprochen hatte. Ihre Augen hoben sich zu meinen, doch dann senkte sie sie abrupt. »Auch ich habe – geträumt, Kerovan. So wie du den Ort deiner Träume sahst, als wir gestern hier ankamen, habe ich den meinen jetzt im Morgenlicht gesehen.«

»Welche Art von Träumen?« fragte ich besorgt, denn ich dachte an diese seltsamen Verzerrungen am anderen Gipfel. Man bedurfte keiner Ausbildung in Zauberei, um zu erkennen, daß diese Berge so in Zauber gehüllt waren wie der Rest des Landes. Denn wie sonst hätte es sich als so wirkungsvolle Barriere zwischen Ost und West, Hochhallack und Arvon erweisen können?

»Träume von längst vergangener Zeit, mein Gemahl –

ein Traum, dessen Ende mir noch nicht offenbart wurde. Es gab einmal einen Adepten, der in einer Burg auf jenem Berg dort drüben regierte, Markgraf von den Höhen war er, der Beobachter und Hüter zwischen dem alten Land und dem Land, aus dem sein Volk sich zum größten Teil zurückgezogen hatte – Hochhallack. Nur gab es zu jener Zeit noch keine des Talblutes dort, denn das war viel früher . . .« Ihre Stimme hatte den Tonfall eines Liederschmieds angenommen, während sie so sprach und über das zerklüftete Land blickte.

»Hat er Landisl gekannt?« fragte ich fasziniert, aber doch ein wenig beunruhigt.

»Ich weiß es nicht . . .« Sie zögerte, erschauderte. »Seine Burg ist nicht mehr, aber Kar Garudwyn steht noch. O mein Gemahl, immer mehr habe ich das Gefühl, als läge wirklich ein Zweck in unserem Hierherkommen. Ein Zweck, der über den hinausreicht, ein Zuhause zu finden – ein Grund, den wir bereits schwach ahnen. Vielleicht aber wird es Jahre – Jahrzehnte dauern, ehe er sich uns offenbart. Ich komme mir wie eine Spielfigur vor, die von einem Größeren dahin und dorthin geschoben wird – und das gefällt mir nicht!«

Ich nickte. »Früher fühlte ich mich genauso. Erinnerst du dich an Neevors Worte an jenem Tag, als wir Galkur besiegten? Er sagte, daß *er* – Landisl – Teil an meiner Entstehung habe, und daß ich eines Tages vielleicht einem Weg zur Macht folgen würde, den er vor mir beschritten hatte . . . Erinnerst du dich daran?«

»Ja«, antwortete sie sanft. »Aber ich entsinne mich auch deiner Antwort – daß du vorziehst, keinen Weg zu nehmen, der zur Macht führt, daß du nur Kerovan sein willst, Herr über nichts, und ein *Mann* ohne besondere Begabung . . .«

Ich lächelte sie reumütig an. »Du hast genau wie Guret ein Talent, mir meine eigenen Worte in Erinnerung zu bringen. Aber es gibt eine Zeit, an seiner Meinung festzuhalten, und eine andere, sie fallenzulassen. Eine Zeit, den Verstand sprechen zu lassen; und eine Zeit, dem Herzen nachzugeben. Und manchmal kann nur eine spätere Zeit uns zeigen, ob wir richtig oder falsch gewählt haben.« Ich zog sie an mich und küßte sie auf die Stirn. »Joisan, du bist wahrlich eine Weise, meine tapfere Gemahlin.«

Sie lachte zittrig mit niedergeschlagenen Augen. »Du tust mir zuviel Ehre an, mein Gemahl. Ich kann genauso töricht – oder unbeherzt – wie andere sein. So wie du angedeutet hast, werfen wir alle einmal Dinge von uns, die gut für uns sein würden, nur aus einer Furcht heraus. Die Wahrheit ist ein zweischneidiges Schwert. Ehe wir Anakue verließen, sagte Zwyie mir wahr. Ich erwachte heute morgen, nachdem ich von ihren Worten geträumt hatte. Sie sagte: ›Ihr werdet reisen und ein Zuhause vergessenen Wissens finden, einen Ort uralten Bösen . . . Was jetzt zwei sind, werden drei sein – dann sechs, um sich jenem zu stellen, was nicht von dieser Erde ist . . .‹«

»O wirklich«, murmelte ich und dachte über diese Worte nach. »Wir sind gereist und haben einen Ort uralten Wissens gefunden. Was das Böse betrifft – könnte es das gewesen sein, gegen das ich am Brunnen kämpfte?«

Joisan zuckte die Schulter. »Vielleicht. Wahrsagungen sind zufallsabhängig, fürchte ich.«

»Was soll das denn heißen: ›Was jetzt zwei sind, werden drei sein – dann sechs‹? Drei ist eine Zahl der Macht, doch nicht sechs. Verstehst du das, Joisan?«

Plötzlich färbte Rot ihre Wangen und sie wich meinem Blick aus. »Was die Zahl sechs betrifft, das weiß ich nicht, Kerovan, aber die drei . . .«

»Guret!« rief ich. »Guret ist jetzt bei uns.«

»So ist es«, bestätigte der junge Mann, der auf uns zukam. »Während ihr zwei den Morgen bewundert habt, habe ich uns Frühstück gerichtet.«

Nach dem Waschen, Rasieren und Frühstücken besprachen wir unsere Pläne für den Tag. Guret, der mehr Erfahrung als Fischer hatte denn ich, schlug vor, sein Glück in dem Fluß zu versuchen, der das Tal durchquerte. Joisan wollte nach genießbaren Wurzeln und Beeren suchen, während ich mit Gurets Pfeil und Bogen auf die Jagd zu gehen beabsichtigte.

Als wir uns am Nachmittag wieder zusammenfanden, kam keiner mit leeren Händen. Guret hatte mehrere fette Fische geangelt, ich zwei Hasen und ein Waldhuhn geschossen, und Joisans zusammengeknüpftes Tuch war prall gefüllt. Als sie uns kommen sah, winkte sie uns aufgeregt zu sich, um uns etwas zu zeigen. »Seht her!« rief sie begeistert und zeigte uns ein paar winzige Ähren. »Wildgetreide! Ich werde Brot backen können. Der Boden ist fruchtbar. Wir können mit den Kioga Handel treiben – wir brauchen Saatgut von ihnen – für Flachs, Gemüse und Getreide aller Art.« Sie kramte in ihrer Ausbeute und zeigte uns einen Teil davon. »Wilde Zwiebel, Karotten, Rüben – dieses Tal muß früher wohlbestellt gewesen sein.«

»Ja, Çera«, pflichtete Guret ihr bei.

»Wir brauchen einen Pflug und Geschirr. Ich frage mich, wie Nekia sich als Zugpferd anstellen wird.«

»Habt Ihr denn je geackert?« Guret blickte mich an, als fände er den Gedanken erschreckend, daß ein Krieger einen Pflug führen könne.

»Seit wir in Arvon sind, habe ich so mancherlei gearbeitet«, antwortete ich amüsiert. »Unter anderem auch gepflügt. Selbst als Schmied stelle ich mich nicht dumm an. In der Armee mußten ständig Pferde beschlagen werden.«

»Das wäre vielleicht etwas, das Euch in einem Handel mit den Kioga gelegen käme«, meinte Guret. »Unser Schmied Jibbon wird alt. Und der Junge, den er anlernte – Jerwin –, war der, der im vergangenen Winter im Gebirge starb . . .«

»Jerwin?« fragte Joisan.

Schnell erzählte der Junge die Geschichte von der Bedrohung, vor der die Kioga geflohen waren. Joisan schaute sich in der sonnenbeschienenen Weite des Tals um, dann ließ sie den Blick über die Berge ringsum schweifen. »Wo liegt dieser Paß?«

Guret studierte eine lange Weile den Stand der Sonne und blickte überlegend von Gipfel zu Gipfel. Schließlich drehte er sich zu uns um. »Ich bin nicht sicher«, sagte er zögernd. »Aber ich glaube, er ist hier ganz in der Nähe.«

Joisan wirkte beunruhigt, aber nicht sehr überrascht, wie mir schien. Auch ich ließ den Blick über das friedliche Tal und die Schönheit von Kar Garudwyn wandern, aber ich konnte es mir einfach als nichts anderes als eine Zuflucht von willkommener Sicherheit vorstellen. »Wir wurden vergangene Nacht nicht bedroht«, erinnerte ich. »Nichts kann dieses Tal betreten, ohne daß ich es spüren würde.«

Doch noch während ich sprach, wandte mein Gesicht sich wie von selbst dem Südende des Tales zu, von woher wir gestern gekommen waren. Es war, als streife etwas Rauhes über mein Fleisch, das zwar unangenehm, aber noch nicht wirklich schmerzhaft war.

»Was hast du, Kerovan?« fragte Joisan.

»Ich spüre Unruhe. *Etwas* versucht, im Süden einen Weg an den Hütern der Vergangenheit vorbei zu finden.«

»Dieses Wesen von den Bergkämmen?« fragte Guret erschrocken.

»Nein, das findet seine Kraft, wenn die Sonne untergegangen ist. Was das jetzt ist, weiß ich nicht – aber wir müssen es herausfinden, und zwar schnell.«

Wir pfiffen unseren Pferden, sattelten sie und galoppierten zu dem schmalen Paßeingang. Im Reiten spürte ich dieses Etwas wie einen schmutzigen, beengenden Umhang um meinen Geist. Es kämpfte gegen die Sicherheitsvorkehrungen an und wurde immer wütender, weil es sie nicht bezwingen konnte. Der Talisman an meinem Arm erwärmte sich und begann zu glühen, doch darauf machte ich meine Begleiter nicht aufmerksam.

Als wir uns den geflügelten Kugeln näherten, sah ich eine dunkle Gestalt auf einem kohlrabenschwarzen Hengst vor dem Eingang sitzen. Zwar war das Gesicht durch die Kapuze vermummt, doch die dünne Nase war unverkennbar. »Nidu!« entfuhr es Joisan.

Da ich die mit Furcht vermischte starke Abneigung meiner Gemahlin spürte, obwohl wir nicht Gedanken teilten, blickte ich sie beruhigend an. »Eine wie sie kommt nicht herein, außer wir öffnen ihr den Weg.«

»Unterschätze sie nicht, Kerovan«, warnte Joisan düster. »Schon im Lager folgte sie Pfaden der Finsternis, die keiner betreten sollte, der seine Seele liebt. Spürst du nicht, daß sie weiter auf dem Linken Pfad fortgeschritten ist?«

Ja, ich *spürte* es. Nekia zitterte unter mir. Sie rollte die Augen, und Schweiß brach ihr aus, als wir vor der Schamanin anhielten. Der Geruch des Furchtschweißes der Stute stieg mir in die Nase, und ich sah, daß es Guret und Joisan mit ihren Tieren nicht besser erging. Selbst Vengi, der einem anderen Hengst herausfordernd hätte begegnen müssen, hielt sich zurück und rollte die Augen nicht aus Grimm, sondern aus Furcht.

Nidus Rappe verhielt sich völlig ruhig. Er trug weder Sattel noch Zaumzeug. Die Nachmittagssonne spiegelte sich auf seinem glänzend schwarzen Fell. Etwas war tief beunruhigend an diesem Hengst, denn eine solche äußerliche Vollkommenheit war unnatürlich. Als ein Sonnenstrahl auf seine Augen fiel, blitzten sie in ihren Tiefen rot auf.

»So treffen wir uns wieder, Lord Kerovan – Lady Joisan.« In Nidus Stimme schwang etwas des weichen Dröhnens der Geisttrommel an ihrer Seite. »Habt Dank, daß ihr mir meinen Schattentrommler bringt. Dadurch nehmt ihr mir die Mühe ab, euer Tor einzubrechen, um ihn mir zurückzuholen.«

Ich hielt meine Stimme ruhig. »Guret lehnte es ab, in Eure Dienste zu treten, Nidu. Es wundert mich, daß Jonka Euch das nicht gesagt hat.«

Ihre dunklen Augen durchbohrten mich wie spitze Dolche. »Jonka herrscht nur durch meinen Willen über die Kioga. Guret wurde rechtmäßig erwählt, deshalb wird er dienen.«

»Rechtmäßig!« So sehr ich mich sonst beherrschte, brauste ich doch bei dieser unverschämten Unwahrheit auf. »Ich habe selbst gesehen, wie Ihr das Los beeinflußt habt! Warum, wißt nur Ihr. Jedenfalls habt Ihr die Macht gerufen – und eine finstere noch dazu –, Euch bei der Zeremonie zu Willen zu sein. Guret ist deshalb doppelt frei – weil er es selbst so will, und aufgrund Eures Betrugs bei der Ziehung!«

Sie betrachtete mich verkniffenen Blicks, als sähe sie mich erst jetzt als Mann, nicht als Ding, das sich durch ihren Willen zur Seite schieben ließ. »Bildet Euch nicht ein, daß Ihr Euch auf die Dauer hinter Eurem alten Zauberschutz verkriechen könnt, Kerovan. Überlaßt mir jetzt den Jungen, dann und nur dann, seid Ihr und Eure milchblütige Gattin hier sicher. Wenn nicht . . .«

»Geschieht gar nichts!« warf nun Joisan ein. »Hebt Euch hinweg, Nidu, und nehmt Eure Beleidigungen mit Euch, Guret ist frei zu tun, was er will. Er darf gerne bei uns bleiben, aber wenn er weiterziehen will, liegt es allein beim ihm. Und daran ändern auch Eure Drohungen nichts!«

»Habt Ihr etwa den Alraunenzauber vergessen?« Die Schamanin lächelte plötzlich – und einen Augenblick schien mir, als hätte ihr Mund viel zu viele Zähne für einen Menschen. »Hütet Euch, Lady Joisan. *Etwas* hat Euch beim ersten Mal gerettet, aber beim nächsten Mal habt Ihr vielleicht nicht soviel Glück . . .«

Ich unterbrach ihre Drohung mit einer Verwünschung, die einem Mann gewöhnlich nur in rauher Gesellschaft über die Lippen kommt. Dann lenkte ich die unwillige Nekia mit den Knien, daß sie sich direkt vor die Schamanin stellte. »Hinfort mit Euch, Nidu, oder Ihr werdet es bereuen!« Mit der Rechten zog ich rasch das Symbol der geflügelten Kugel in die Luft und sah es violett aufflammen. Als dieses Symbol sich formte, sprach ich zwei *Worte,* die sich von selbst aus meinen Lippen drängten; *Worte,* die die Macht formten und schärften, wie ein Schmied eine Klinge.

Das Gesicht der Frau wurde fahl, als diese *Worte* sie wie ein Dolchstich trafen. Ihr Pferd schrie, wie kein natürliches Pferd es konnte, dann wirbelte es herum und galoppierte davon, daß Steine und Erde unter seinen Hufen aufspritzten.

»Bei der Bernsteinlady!« hörte ich Joisans Ausruf. In vorgetäuschtem Schock hob sie die Brauen, dann blickte sie mit schiefem Lächeln der rasch verschwindenden Schamanin nach. »Man könnte glauben, sie hätte noch nie jemanden fluchen hören.«

Ich grinste. »Verzeih mir, meine Liebe. Ich habe mich vergessen. Es ist sehr lange her, daß mich jemand – ob Mann oder Frau – so wütend machte.«

»Wie habt Ihr gewußt, was sie vertreiben würde?« fragte Guret.

»Auf dieselbe Weise, wie ich ›wußte‹, was das Brunnenungeheuer vernichten würde«, antwortete ich. »Das heißt, daß ich rein instinktiv handelte. Nidu hätte vielleicht sehr wohl dem, was ich gegen sie schickte, widerstehen, ja, es vielleicht sogar vertreiben können – aber ihr Pferd hatte da seine eigene Meinung.«

Guret blickte mich fest an. »Ich verstehe nichts von Magie, auch nichts von *Worten* der Macht, mein Lord, aber sehr viel von Pferden. Was immer diese – Kreatur war, ein Pferd bestimmt nicht!«

»Ich pflichte dir bei, daß es nur wie eines aussah, aber *was* war es?«

»Ein Keplian. Ein Seelenloser, der die Gestalt eines Hengstes angenommen hat«, antwortete Joisan abwesend und schaute durch den Eingang zu den Hügeln, wo Nidu mit ihrem unirdischen Reittier verschwunden war.

»Wo hast du von so etwas gehört?« fragte ich sie.

»Aus alten Sagen und Legenden. Er soll ein Todbringer für jene sein, die ihn beschwören oder überhaupt für die, denen er erscheint.«

Ein kalter Schauder rann mir über den Rücken. »Glaubst du, sie wird wiederkommen?« fragte ich.

»O ja«, antwortete sie ruhig – und gerade diese Unbewegtheit war schlimmer, als wenn sie Furcht gezeigt hätte. »Nidu gibt nicht auf, wenn sie sich etwas in den Kopf gesetzt hat.«

»Deshalb werde ich euch verlassen«, erklärte Guret und lenkte Vengi vorwärts, daß er Nekia im engen Eingang zur Seite drängte. »Ich werde zum Lager zurückreiten, Jonka meine Ablehnung persönlich erklären, damit *sie* der Schamanin sagen kann, daß ich mich weigere, Schattentrommler zu werden.«

Ich streckte schon den Arm aus, um ihn zurückzuhalten, doch Joisan war schneller.

»Nein!« riefen wir gleichzeitig.

»Sei kein Narr, Guret!« warnte ich. »Sie will ja nicht bloß, daß du ihr dienst, sondern vor allem will sie deine Seele!«

»Selbst wenn du hier weggingst, würde sie uns nicht in Frieden lassen.« Joisans Gesicht war sehr blaß, aber sie blickte den Jungen fest an. »Sie verträgt es nicht, daß jemand sich ihr widersetzt. Und nun haben sowohl Kerovan als ich ihre Absichten vereitelt. Sie wird sich durch dich ihre Rache nicht nehmen lassen.«

Die Lippen des jungen Mannes waren ein grimmiger Strich, als er die Augen gegen die scharlachroten Strahlen der allmählich untergehenden Sonne beschattete. »Wenn es ist, wie ihr sagt, dann ist mein Platz hier bei euch, um euch gegen sie zu helfen und was immer sie gegen euch schicken wird. Trotzdem wünsche ich jetzt fast, ich hätte mich nicht geweigert, Schattentrommler zu werden, egal, was es mich gekostet hätte. Ich hatte ja nicht geahnt, was dadurch auf euch zukommen würde . . .«

Abwesend strich ich Nekias Mähne glatt. »Wir sollten zurückkehren, solange es noch einigermaßen hell ist. Wir brauchen einen klaren Kopf, um unsere Verteidigung zu planen – und niemand von uns hat seit dem Frühstück etwas gegessen.«

»Machen wir es so«, schlug Joisan vor. »Ich kehre nach Kar Garudwyn zurück und bereite uns von unserer heutigen Ausbeute ein nahrhaftes Mahl – ich bin ein bißchen müde –, während ihr beide die Talgrenze abreitet, um festzustellen, ob es irgendwelche Pfade von den Höhen gibt, die Nidu entdecken könnte.«

Ich machte mir Sorgen, doch augenblicklich nicht der Schamanin wegen. »Joisan, du bist in letzter Zeit viel schneller müde als früher. Fühlst du dich nicht wohl?«

Sie zögerte einen Augenblick, dann schob sie das kleine spitze Kinn vor und lächelte. »O doch, mein Gemahl.«

»Aber . . .«

Sie unterbrach mich. »*Ich* bin die Heilerin unter uns, Kerovan. Sei versichert, daß ich niemandes Gesundheit in Gefahr bringe, am wenigsten meine eigene. Wenn wir uns vergewissert haben, daß Nidu nicht ins Tal gelangen kann, daß wir sicher sind, dann ist Zeit, daß wir uns unterhalten. Wir sehen nach dem langen Ritt *alle* ein bißchen mitgenommen aus.«

Was sie sagte stimmte und klang vernünftig, so daß weitere Worte überflüssig waren. Und doch blickte ich ihr – zum erstenmal, seit wir Landisls altes Zuhause erreicht hatten – ehrlich besorgt nach, als sie auf Arren zurückgaloppierte.

Als auch der rostbraune Schweif der Fuchsstute nicht mehr zu sehen war, drehte ich mich um und ertappte Guret dabei, daß er mich in etwa ebenso angespannt betrachtete, wie ich zuvor Joisan. »Guret«, sagte ich und blickte dem jungen Mann in das offene Gesicht unter der widerspenstigen dunklen Mähne. »Erscheint dir irgend etwas – *ungewöhnlich* an Lady Joisan, seit wir von unser Kundschaft zurückkehrten?«

Er zuckte die Schulter und klatschte die Hand auf Vengis schwitzende Brust, wo eine Fliege den Hengst gequält hatte. »Nichts Auffälliges, mein Lord. Warum fragt Ihr?«

»Ich weiß nicht«, sagte ich und musterte ihn. »Aber ich werde heute abend mit ihr darüber reden.« Ich bemerkte, daß er schnell zur Seite blickte, und war mir jetzt noch sicherer, daß Guret irgend etwas wußte, was mir nicht bekannt war.

»Trennen wir uns jetzt. Nimm du die Westseite des Tals, ich überprüfe die Ostseite. Aber mach schnell, denn es wird bald dunkel. Morgen früh sehen wir uns dann gründlicher um.«

Salutierend bestätigte er und ritt ostwärts, und ich lenkte Nekia nach Westen. Während wir an den bewaldeten Hängen entlangtrotteten, überließ ich der Stute die Zügel, um meine ganze Aufmerksamkeit den Höhen widmen zu können. Ich erspähte ein paar Stellen, die einst Pfade gewesen sein mochten, doch keine, die mir bedrohlich erschienen – außer Nidus »Keplian« war so trittsicher wie eine Gemse.

Guret wartete auf mich an der Rampe zur Burg. »Seht doch, Lord Kerovan«, rief er aufgeregt. »Der Weg ist mir nicht mehr verborgen!«

Ich betrachtete den Eingang. »Sieht ganz so aus, als hätte Kar Garudwyn dich und Joisan als rechtmäßige Bewohner anerkannt.«

»Anerkannt? Wollt Ihr damit sagen, die Burg *lebt*?« So, wie er die Felswand betrachtete, konnte man meinen, er fürchtet aus ihr würden jeden Moment Hände und Gesichter wachsen.

»Nein, das nicht«, beruhigte ich ihn. »Aber die Burg und ihre Umgebung stehen unter einem Zauber, wie ich ihm noch nie zuvor begegnet bin – unter dem Schutz der Macht. Deshalb konnte Nidu nicht . . .«

»Was habt Ihr, mein Lord?« fragte Guret besorgt, als ich meinen Schritt beschleunigte.

»Ich kann Joisan nicht spüren! Es ist wahrscheinlich aus keinem schlimmen Grund, aber . . .« Wieder ohne meinen Satz zu beenden, fing ich zu laufen an. Ich rannte die Rampe hoch, durch die große Halle und hinaus auf den Hof mit dem Greifenbrunnen. Keuchend drückte ich die Hand an meine schmerzende Seite, und es dauerte einen Augenblick, ehe ich Luft fand zu rufen.

»Joisan!« Der Bergwind stöhnte, als die Sonne in einem scharlachroten Himmelsmeer hinter den Bergen unterging. Meine Hufe klapperten auf dem Steinboden. *»Joisan!«*

Bleich wie der Tod lag sie vor den Bogenöffnungen, durch die man die Zwillingsgipfel sehen konnte. Eine

Armlänge vor ihr sah ich ihr Gunnoraamulett, als hätte sie es auf einen Befehl hin von sich geworfen.

Ich kniete mich neben sie und hob ihren Kopf. Mein Herz war schwer wie ein Stein, und meine Hände zitterten so sehr, daß es eine Weile dauerte, bis sie ruhig genug waren, daß ich ihren Puls fühlen konnte. »Joisan!«

Sie atmete tief und gleichmäßig, wie im Schlaf, doch ihre Lider, die im Glühen der Lichtkugeln an den Wänden fast durchsichtig waren, rührten sich nicht. »Joisan!« rief ich erneut und griff verzweifelt mit meiner Gedankenkraft nach ihr. »Wach auf!«

Ich schüttelte sie, spürte die schlaffe Schwere ihres Körpers, und als sie sich immer noch nicht bewegte, schlug ich ihr in meiner Verzweiflung ins Gesicht. »Wach auf, Joisan! Wach doch auf!«

Guret, der nicht mit mir hatte Schritt halten können, kam nun keuchend auf den Hof gerannt. »Was ist passiert?«

»Sie scheint zu schlafen, ist aber nicht zu wecken.«

Guret wurde ganz bleich. »Ist sie verletzt? Blutet sie?«

»Nein.« Ich blickte zu ihm hoch, mit dem Kopf meiner Gemahlin schwer auf meinem Arm. »Es riecht nach Zauberei!«

»Nidu?«

»Vielleicht . . .« Ich blickte auf das Amulett. »Gib es mir«, bat ich und deutete darauf.

Als ich es in der Hand hielt, schloß ich die Lider, um mich besser konzentrieren zu können. *Gunnora,* flehte ich. *Bernsteinlady, hör mich an. Ich bin ein Mann, aber ich bitte dich um Hilfe für Joisan . . .* Ich hielt die geschnitzte Getreidegarbe in der Hand, dann drückte ich sie auf die Stirn meiner Gemahlin und rief sie mit Gedankenkraft.

Joisan – wach auf, bitte! In Gunnoras Namen rufe ich dich – Joisan – du darfst mich nicht verlassen – Joisan . . .

Weiterhin bemühte ich mich, alles andere auszuschließen und mir nur vorzustellen, daß mein Ruf *durch* das Amulett zu meiner Gemahlin vordringe, und ich malte mir dabei aus, daß sie gesund und sicher erwache. *Joisan, mein Herz – komm zurück!*

Plötzlich wurde aus ihren regelmäßigen Atemzügen ein erstauntes Keuchen. Ich öffnete die Augen und sah sie zu mir hochblicken. »Kerovan? Was ist passiert?«

Ich drückte sie an mich, wie sie so zitterte, und hielt sie fest, als würde etwas aus dem Boden greifen, um sie mir zu entreißen. Mir schien, als genügte die Kraft meiner Arme nicht, sie zu beschützen. »Joisan! Was ist geschehen? Du lagst am Boden, das Amulett vor dir, als hättest du es weggeworfen . . .«

»Das tat ich.« Ihre Stimme war gedämpft, weil ihr Gesicht gegen meine Brust preßte, aber ich hatte nicht vor, meine Arme um sie zu lockern. »Als ich zu dem Berggipfel blickte, wo einst Car Re Dogan stand, wußte ich plötzlich, daß Sylvya mich zu erreichen versuchte – und etwas es verhinderte. Deshalb nahm ich das Amulett ab.«

»Sylvya?« fragte ich.

»Die andere, die in den letzten Monaten ihre Geschichte mit mir teilte – die einst in Car Re Dogan wohnte. O Kerovan, jetzt kenne ich das Ende ihrer Geschichte, und es war – *grauenvoll!*« Sie schluchzte.

»Erzähl!« bat ich, weil ich glaubte, es würde ihren Kummer lindern, wenn ich ihn mit ihr teilte.

9. Joisan

Kerovans Stimme war sanft und trotzdem fordernd. Als ich in ihre bernsteinfarbene Tiefe blickte, wurde mir klar, daß es an der Zeit war, ihn zumindest in eines meiner Geheimnisse einzuweihen. Ich seufzte. »Während du weg warst, fing ich zu träumen an. Und in diesem Traum war ich nicht Joisan, sondern eine andere namens Sylvya . . .«

So erzählte ich ihm die Geschichte von Sylvya und ihrem Halbbruder Maleron, dem Adepten, wie sie mir in meinen Träumen offenbart worden war. Schließlich kam ich zu jenem Teil, der hier in dem Hof begann, von dem aus das, was die Ruinen von Car Re Dogan sein mußten, zu sehen war. »Ich brachte alles hierher, was wir für unser Mahl brauchten, und dachte nur daran, ein Feuer zu machen. Und während ich bei dem Feuerkessel stand, *spürte* ich, wie sie mich rief. Noch nie zuvor war unsere Verbindung so fordernd, so *wirklich* gewesen. Ich legte alles zur Seite und schritt zu der Öffnung . . .«

Ich drehte den Kopf, um auf die gebogene Leere zu blicken, die in den blauen Stein gehauen war. »Ich stand dort und wußte, daß Sylvya irgendwo dort draußen war und mir unbedingt etwas sagen mußte. Aber sie konnte nicht zu mir durchdringen, weil eine Mauer zwischen uns war. Da spürte ich Wärme an meinem Busen und sah das Amulett glühen, als wehre es die Finsternis ab.«

Kerovan schüttelte den Kopf, als kenne er meine nächsten Worte bereits. »Ja«, gestand ich. »Ich warf das Amulett von mir.«

Sein entsetztes »Joisan!« erklang im gleichen Augenblick wie Gurets »Cera!«

»Versteht ihr denn nicht – ich *mußte* es wissen!« rief ich. »Sylvya und ihr Geschick sind wichtig für mich – für uns! Irgendwie ist das so!«

Kerovan murmelte: »Was geschehen ist, ist geschehen. Was passierte dann?«

»Ich war wieder in Sylvyas Körper, sah mit ihren Augen und wußte, daß ich gerade Maleron die entsetzliche Anklage entgegengeworfen hatte, er sei von der Finsternis berührt. Er versuchte zu leugnen, daß er den Linken Pfad betreten hatte – ich glaube, er war sich selbst nicht bewußt, wie viele Schritte er ihm bereits gefolgt war. Sylvya beschuldigte ihn, daß er mit dem Verlauf der Zeit herumgespielt und so dem Tal geschadet habe, das sie so liebte . . .« Ich blickte in Kerovans Augen. »*Dieses* Tal!«

»Was hat Maleron dann getan?«

»Er behauptete, daß dem nicht so sei, und beschuldigte seinerseits seine Schwester, mit der Finsternis im Bund zu sein. Und als sie ihre Worte nicht zurücknahm, wurde er immer wütender. Schließlich forderte Sylvya ihn auf zu beweisen, daß er nichts mit der Finsternis zu tun habe. Sie faßte ihn am Handgelenk und zog ihn aus der Burg und die aus Stein gehauene Straße den Berg hinunter.«

Ich holte tief Luft. Guret mußte ahnen, wie trocken meine Kehle war, denn er reichte mir einen Becher des kristallklaren Nasses aus dem Brunnen. Er und mein Gemahl warteten wortlos, bis ich getrunken hatte. »Danke, Guret. Ironischerweise war dies Sylvyas Probe . . .« Ich schüttete den Rest aus dem Becher, daß die Tropfen vom Steinboden aufsprühten. »Wasser – fließendes Wasser. Kaum einer, der sich der Finsternis verschrieben hat, kann es überqueren. Sylvya führte Maleron zu einem schmalen Bach, sprang darüber und forderte ihn auf, ihr zu folgen.

Er versuchte es. Doch kaum hatte sein Fuß das Ufer verlassen, übermannte ihn Übelkeit. Da erkannte er, daß seine Schwester ihre Behauptung bewiesen hatte, und sein Grimm kannte keine Grenzen mehr. Er sprach *Worte* – *Worte,* derengleichen Arvon gnädigerweise seit langem nicht mehr gehört hatte. Diese *Worte* öffneten ein Tor, und durch dieses stürmten Jäger und Jagdhunde herein, wie unsere Welt sie noch nie zuvor gekannt hatte. Maleron schwang sich auf ein Pferd, das sicherlich von einer höllischen Anderswelt hervorgebracht war, und befahl, die Hunde loszulassen.

Sylvya geriet in Panik. Der Bach konnte diese Kreaturen der Finsternis nicht auf die Dauer halten, denn irgendwo würden sie einen Steg darüber finden. Sie rannte, und so begann diese grauenvolle Jagd.«

Meine Augen füllten sich mit Tränen. »O Kerovan! Das war vor langer, *langer* Zeit – und seither ist sie auf der Flucht!«

Kerovans Augen verrieten sein Entsetzen über ein so schreckliches Geschick. »Wie konnte so etwas geschehen?«

»Sylvya selbst verursachte es. Während sie davonlief, rief sie in ihrer Verzweiflung Neave an und flehte, daß die Dinge-wie-sie-sein-müssen, sie davor schützten, je in die Hände dieser Kreaturen der Finsternis zu fallen. Und diese Mächte erhörten sie. Sylvya, Maleron – der gesamte Jagdtrupp – wurde aus der Zeit versetzt, wie wir sie kennen. Sylvya konnte nicht gefaßt werden, doch genausowenig war sie frei.

So rast diese schreckliche Jagd jede Nacht zur selben

Stunde die alte Straße empor zu den Ruinen von Car Re Dogan. Die derart Verstrickten gehören keiner Welt an, sondern sind in einem endlosen Sein irgendwo zwischen den Welten gefangen. Doch selbst ihre Halbgegenwart ist tödlich.«

Guret sog verstört den Atem ein. »Und jeder, der ihnen in den Weg kommt, wird angezogen und vernichtet – so wie Jerwin.«

Ich nickte.

»Das also ist das wahre Wesen dessen, was des Nachts über die Bergkämme läuft«, sagte Kerovan. »Arme Sylvya! Ein solches Geschick ist schlimmer als jedes, von dem ich je hörte . . .«

Meine Hände spielten nervös mit dem Lederband an Gunnoras Amulett. »Mir wurde all dies aus einem bestimmten Grund gezeigt! Es *muß* eine Möglichkeit geben, ihr zu helfen!«

»Wie denn, wenn schon eine Berührung durch dieses – Ding im Vorübereilen tötet?« gab mein Gemahl zu bedenken. »Solche Zauber gehen über unsere Kräfte. Ihnen entgegenzuwirken, sie ungeschehen zu machen, dazu gehörte schon jemand mit der Macht und dem Wissen eines Adepten.«

Ich seufzte und verspürte unendliche Müdigkeit, nicht nur, weil ich darauf keine Antwort hatte. Ich wollte aufstehen, aber sowohl Kerovan wie Guret streckten die Hände aus, um mich zurückzuhalten. »Ruht Euch aus, Cera«, bat der Junge. »Wir sind vielleicht nicht so gut im Kochen wie Ihr, aber wir werden schon etwas Genießbares fertigbringen.«

So blieb ich liegen und beobachtete sie, wie sie eifrig Wurzeln und Gemüse schnitten, einen Hasen häuteten und ihn am Spieß über dem Feuer in dem großen Becken drehten.

Das nahrhafte Mahl schien mich zu stärken. Ich

spürte, wieviel von meiner verlorenen Kraft zurückkehrte. Wir aßen in hungrigem Schweigen und ruhten uns dann mit gefülltem Magen eine Weile aus und blickten stumm in die zunehmende Dunkelheit. Schließlich stand Guret auf. »Ich werde heute den Pferden den Hafer bringen«, erklärte er und griff nach dem Sack mit dem kärglichen Rest unseres Futtervorrats.

»Das ist noch etwas, was wir uns im Tauschhandel besorgen müssen«, sagte Kerovan, »wenn wir unsere Pferde bei Kräften halten wollen. Wie oft können wir sie noch füttern?«

»Wenn wir etwas weniger geben als bisher, dann noch dreimal, höchstens viermal«, antwortete der junge Mann. Seine Schritte hallten leicht auf dem Steinboden, als er den Hof verließ.

Kerovan deutete auf die gen Osten gerichteten Bogenöffnungen. »Kannst du diese andere noch fühlen?«

»Ja«, gab ich zu. »Doch solange ich das Amulett trage, kann sie nur Verbindung mit mir aufnehmen, wenn ich träume oder sehr erschöpft bin.«

»Ich werde heute nacht Wache halten, damit dir im Traum nichts zustoßen kann.« Sein Mund war eine grimmige Linie. »Auch wenn du sagst, diese Sylvya gehört nicht selbst der Finsternis an, ist es doch besser, eine weitere Verbindung mit ihr zu meiden.«

Ich zögerte und sortierte die Eindrücke, die ich bei unserer nachmittäglichen Verbindung gewonnen hatte. »Sie hat mir mitgeteilt, was ich wissen soll«, sagte ich schließlich. »Das Weshalb gibt mir noch Rätsel auf, aber ich . . .«

»Cera!« Der Ruf hallte durch den Gang, begleitet von hastig näherkommenden Schritten, »Lord Kerovan!«

Gleichzeitig sprangen wir auf, als Guret auf den Hof gestürmt kam und in seiner Eile fast in den Brunnen gefallen wäre. »In der großen Halle – ist was!« stammelte er. »Etwas – das nicht zu sehen – oder zu hören ist . . . Aber es ist da, ganz bestimmt! Das schwöre ich beim heiligen Pferdefell!«

Mein Gemahl rannte zum Eingang, und als ich ihm folgte, sagte er: »Ich fühle es jetzt ebenfalls. Ein suchendes Tasten – ein Öffnen . . .«

»Beim Thron spürte ich es«, rief Guret. »Es war *dort!* Fast konnte ich etwas sehen . . .«

Ich beeilte mich, Kerovan einzuholen. »Nidu?«

»Nein«, entgegnete er fest. »Ich weiß zwar nicht, was es ist, aber es hat nicht die Aura des Bösen wie sie.« Seine Hufe klackten immer schneller auf dem Stein. »Der Junge hat recht, da ist etwas . . .«

»Was?«

»Etwas *Vertrautes*. Aber ich kann mich nicht erinnern . . .« Er unterbrach sich, als wir die große Halle mit dem kreisrunden Podest erreichten, auf dem dieser eigenartig geformte Thron stand. Kaum hatten wir den Raum betreten, spürte auch ich etwas.

Zögernd gingen wir auf das Podest zu – und mit jedem Schritt wurde das – Gefühl stärker. Es war Macht hier, uralte Macht, die in der langen Zeit, die sie ungerufen geschlummert hatte, immer mehr gewachsen war. Sie schien sich wie Dunst um unsere Gesichter zu legen, als mein Gemahl und ich uns ihrem Mittelpunkt näherten. (Guret hatte sich vorsichtshalber entschlossen, am Türbogen stehenzubleiben und von dort zuzusehen.) Ich sog die Luft ein und nahm einen scharfen Geruch wahr, den ich nicht kannte.

Kerovan blieb vor der Podestrampe kurz stehen, dann setzte er entschlossen Huf darauf.

»Kerovan!« Ich wollte ihn zurückhalten.

»Nein!« wehrte er ab. Seine Stimme klang hohl, und ein fremder Ton schwang mit. »Ich muß es tun!«

Als ich ihm folgen wollte, spürte ich einen Widerstand,

gegen den ich nicht ankam. Eine solche Barriere zu durchbrechen, war ich mit meinen Kräften nicht fähig. Hier war mein Gemahl also auf sich alleingestellt!

Beim Erreichen des gewaltigen Blocks aus Quaneisen, aus dem der Thron gehauen war, zögerte er sichtlich, ehe er sich darauf setzte. Seine Hufe hingen eine gute Handbreit über dem Boden, und er mußte erst sein Gewicht verlagern, ehe er einigermaßen bequem saß. Ganz offensichtlich war dieser Thron nicht für einen Menschen bestimmt gewesen.

Als löste seine Anwesenheit auf dem Thron ein Signal aus, begann der Dunst vor meinen Augen sichtbare Form anzunehmen. Zwei weit auseinanderstehende Blöcke des blauen Steins vor meinen Füßen begannen zu glühen, und zwischen ihnen stieg blauschimmerndes Licht empor. Die Macht befand sich genau in ihrer Mitte, wie ein Netz von den beiden Säulen gehalten. Sie flackerte und wurde deutlich, als ich, an das Kind denkend, schnell und erschrocken zurückwich. Die Kräfte, die sich in diesem Raum breitmachten, waren gewaltig, und ich wollte nicht plötzlich im Mittelpunkt des Zaubers erfaßt werden.

Violettes Glühen durchzog das Netz, sammelte sich und strebte aufwärts, bildete die Gestalt eines lebenden Wesens – eines Greifen!

Telpher! dachte ich, und das Bild jenes Geschöpfes, das mich beim Kampf gegen Galkur geschützt hatte, schob sich vor mein inneres Auge. »Telpher?« rief ich und streckte dieser Gestalt die Hand entgegen.

Sie wandte die Augen von der Farbe weicher Flammen in meine Richtung und öffnete den Mund, als wolle sie sprechen.

Joisan! Kerovans Gedanken warnten mich. *Berühr ihn nicht! Was du siehst, ist nur ein Abbild des Öffners der Tore.*

Ich drehte mich um und sah, wie er die Hand hob.

Seine Finger beschrieben ein Zeichen, das ich nicht kannte, und dann schnell die geflügelte Kugel, die offenbar Landisls Symbol der Macht gewesen war. Seine Lippen bewegten sich, verzogen sich auf völlig fremdartige Weise, als er ein *Wort* sprach – eines, das ich nicht mit den Ohren zu hören vermochte, außer vielleicht wie einen vagen Schmerz, das meine inneren Sinne jedoch wahrnahmen.

Ich wandte mich wieder dem Greifenabbild zu. Es kräuselte sich in der Mitte, dann barst es in Linien blendend violetten Lichtes. Ich schirmte die Augen ab, da sprang Kerovan plötzlich vom Thron und stand auch schon neben mir, die Hand wie zum Gruß erhoben. »Komm!« rief er und benutzte dieses mir bekannte Wort der Alten Sprache.

Er streckte die Hand dem Licht entgegen.

Ein Knall erschütterte die Luft, doch so hoch, daß er nur als scharfer Schmerz zu spüren war, und ein Leuchten hüllte uns beide mit Allgewalt ein.

Ich taumelte und stolperte gegen das Podest, daß ich plötzlich auf dem Fußboden zu sitzen kam. Meine Augen tränten, und ein Geruch stieg mir in die Nase, wie er manchmal nach einem Blitzschlag wahrzunehmen ist. Ich plagte mich hoch und sah nicht eine, sondern *zwei* Gestalten auf dem Boden vor mir!

»Guret? Kerovan?«

Schnelle Schritte kamen auf mich zu, Hände stützten mich. »Cera? Was ist passiert? Wer ist *er?*«

Wieder taumelnd starrte ich in das besorgte Gesicht – es gehörte Guret. Aber wer war dann dieser andere, der neben meinem Gemahl lag? Mir schien, mein Herz wolle meine Brust sprengen, als ich mit des Jungen Hilfe vorwärtsschwankte.

»Kerovan?«

Mein Gemahl setzte sich auf und drückte benommen

eine Hand an den Kopf. Der Mann hinter ihm stöhnte. Er rollte sich herum, und sein Schwert und die Rüstung scharrten auf dem Stein. Er war behelmt, und seine Ausrüstung hätte der gleichen Schmiede entstammen können wie mein eigenes Schwert und Kettenhemd – und Kerovans . . .

Ein Mann aus den Tälern? Hier in Arvon? Durch ein Zaubertor, ähnlich dem, durch das wir gekommen waren, nach Kar Garudwyn gebracht?

Die Fragen überschlugen sich in mir, doch es war offensichtlich, daß der Mann im Augenblick in keinem Zustand war, auch nur überhaupt etwas zu sagen. Ich hastete an seine Seite und legte die Fingerspitzen an seine Kehle. Sein Streithelm verbarg den größten Teil seines Gesichts, nicht jedoch den Hals. Ich stellte fest, daß sein Puls kräftig war.

»Wer ist er?« fragte ich, als Kerovan auf unsicheren Füßen zu uns trat.

»Ich weiß es nicht«, antwortete mein Gemahl. »Das alte Wissen erwachte und schien durch mich zu handeln – ich wußte, was getan werden mußte, um jenem zu helfen, der im Tor gefangen war. Doch wer unser Gast ist . . .« Er zuckte die Schulter.

»Hilf mir, ihm den Helm abzunehmen«, bat ich. »Guret, bitte hol Wasser und ein Tuch.«

Vorsichtig zogen wir den Helm vom Kopf. Darunter war wahrlich eines Talmanns Gesicht. Sein Haar war etwas heller als meines, die wettergegerbte Haut die eines Wanderers und die Züge waren gut und regelmäßig geschnitten. Der Mann schien ein paar Jahre älter als mein Gemahl zu sein . . .

Ich keuchte, als diese Züge vor meinem inneren Auge vertraute Form annahmen – ich kannte diesen Mann! *»Jervon!«* stammelte ich und glaubte, meinen Augen nicht trauen zu können. »Wie – was . . .«

Vor drei Jahren, als ich meinem Gemahl in die Einöde gefolgt war, kurz bevor wir nach Arvon kamen, hatte ich diesen Mann mit seiner Gefährtin, einer Frau der Alten Rasse, kennengelernt. Viele Tage waren wir miteinander auf der Suche nach Kerovan durch die Einöde gezogen; denn in ihrer Güte hatten die beiden beschlossen, mir zu helfen. Ohne sie hätte ich diese gefährliche Reise nie so weit geschafft, die für mich schließlich abrupt damit endete, daß ich in eine Falle geriet, welche die Thas gegraben hatten, diese abscheulichen Kreaturen der Dunkelheit. Das letzte, das ich damals sah, als der Boden unter meinen Füßen nachgab, war das verstörte Gesicht dieses Mannes gewesen, der vergebens versucht hatte, mich zu retten. Und nun war er hier in Arvon.

»Jervon?« Kerovan runzelte überlegend die Stirn, dann weiteten sich seine Augen. »Das *kann* doch nicht sein! Wo ist Elys?«

Nachdem ich von den Thas verschleppt worden war, hatten Jervon und Elys schließlich meinem Gemahl auf der Suche nach mir geholfen. Er hatte mir erzählt, daß sie bei einem bestimmten Punkt ihrer gemeinsamen Reise von der Macht aufgehalten worden waren – denn Elys war eine Zauberin von beachtlichen Kräften. Die Zeit sei noch nicht gekommen, hatte sie gesagt, daß sie beide den Weg nach Arvon nähmen. Betrübt hatte Kerovan sich von ihnen verabschiedet und war allein weitergeritten. Elys hatte zuvor hörbar sehnsuchtsvoll die Hoffnung ausgedrückt, daß ihnen eines Tages der Weg zu dem alten Land geöffnet würde . . .

Vorsichtig stützte ich Jervons Kopf auf meinem Knie und wusch sein Gesicht mit dem Tuch ab, das Guret mir gebracht hatte. Er schien zu sich zu kommen. Als ich ihm ein wenig Wasser einflößte, hob er die Lider und blinzelte ins Licht. »Ihr seid in Sicherheit, Jervon«, sagte ich ruhig. »Erinnert Ihr Euch an mich? Ich bin Joisan.«

»Joisan . . .« Seine Augen weiteten sich, und ich sah, daß er mich erkannte.

»Wo ist Elys, Jervon?« fragte Kerovan und bückte sich so, daß der Talsmann ihn sehen konnte. »Ich bin Kerovan, erinnert Ihr Euch auch an mich?«

»Kerovan? Hier?« Jervons Blick wanderte sichtlich ungläubig durch die kreisrunde Halle. »Wo . . .?«

»Das hier ist eine Burg der Alten«, erklärte ihm mein Gemahl. »Ihr seid durch ein sehr altes Tor gekommen. Erinnert Ihr Euch nicht? Und wo ist Lady Elys?«

»Elys . . .« Er setzte sich erschrocken auf, obgleich ich ihn noch zu stützen versuchte. »Sie ist nicht hier?« Panik erwachte in ihm. *»Sie muß hier sein – Elys! Elys!«*

Die große Halle echote unter seinen Rufen, und es bedurfte unserer vereinten Kraft, ihn festzuhalten, damit er nicht blindlings durch Kar Garudwyn laufe und gar durch eine der viel zu vielen Bogenöffnungen falle.

»Jervon!« Ich legte die Hände auf seine Schulter. »Jervon, *hört zu!* Wenn Ihr Elys wiederfinden wollt, müßt Ihr mir *zuhören!«*

Verzweiflung sprach aus seinen Augen. Ich fürchtete schon, der Wahnsinn würde ihn erfassen, so ungeheuerlich war sein Kummer, wie ich spürte. Dann sackte er sichtlich zusammen. »Elys ist nicht durch das Tor mit Euch hier angelangt«, sagte ich. »Von woher kommt Ihr? Es könnte sein, daß sie zurückgeblieben ist und Ihr zurückkehren müßt, um sie zu holen.«

»Aus der Einöde«, antwortete Jervon stumpf. »Wir waren in einem Teil der Einöde, den wir noch nicht kannten, und erreichten eine Straße. Eine seltsame Straße! Elys sagte, sie sähe dort Visionen jener, die sich vor langer Zeit aus Hochhallack zurückgezogen hatten.« Ich hörte, wie Kerovan laut die Luft einsog. »Zu beiden Seiten befanden sich riesige aus Stein gehauene Gesichter, und etwas, das Elys den Großen Stern nannte . . .«

»Die Straße!« rief mein Gemahl. »Dort haben Riwal und ich den Kristallgreifen gefunden! Was ist dort mit euch geschehen?«

»Wir erreichten das Ende der Straße – sie führt zu einer festen Felswand und dann nicht mehr weiter. Aber Elys sagte, es sei kein wirkliches Ende, sondern ein Eingang für einen, mit der Macht zu rufen und zu öffnen.«

»Hat sie versucht, das Tor zu öffnen?« fragte ich.

»Ja«, antwortete er. »Und ich glaube, es öffnete sich für uns beide. Wir standen Hand in Hand vor der Felswand, dann . . .« Er schüttelte den Kopf. ». . . waren wir *nicht* mehr dort, sondern an einem – Zwischenort, wo wir keine Körper hatten, sondern nur Geist waren. Ich sah, aber meine Augen verstanden es nicht. Doch Elys war bei mir! Ich *weiß*, daß sie bei mir war! Das war, was ich noch fühlen konnte – ihre Hand um meine, obgleich wir Geist waren!«

»Was ist dann geschehen?«

»Die Zeit war merkwürdig.« Er suchte nach Worten, als wüßte er nicht, wie er es ausdrücken sollte. »Sie dehnte sich in alle Ewigkeit aus und schien doch nicht zu vergehen. Wir wurden auf ein violettes Licht zugezogen und ich sah eine – Gestalt; ein Wesen aus einer Fabel – mit den Schwingen und dem Vorderteil eines Adlers, aber mit dem Hinterleib und den Ohren eines Löwen. Ein Greif!«

»Das war das Tor«, erklärte Kerovan. »War Elys da noch bei Euch?«

»Ja, doch dann schien sich etwas zwischen uns zu drängen, und ich spürte, wie mir ihre Hand entrissen wurde.«

»Was war das für ein ›Etwas‹?« fragte ich heiser. Wenn Elys zwischen Tor und Zugang festgehalten wurde, wie konnten wir da hoffen, sie zu finden?

»Es war . . .« Er runzelte die Stirn, als hätte der Schock ihm Teile seiner Erinnerung geraubt ». . . ein Geschöpf der Finsternis«, sagte er nachdenklich, und Grauen weitete seine Augen. »Ich konnte es nicht sehen, aber etwas wie ein Summen kam von ihm, und sein Gestank . . .« Er schüttelte den Kopf. »Ein gelbliches Licht ging von ihn aus, und seine Berührung war – ekelerregend.«

»O nein!« murmelte ich und spürte, wie mir das Herz sank.

Mein Gemahl nickte düster. »Ich fürchte doch, Joisan. Kannst du nicht etwas darüber von Sylvya erfahren?«

Ich zögerte, dann nickte ich. Ich schuldete Elys etwas, und die Menschen von den Tälern sind es gewöhnt, ihre Dankesschuld zu begleichen, genau wie die Kioga. »Ich werde es versuchen. Aber du mußt deinen Geist mit meinem verbinden, Kerovan, damit du mir helfen kannst, falls ich zu tief eindringe.«

»Das werde ich tun«, versicherte er mir.

Mit Jervons und Gurets Blicken auf mir, setzte ich mich auf das Podest, und Kerovan sich hinter mich, damit ich mich gegen ihn lehnen konnte. Schützend legte er die Arme um mich. Ich bemühte mich, mir keine Furcht anmerken zu lassen, als ich behutsam das Gunnoraamulett abnahm. Guret griff danach, um es zwischenzeitlich in Verwahrung zu nehmen.

Kaum hatte es meine Finger verlassen, spürte ich Sylvyas Suche nach mir, und ich wußte, daß sie mir etwas mitteilen wollte. So schloß ich die Augen und ergab mich dem Willen der anderen. Doch diesmal war ich mir Kerovans Anwesenheit bewußt, als wäre sie ein stützender Arm unter meiner Schulter.

Einen langen Moment war es dunkel, dann riß dieses Anderssein mich mit sich und wirbelte mich fort aus dem Hier und Jetzt. Wohin? Ich war an einem – Ort, den ich weder durch meine noch ihre Augen je gesehen hatte.

Obgleich ich wieder in Sylvya war, erlebte ich diesmal keine Augenblicke aus der fernen Vergangenheit. Statt dessen erfuhr ich das absolute Grauen, außerhalb der Grenzen der Zeit zu sein und keine wirkliche Welt um mich zu haben.

Ich rannte – doch ich hatte keine Füße, keine Beine, und meine Umgebung veränderte sich nie. Aber in meinen Gedanken rannte mein Körper, mein Blut raste durch die Adern, der Atem schmerzte meine Lunge – aber ich hatte kein Blut, keine Lunge, mit der ich atmen konnte!

Ich bemühte mich, ruhiger zu werden, obgleich ich weiterhin diese widersprüchlichen Botschaften von einem Körper aufnahm, den es nicht gab – und die ganze Zeit floh ich vor der Wilden Jagd, die mir dicht auf den Fersen war (obwohl ich natürlich keine hatte). Eine gewaltige Woge der Macht war hinter mir, ein Grimm, der keine Grenzen und keine Zügel kannte. Und dieser Grimm flackerte gelblich und beleuchtete diesen unheimlichen Nichtort mit einem übelriechenden fahlen Glühen. Diese Woge mächtigen Grimms war Malerons Erscheinung hier zwischen Zeit und Welten.

Aber ich wußte – oder vielmehr Sylvya sagte es mir, was dasselbe war –, daß sich in der Jagd eine Veränderung ergeben hatte. Eine Kraft war hier mit uns gefangen, eine Kraft der Macht. Und diese Gegenwart war wie ein reines Licht, das durch die üblen Dämpfe eines Sumpfes leuchtet. Ich wußte, daß dies Elys war. Sie saß hier in der Falle.

Konnte ich sie befreien? Sie mit zurücknehmen? Während ich mir diese Frage stellte, spülte eine neue Welle des Wissens von Sylvya herbei – und überschwemmte mich fast in meiner Furcht.

Der Zauber, der diese schreckliche Jagd zwischen den Welten und der Zeit festhielt, war mit der Zeit morsch vom Alter geworden – und nun brach er. Ich spürte einen schwachen Schlag der Macht aus der Welt, wo mein Körper ruhte, und sah ein schmales scharfes Gesicht mit langem dunklen Haar, das wild in der Brise flatterte.

Nidu! Während ich die Schamanin beobachtete, drang ihr Trommeln an mein Ohr, und ich sah den blut- und fettbeschmierten Stein, auf dem sie ein Opfer gebracht hatte, um ihren Zauber wirken zu können – den Zauber, die Bande dessen zu lösen, das über die Bergkämme streift, um es auf ahnungsloses Land loszulassen.

Sie hätte einen so ungeheuerlichen Zauber vielleicht nicht fertiggebracht, wenn es ihr nicht irgendwie gelungen wäre, Elys zu benutzen. Die Macht der Weisen hatte der Schamanin als Brennpunkt in dieser tödlichen Aktion gedient.

Ich spürte, wie die Macht, die Maleron war, wuchs und zu einer Kraft anschwoll, so feindselig und vernichtend zu allem, was ich je gekannt hatte, daß mich Panik überfiel und ich nichts wollte, als aus seiner Nähe fortzukommen. *Kerovan!* brüllte ich mit einem Teil meines Geistes, und benutzte den Namen als Richtstrahl. *Kerovan! Zieh mich zurück!*

Mir war, als wäre ich inmitten einer Feuersbrunst oder einer tosenden Flut gefangen, in der ich hilflos zappelte, bis endlich etwas wie ein Seil sich um mich schlang und mich aus der Gefahr zog. Die Klauen dieser finsteren Macht schnellten zu mir, schienen mir das Fleisch von den Knochen zu reißen . . .

Kerovan! Ich spürte seine Kraft zu mir fließen, und so gelang es mir, mich zu befreien . . .

Mit brausender Geschwindigkeit, die mich schwindelig machte, kehrte ich in die große Halle von Kar Garudwyn zurück. Mein Gemahl hatte die Arme um mich geschlungen, während Guret mich an einer und Jervon an der anderen Hand hielten. Meine Erleichterung war so groß, daß ich fast schluchzte, als ich wieder reine Luft einatmen konnte und spürte, wie mein Blut durch einen warmen, lebenden Körper strömte.

»Joisan!« Kerovan drückte eine Wange auf mein Haar und hielt mich so fest, als wäre ich einem körperlichen Tod entgangen. »Was ist geschehen?«

Ich war so erschöpft, daß ich kaum zu flüstern und nur Guret zu bitten vermochte, mir meinen Beutel mit Heilmitteln zu bringen. Ich hatte einen Extrakt aus Dianthus und Drachenblut in ihm, von dem zwei Tropfen in einem Becher Wasser genügen würden, mir eine Weile einen Teil meiner Kräfte zurückzubringen – und der dem Kind nicht schaden würde. Nach meiner Anleitung bereitete der Junge den Trank zu, und Kerovan hielt ihn für mich, als ich daran nippte.

Allmählich ließ mein Zittern nach, und ich konnte mit wieder klarem Kopf ohne Stütze sitzen. Schließlich blickte ich meinen Gemahl und Jervon an und sammelte den Mut, ihnen die niederschmetternden Tatsachen mitzuteilen. Trotz des Tranks war ich zu müde, mir die schonendsten Worte auszudenken, so drückte ich mich so offen und knapp wie möglich aus.

»Ich befand mich in Sylvyas Körper, der auf der Flucht vor dieser Wilden Jagd war. Noch eine Kraft des Lichtes war dort gefangen, und ich erkannte sie als die von Elys. Nidu bedient sich ihrer Macht und benutzt sie als Brennpunkt, den Schutzzauber zu brechen. Und es ist ihr gelungen, ihn zu brechen!«

Ich blickte zu Kerovan hoch und plagte mich, die Furcht zu unterdrücken, die mich immer noch zittern ließ. »Sie ist wahnsinnig, mein Gemahl. Ihr heutiger Grimm auf uns überschwemmte die letzten Reste ihrer Vernunft. Als sie erkannte, daß sie gegen die Schutzkräfte dieses Tals nichts auszurichten vermochte, wandte sie sich hemmungslos an die Finsternis, um das schlimmste nur mögliche Geschick auf uns herabzusenden. Heute nacht, wenn die Wilde Jagd die Bergstraße hochrast und ihr nächtliches Ende in den Ruinen von Car Re Dogan erreicht, werden die Bande, die sie der Zeit fernhalten, durch Nidus Trommeln zerreißen. Was bisher ein körperloser Spuk war, wird zu Fleisch und Blut. Alles was der Wilden Jagd im Weg steht, wird vernichtet werden, so gewaltig sind die Kräfte, die die Schamanin unbedacht losgelassen hat.«

Kerovan blickte auf die Wand der großen Halle. Obwohl sein Gesicht unbewegt war, erkannte ich doch die Tiefe seiner Verbundenheit zu dieser Burg, die ihn als ihren Herrn anerkannt und in der er endlich ein Zuhause gefunden hatte. »Und wir und Kar Garudwyn liegen im direkten Weg«, meinte er. »Die Wilde Jagd wird über uns hinwegfegen und dann weiter durch das Tal nach Anakue und schließlich zu den Weidegründen der Kioga.«

»Sie kann dahintoben, wo immer sie will – oder wohin Maleron sie führen will«, bestätigte ich.

Kerovan nickte. »Aber ich bezweifle, daß Nidu auch nur ahnt, was sie da so gedankenlos ausgelöst hat. Eine solche finstere Macht kann sie genausowenig dämmen wie mit bloßen Händen eine Flut.«

»Wer ist Nidu?« erkundigte sich Jervon. »Und wie seid Ihr und Eure Gemahlin hierhergekommen, Kerovan?«

Während mein Gemahl dem Talsmann einen knappen Überblick über unsere Erlebnisse gab, stand ich auf und machte mich daran, alles herzurichten, was ich zum Zauberschutz benötigte. Meine Finger zitterten dabei, denn ich wagte ja kaum daran zu denken, daß ich mich Nidus Kräften stellen mußte, geschweige denn dem Grimm eines echten Adepten, der nach Jahrhunderten des Bannes nun befreit war.

»Was macht Ihr, Cera?« fragte Guret, der mir zuschaute.

»Ich habe alles, was ich vermutlich brauche, zusammengepackt«, antwortete ich und legte meinen Stab vorsichtig auf den Beutel.

»Aber Cera . . .« Guret erbleichte. ». . . Ihr könnt Euch doch nicht einem solchen Gegner entgegenstellen!«

So schnell wie eine Klinge im Kampf eilte Kerovan an meine Seite, obgleich keine Gedankenverbindung zwischen uns hergestellt gewesen war – nur die Erkenntnis einer Bedrohung all dessen, was wir mit so großem Einsatz errungen hatten. »Meine Gemahlin hat Mut für zwei, aber sie wird nicht allein stehen. Kar Garudwyn ist mein – *unser* Zuhause, und ich will es nicht verlieren, nachdem es Jahre des Umherirrens und der Furcht gekostet hat, es zu finden! Wir *müssen* dieser Gefahr Herr werden.« Er blickte mich ernst an. »Und wir werden es auch!«

10. Kerovan

»Nein, mein Lord!« Der junge Kioga schüttelte heftig den Kopf, und sein Blick wanderte von mir zu Joisan. »Wir haben keine Chance gegen einen solchen Feind, Cera!«

Ich legte eine Hand auf seine Schulter und spürte ein Zittern, das sich nicht äußerlich offenbarte. »Beruhige dich, Guret. Joisan und ich werden diesen Versuch allein unternehmen. Für dich habe ich einen anderen Auftrag heute nacht: Reite südwärts, um das Fischerdorf Anakue zu warnen, und danach deine eigenen Leute. Sag ihnen, was möglicherweise auf sie zukommt, falls wir überrannt werden.«

»Mein Lord, Ihr seid nicht bei Sinnen!« Gurets Stimme überschlug sich, aber sein Blick war fest. »Ihr habt Jervin nicht gesehen, nachdem er von diesem – *Grauen* überrannt worden war, ich schon! Es war nichts übriggeblieben, was wir hätten begraben können. Nur winzige Fleischfetzen . . .« Er schluckte. »Und Knochenstücke, nicht größer als der Zahn eines Füllen. Ihr habt auch nicht miterlebt, wie mein Blutsfreund Tremon, einem entwurzelten Schößling gleich, dahinwelkte und von Tag zu Tag schmäler wurde, bis wir alle nur noch hofften, daß der Tod ihn bald von seiner Qual erlöse.«

»Guret.« Joisan, die neben mir stand, legte die Hand auf den Arm des Jungen. »Kerovan und ich . . .«

»Nein!« rief er heftig. »Ihr versteht nicht, was ich euch sagen will! Es bringt den Tod, sich der Schamanin in den Weg zu stellen, und erst recht diesem Grauen! Es ist

Torheit, euer Leben auf diese Weise von euch zu werfen!«

Joisan blickte zu mir hoch und ich vernahm ihre Gedankenworte: *Er mag sehr wohl recht haben, mein Gemahl . . .*

Wahrscheinlich, bestätigte ich, doch laut sagte ich: »Guret, dies ist nicht das erstemal, daß wir zwei uns der Macht eines Adepten des Linken Pfads stellen.« Ich fügte allerdings nicht hinzu, daß wir vor drei Jahren Verbündete wie Neevor und Landisl gehabt hatten, Wesen, deren Macht alles überstieg, dessen Menschen sich bedienen konnten.

Man hätte meinen können, der Junge wäre imstande gewesen, meine Gedanken zu lesen, denn er sagte: »Aber diesmal gibt es keinen Kristallgreifen – keinen Talisman oder Verbündeten aus der Vergangenheit, die Euch helfen könnten. Immer wieder habt Ihr mir versichert, daß Ihr nicht zu jenen gehört, die die Macht lenken können. Sicher, ich habe Euch hier in Kar Garudwyn Dinge tun sehen, von denen ich weiß, daß *ich* sie nicht fertigbrächte – aber glaubt Ihr, Ihr seid dem, was uns bedroht, ebenbürtig? Zwei Menschen können . . .«

»Drei«, warf Jervon von der entgegengesetzten Seite der Halle ein. Seine Stimme klang so gleichmütig, als unterhalte er sich über das Wetter. »Ich begleite euch!«

»Nein!« protestierte meine Gemahlin. »Wenn Kerovan und ich bloß geringe Kräfte haben, uns zu beschützen, habt Ihr . . .«

»Noch geringere«, bestätigte er tonlos. Seine Hand suchte den Schwertknauf und legte sich um ihn, als drücke er die Hand eines alten Freundes. »Aber ich kann kaltes Eisen führen, das viele Kreaturen der Finsternis nicht ertragen. Und ich unterliege nicht so leicht Täuschungen oder Zauberbann, nach all den Jahren, die ich mit meiner Zauberin umherstreifte. Ihr beabsichtigt, sowohl Elys wie auch dieses Land zu retten. Da kann ich gar nicht anders, als euch beizustehen!«

Ich zog das Kettenhemd über den Kopf, um mir einen Herzschlag zum Überlegen zu verschaffen. Dann suchte mein Blick Jervon und las seinen Gesichtsausdruck, während ich die Rüstung über die Hüften zog. Seine Augen bannten die meinen einen langen Moment, und ich las in ihnen den Schmerz, den er ansonsten gut verborgen hielt. Mir wurde klar, wie ich mich fühlen würde, wäre Joisan von der Finsternis gefangen. So nickte ich. »Also gut, Jervon, komm heute nacht mit uns.«

»Da ist noch etwas!« rief Guret. »Ihr könnt den anderen Gipfel nicht mehr erreichen, nun da die Sonne untergegangen ist. Ihr müßtet durch das Tal und um den Berg herumreiten, um vom Norden her zu ihm zu gelangen – und dann kämt ihr zu spät! Diese Wilde Jagd beginnt vor Mitternacht, daran erinnere ich mich genau!«

Ich zog mein Schwert, prüfte seine Schneide und vergewisserte mich, daß es gut aus der Scheide glitt. Als ich damit zufrieden war, antwortete ich knapp: »Nicht, wenn wir den alten Pfad zwischen den beiden Gipfeln nehmen.« Nach den Sätteln greifend, bedeutete ich Joisan, die Zäume zu tragen. Ich sah, daß sie sich inzwischen ebenfalls gerüstet hatte. Flüchtig wünschte ich, ich könnte sie dazu überreden, mit Guret südwärts zu reiten, war jedoch klüger, als dieses Thema anzuschneiden. Ich kannte diesen Gesichtsausdruck und wußte, daß nichts sie umzustimmen vermochte.

»Der Pfad zwischen den Gipfeln?« Guret klang noch entsetzter, wenn das überhaupt möglich war. »Schon bei Tageslicht sieht er unbezwingbar aus – im Dunkeln ist er der sichere Tod für euch, und für die Pferde ebenfalls!«

»Der Mond ist fast voll«, entgegnete Joisan. »Wir werden es schaffen.«

»Nekia sieht auch des Nachts sehr gut«, fügte ich

hinzu. »Sie wird den Pfad finden. Wir werden vorsichtig sein.«

Der Junge warf resigniert die Arme hoch und stieß einen tiefen Seufzer aus. »Bei der Mutter der Stuten, ich sehe ein, daß ich euch nicht zurückhalten kann. Aber da dem so ist, werde ich mit euch reiten – nicht gen Süden!«

»Nein!« sagte ich entschieden. Als er aufzubegehren begann, zog Joisan ihn zur Seite.

Guret, du mußt tun, was Kerovan sagt. Soviel von ihren Gedanken empfing ich, doch der Rest blieb mir verschlossen.

Der Kioga schüttelte den Kopf, dann flüsterte er ihr etwas zu. Die Lippen meiner Gemahlin wurden zum Strich, Blut stieg ihr in den Kopf, und ihre Augen funkelten vor Ärger. Der Junge lächelte schwach. Mit einer heftigen Drehung, daß ihr kastanienfarbiger Zopf wie der Schweif eines Pferdes vor dem Kampf herumschwang, wandte sie sich mir zu und sagte schnell, daß ihre Worte sich fast überschlugen.

»Kerovan, Guret hat mich gerade darauf hingewiesen, daß wir alle drei reiten müssen, wenn wir Car Re Dogan noch rechtzeitig genug erreichen wollen. Vengi wird keinen Fremden dulden, wird jedoch, wenn Guret dabei ist, doppelte Last tragen. Und du mußt Nekia allein reiten – sie vertraut dir. Ich habe den Hengst nie geritten, und Jervon genausowenig. Es wird uns also gar nichts anderes übrig bleiben, als Guret mitzunehmen.«

Mißtrauen regte sich in mir. Womit hatte der Junge sie erpreßt, daß sie ihre Meinung geändert hatte? Aber jetzt war nicht die Zeit für lange Worte. Ich nickte knapp. »So soll es denn sein. Und nun müssen wir aufbrechen!«

Alle vier eilten wir stumm die Rampe hinunter. Ich sah, daß der Mond tatsächlich sehr hell war und in seinem Mondlicht sogar große Runen zu lesen waren.

Das erhöhte unsere kaum vorhandenen Chancen wenigstens ein bißchen, wenn wir schon keine andere Wahl hatten, als den schmalen, steilen Pfad zu nehmen.

Wachsames Schnauben war die einzige Begrüßung unserer Pferde, als wir nach ihnen pfiffen und riefen. »Nekia«, murmelte ich so beruhigend, wie ich nur konnte. »Komm her, Mädchen, komm zu mir.«

Selbst die geringste Verzögerung erschien mir unerträglich; trotzdem beherrschte ich mich, blieb geduldig stehen und sprach mit sanfter Stimme. Wenn die Pferde erschraken und durchgingen, waren wir alle verloren.

»Komm!« hörte ich Guret. »So ist's gut, Vengi.«

Der Hengst schnaubte und kam zögernd auf den Kioga zu. Die Stuten folgten ihm. In aller Eile sattelten und zäumten wir sie, dann kehrten wir, noch zu Fuß, zur Rampe zurück.

Die Tiere schnaubten erschrocken, als sie den ungewöhnlichen Eingang vor sich sahen, doch nach weiterem guten Zureden setzten sie schließlich die Hufe auf den schrägen Steinweg. Ich ging mit Nekia voraus. Der Pfad war fast – *fast* – zu scharfkurvig für die Pferde, aber sie schafften ihn. Schon bald klopfte mein Herz heftig unter der Anstrengung, die Stute die Steigung rasch genug hochzuführen, daß die anderen nicht gegen uns prallten, und andererseits aufzupassen, daß Joisan und Guret nicht zu weit zurückblieben.

Nach einer Weile strich ich mit der Linken über die Wand, da sie dann ein schwaches blaues Glühen ausströmte. Schließlich standen wir auf dem Plateau vor Kar Garudwyn. Ich schnappte nach Atem und schluckte den Speichel in meinem Mund. Wir hatten mit unserem Weg ja noch nicht einmal richtig angefangen!

Der letzte war Jervon. Er murmelte eine Verwünschung, ehe er über die Felswand spuckte. »Welch ein Mühe!«

»Ich hatte keine Ahnung, daß es so schwierig sein würde, die Pferde heraufzubringen«, gestand ich. Wir hielten nur kurz zum Verschnaufen an, dann schwang ich mich in den Sattel und führte unseren kleinen Trupp zur Rückseite der Zitadelle über einen schmalen Weg links der Mauer.

Von den Türmen aus war es schon schwierig gewesen, den genauen Anfang des Pfades zwischen den beiden Gipfeln zu erspähen. Jetzt war ich gezwungen, mich tief aus dem Sattel zu beugen, um den Boden links von mir abzusuchen, wo das Plateau in Dunkelheit und brausendem Wind abfiel. Mondschein versilberte die Felsen weiter unten und milderte ihre Schroffheit, nahm mir jedoch nicht meine Vorsicht, dazu wußte ich nur allzu gut, daß ein Sturz aus dieser Höhe tödlich wäre.

Ich blinzelte und mußte mich so anstrengen, daß meine Augen zu tränen begannen. Ich *wußte* doch, daß der Pfad hier irgendwo abbiegen mußte. *Licht – wenn ich bloß Licht hätte!* Während ich das noch dachte, drang eines dieser Bruchstücke alten Wissens an die Oberfläche. Ich hielt mein Armband vor mich und sprach laut das Wort für Licht in der Alten Sprache: *»Ghité!«*

Das Armband begann zu glühen und strahlte ein bewegtes blaugoldenes Muster aus. Nekia schnaubte und tänzelte seitwärts. Ich hörte Joisan einen leisen Schrei ausstoßen, dann rief sie: »Kerovan! Mein Ring, der von den Alten!«

Vorsichtig drehte ich mich im Sattel und sah, daß ihr Finger von dem Katzenkopfring beleuchtet wurde. Diese Artefakte reagierten also immer noch auf die richtigen Worte!

Beim Umdrehen fiel mein Blick auf eine Lücke in dem felsigen Wall um das Plateau. Ein näherer Blick verriet mir, daß dort der gesuchte Pfad begann.

»Halt!« rief ich und hob meinen Arm als Signal. Ich

kletterte von der Stute, beugte mich nach vorn und studierte den jetzt entdeckten Pfad im Mondschein und im Licht des Geschenks der Alten. Er war schmal – an manchen Stellen kaum breiter als unsere Pferde – und führte in steilen Windungen abwärts, dann ein Stück geradeaus und etwas sanfter zum gegenüberliegenden Gipfel hoch. Nekia streckte den Kopf aus, spähte den Pfad hinab. Sie schnaubte und rollte die Augen.

»Es gefällt mir auch nicht«, versicherte ich ihr. »Aber wir müssen diesen Weg nehmen. Kannst du ihn sehen, Nekia? Gut genug, daß die anderen folgen können?« Nach einer Sekunde nickte die Stute, als hätte sie meine Worte verstanden, und erklärte sich zu dem Abstieg bereit.

»Sollen wir reiten oder sie führen, Kerovan?« fragte Joisan. Mir entging das Zittern ihrer Stimme nicht.

»Reiten«, antwortete ich und bemühte mich, meine Stimme fest zu halten. »Versuchten wir sie zu führen, würden wir sie mit uns reißen, falls wir ausrutschten. Außerdem sehen unsere Pferde im Dunkeln besser als wir.« Ich machte versuchshalber einen Schritt. »Über dem Gestein liegt Staub, der Weg ist zwar etwas glatt, aber ich glaube, die Pferde werden schon Halt für ihre Hufe finden. Bemüht euch, so ruhig wie möglich im Sattel zu sitzen, und legt euch nach vorn über die Schultern, damit sie ein besseres Gleichgewicht haben. Lehnt euch auf keinen Fall zurück, sie müssen die Kruppe frei haben!«

Ich blickte zu Jervon. »Vengi kann auf diesem Pfad nicht doppeltes Gewicht tragen.« Ich löste mein Seil vom Sattel und warf es ihm zu. Joisan tat das gleiche mit ihrem. »Bindet die beiden zusammen, dann befestigt ein Ende an diesen Fels und das andere schlingt ihr um eure Hüften. Ich mache den Anfang, ihr folgt hintereinander. Fertig?«

Alle drei nickten. Ich schwang mich auf Nekia und lenkte sie zu dem Pfad, der auf besorgniserregende Weise Ähnlichkeit mit einer Kinderrutsche hatte. »Komm, Mädchen.« Ich schüttelte die Zügel und drückte die Waden an Nekias Seiten. Sie schnaubte, streckte vorsichtig ein Bein über den Plateaurand – und zog es hastig zurück. »Komm schon!« Ich tätschelte ihren Nacken.

Wieder streckte sie ein Vorderbein aus, das nächste folgte, dann war sie ganz auf dem Pfad. Ein paar Schritte gelang ihr ein vorsichtiger Gang, mit den Beinen des Gleichgewichts wegen dicht beisammen, daß sie sich wiegte wie eine Tänzerin. Dann, als der Pfad noch steiler wurde, glitt sie, fast auf dem Schweif sitzend, hinunter. Und ich, der ich mich tief über den Widerrist beugte, hielt mich völlig still.

In einer wirbelnden Staubwolke gelangten wir sicher unten an.

»Joisan als nächste!« rief ich hinauf und wich zur Seite des Pfades aus, um ihr Platz zu machen. Arren bockte zunächst, doch dann kam auch sie. Guret folgte ihr, danach beobachteten wir alle drei, wie Jervon vorsichtig Fuß vor Fuß herabkam, bis er schließlich ausglitt und auf dem Gesäß herunterrutschte. Vom Staub bleich wie ein Geist landete er neben uns. Wäre die Lage nicht so ernst gewesen, hätten wir bestimmt alle gelacht.

»Seid Ihr verletzt?« erkundigte sich Joisan, als er steif auf die Füße kam und sich abbürstete.

»Nein«, versicherte er ihr, als Guret einen Arm ausstreckte, um ihm hinter sich auf Vengi zu helfen. »Aber im unwahrscheinlichen Fall, daß wir zu Eurer Burg *zurückkehren*, nehme ich lieber den sicheren, wenn auch längeren Weg.«

»Möge Gunnora uns alle unbeschadet zurückkehren

lassen!« sagte Joisan. »Ich überlasse diesen Pfad ohne Neid den Gemsen.«

Wir folgten dem nun verhältnismäßig ebenen Teil des Pfades, den das Licht meines Armbandes so weit beleuchtete, daß wir den kantigsten Steinen ausweichen konnten. Die Welt erschien unwirklich, als nähme der Mondschein, der ihr die Farbe raubte, ihr auch etwas von ihrer Echtheit. Vom gedämpften Hufschlag, dem Huschen kleiner Nachttiere und dem Flügelschlag einer Eule über uns abgesehen, war nichts zu hören.

Der Pfad verlief nun wieder in einem weiten Bogen aufwärts. Nekias Muskeln spannten sich, als sie den Aufstieg begann. Ich lehnte mich nach vorn, ließ ihr freien Zügel und krallte meine Finger in ihre Mähne. Ich wünschte mir, die Kiogasättel wären mit Brustblatt ausgestattet. Wenn der Sattel rutschte . . .

Aber er tat es glücklicherweise nicht. Auf einem Sims gestatteten wir unseren Pferden, kurz zu verschnaufen, und blickten das letzte kurze Stück des Pfades hoch. Von hier aus waren Mauerreste zu sehen. Im Mondlicht war ihr seltsames Flimmern noch deutlicher und beunruhigend. »Das ist ähnlich wie der Schutzzauber im Paß«, bemerkte Joisan nachdenklich.

Ich blickte zu ihr und sah im bleichen Schein den dicken Zopf, der ihr den Rücken hinunterhing, und den Glanz ihrer Augen. Unter den kurzen Ärmeln des Kettenhemdes ragten die längeren der reichbestickten Kiogabluse heraus. Das mochte sehr wohl das letzte Mal in meinem Leben sein, daß ich meine Gemahlin so ansehen konnte. Als ich das dachte, tat es mir fast körperlich weh.

Ich liebe dich, Joisan, dachte ich, ohne die Verbindung zu ihr herzustellen. Selbst in diesem Augenblick gestatteten die Überreste meine Zurückhaltung das nicht. Ich befürchtete, wenn ich meinen Gefühlen auch nur so ein bißchen nachgäbe, wäre ich nicht mehr imstande, dieses letzte Stück zu reiten. Dabei wollte ich es ihr so gern sagen!

»Wir werden möglicherweise gezwungen sein, blind zu reiten«, fuhr Joisan fort, ohne natürlich meine Gedanken zu ahnen. »Wenn die Pferde so reagieren wie gestern, werden sie unbeeinflußt bleiben.«

»Weißt du – hat deine Vision dir gezeigt, was jetzt auf dem Gipfelplateau liegt?« fragte ich sie.

»Nein.«

»Guret!« rief ich. Der Kioga lenkte seinen schwitzenden Hengst neben Nekia. Vengi war das kräftigste der drei Pferde; trotzdem war es gut, daß weder der Junge noch Jervon übermäßig schwer waren. Der Talsmann hatte die steilsten Stücke zu Fuß zurückgelegt und sich an Vengis Schweif festgehalten. »Wenn wir unser Ziel erreichen, wirst du bei den Pferden bleiben. Der Anblick dieses – *Grauens* würde sie vermutlich mit Panik erfüllen. Ich möchte, daß du auf sie aufpaßt.«

Ich bemühte mich um einen Ton, der keinen Widerspruch zuließ, und zu meiner Erleichterung nickte Guret. »Jawohl, mein Lord.«

»Dann wollen wir!« Ich lenkte Nekia zum letzten Stück des Pfades.

Hintereinander ritten wir hoch, und bei jedem Schritt wurde das Flimmern um die Ruine stärker. Ich war nun jedoch sicher, daß wir uns den Trümmern einer einst gewaltigen Burg näherten. Zerfallene Mauern strebten zahnlückig dem Himmel entgegen. Irgendwie warf der Mond seinen Schein nicht auf sie – oder war es so, daß sie alles Licht aufsogen und deshalb wie pechschwarze Schatten in der Nacht aussahen?

Und sie *veränderten* sich! Wann immer ich entschlossen auf etwas starrte, das wirklich als Mauer oder Pfeiler oder Brüstung erkennbar war, begann es sich zu kräuseln und vor meinen Augen zu zerschmelzen; dabei verwandelte es sich manchmal in etwas anderes oder verschwand völlig. Mein Magen kribbelte, als wir uns einem hohen Trümmerhindernis auf dem Pfad näherten und Nekia völlig ruhig darauf zu und mitten *durch* die scheinbar festen Steine schritt. Je höher wir kamen, desto stärker wurden die Verzerrungen, und die Bilder verschwammen vor meinen Augen, daß ich manchmal alles doppelt oder gar dreifach sah. So schloß ich schließlich die Lider und überließ Nekia die Führung.

Als ich die Augen wieder öffnete, fiel mein Blick auf einen Pfad, der nicht verschwamm, weshalb ich schloß, daß er echt war. Ich ließ die Augen über ihn wandern. Er verlief durch dieses Labyrinth aus Säulen und Trümmern – sowohl echten wie vorgetäuschten – und in Serpentinen ostwärts. Er mußte aus der Einöde kommen, dachte ich, und vielleicht noch von weiter dahinter, von Hochhallack, wo ich geboren war. War dies ein Pfad der Alten? War Car Re Dogan eine Art Wachtburg an der Grenze zwischen dem alten Land Arvon und dem neueren der Menschen gewesen?

Niemand konnte mir diese Fragen beantworten, während ich weiterritt und immer noch Nekia die Führung überließ. Die Augen öffnete ich nur einen Spalt. »Ist alles in Ordnung?« rief ich über die Schulter.

Ein bestätigendes Murmeln antwortete mir. Wir verließen das Gipfelplateau abwärts und stellten fest, daß die Felswände zu beiden Seiten des Weges immer höher wurden, bis es schließlich fast so aussah, als ritten wir durch einen schmalen Tunnel – außer dort, wo der Mondschein durch das offene Dach drang. Irgendwie wußte ich, daß wir uns unserem Ziel näherten.

Vor mir beschrieb der Weg eine Biegung und führte zu einem freien Platz mit einigen Ruinentrümmern nahe dem Ausgang des Halbtunnels. Auch sie flimmerten, verschwammen und lösten sich auf, um in anderen, fast erkennbaren Formen wiederzuerscheinen. Voraus war etwas wie ein großer, mauerumgebener ovaler Hof. Der Weg führte zu einem Torbogen und verschwand in ihm. Farbloser Dunst kräuselte sich über den Boden, obgleich die Nacht völlig klar gewesen war.

Ich hielt Nekia mit einem Kniedruck an und drehte mich zu den andern um. »Unser Kampfplatz liegt vor uns. Guret, die Pferde bleiben hier.«

Etwas steifbeinig saß ich ab und spürte kurz den Boden unter meinen Hufen wanken. Joisan schwang sich von Arrens Rücken, und ich beeilte mich, sie zu stützen. Im Schein des Mondes und im schwachen Phosphoreszieren des Nebels wirkte ihr Gesicht geisterhaft, mit eingefallenen Wangen und Augen wie Funken. »Es nähert sich, Kerovan. Ich kann Sylvya fühlen!«

»Dann dürfen wir keine Zeit verlieren. Ist dieser Hof oder was immer sein Unterschlupf? Was meinst du?«

»Nein«, antwortete sie. Sie hatte die Brauen zusammengezogen, als versuchte sie sich an etwas zu erinnern, das sich ihr entziehen wollte. »Sylvya kannte diesen Ort. Er gehörte nicht zur Finsternis . . . Er ist älter, als irgend jemand weiß . . .«

Wir ließen Guret am Ausgang des Tunnelwegs mit den Pferden zurück und schritten zu dritt vorsichtig zu dem Torbogen, um hindurch zu spähen. Der Weg verlief geradenwegs durch die Mitte des ummauerten Ovals, aber zu beiden Seiten befanden sich in regelmäßigen Abständen Nischen in der Mauer. Jede Nische war bis Dreiviertel ihrer Höhe geschlossen, als hätten sie einst Aufrechtstehenden Platz geboten, damit diese sehen konnten, wer vorüberkam. An der Vorderseite dieser Nischen war eine Rune eingeprägt. Die am hinteren Ende der Reihe waren kaum noch zu erkennen, so alt waren sie.

Ich blickte hinein, da wurde mir mit plötzlichem

Schock bewußt, daß diese ausgehauenen Höhlungen, so leer sie wirkten – und es gab ihrer grob geschätzt mehr als drei Dutzend –, besetzt waren. Ich keuchte, schwankte und spürte die Aufmerksamkeit jener in den Nischen auf mir!

»Kerovan!« wisperte Joisan. Ihre Nägel bohrten sich in meine Haut über dem Armband. »Sie sind noch am leben, da drinnen! Sie wollen wissen, wer ich bin und weshalb ich hierhergekommen bin!«

Ich benetzte die Lippen. »Nein, sie leben nicht wirklich.« Ich wählte meine Worte nach der lückenhaften Erinnerung, die sich nie meinem Willen beugte. »Sie sind die Hüter, zu einer Art Leben verzaubert, das hauptsächlich aus Erinnerungen und Kenntnissen ihresgleichen besteht – und diese waren keine Menschen, wie wir sie kennen. Es ist ihre Pflicht, alle Ankömmlinge anzurufen. Aber ich glaube nicht, daß wir von ihnen etwas zu befürchten haben.«

Wir ließen voll tiefer Ehrfurcht den Blick über die Nischenreihen schweifen, so daß wir fast nicht an den schlimmen Grund unseres Kommens dachten. Ich war mir immer noch der abschätzenden Musterung bewußt und fragte mich, ob diese Hüter nur beobachten konnten oder ob sie noch die Macht hatten, zu bestimmen, wer diesen Weg nehmen durfte. Wenn die Wilde Jagd jede Nacht hierherkam, waren sie vermutlich wirklich nur imstande zu beobachten. Denn so fremdartig sie waren, ging nicht ein Hauch der Finsternis von ihnen aus.

Jetzt erst fiel mir auf, daß an diesem Ende der Reihe, nahe dem Torbogen, wo wir standen, eine Nische nicht geschlossen und so auch nicht mit einer Rune gezeichnet war. Gab es den dafür bestimmten Hüter nicht mehr?

»Dürfen wir es wagen, uns hineinzubegeben?« flüsterte Jervon. »Wir sollten uns nach dem vorteilhaftesten Kampfplatz umsehen . . .«

Er unterbrach sich, als ich Schweigen heischend einen Finger an die Lippen hielt. Da hörte offenbar auch er es, denn er erstarrte. Ich zog das Schwert und wirbelte herum, als ein leises Pochen in der Luft dröhnte. »Joisan, ist es . . .«

»Nein!« antwortete sie. »Erkennst du es denn nicht. Es ist eine Trommel!«

Das Pochen schwoll an und verklang, um erneut anzuschwellen, und ergab so eine gespenstische Musik. »Nidu! Sie ist hier!« Ich schaute zu den anderen. »Wir müssen sie finden – sie weist den Weg, um die Wilde Jagd aus der Nichtzeit zu befreien!«

»Ja«, bestätigte Joisan.

Ich blickte auf die Ruinen hinter uns. Der Nebel verdichtete sich und schimmerte im Mondschein, als er sich kräuselte und über den Felsboden quoll wie Blut aus einer tödlichen Wunde. Mein Pulsschlag paßte sich diesem schrecklichen Pochen an, und mir wurde zu meinem Entsetzen bewußt, daß der Nebel sich nach der Trommel der Schamanin richtete. »Der Dunst! Sie ist irgendwo dort im Nebel! Wir müssen sie finden!«

Mit dem blanken Schwert stürmte ich zu den Ruinentrümmern, doch ihr ständiger Formwandel wurde für mich durch den unnatürlichen Nebel noch unerträglicher. Mehrmals bildete ich mir ein, eine kauernde, schwarzgewandete Frau zu sehen, und wenn ich darauf zueilte, waren es lediglich Trümmerstücke. Einmal hätte ich fast mein Schwert daran zerschmettert.

Schließlich sah ich ein, daß meine Augen mir bei einer solchen Suche nicht helfen konnten. So schloß ich sie und tappte mit ausgestreckter Hand herum, weil ich überzeugt war, daß mein Armband mich auf die Nähe der Schamanin aufmerksam machen würde. Und immer noch dröhnte das Trommeln, drohte mich abzulenken und in seinen Bann zu schlagen.

»Kerovan!« Kaum daß ich Joisans Ruf hörte, denn der Nebel schien gewisse Laute zu verschlucken, während er andere verstärkte. Wäre nicht das Glühen ihres Katzenkopfrings gewesen – das mir nun, da ich die Augen wieder geöffnet hatte, leuchtete –, hätte ich sie vermutlich nicht gefunden. Sie kauerte am Torbogen des Hüterorts, mit Jervon neben sich.

»Habt ihr sie gefunden?« fragte ich.

»Wir haben keine Zeit mehr, sie zu suchen, Kerovan.« Während sie sprach, hörte ich bereits das schrille Summen und spürte den Boden vibrieren. Die Wilde Jagd kam den Berg hoch.

Sie in einer Vision zu sehen war etwas anderes – wie ich schnell feststellte –, als ihr unmittelbar entgegenzutreten. Sie wirbelte die Straße hoch in den ovalen Hof der Hüter, als fahlgelb getönte Wolke mit scharlachroten Streifen. Ihr schneidendes Summen genügte, einen in den Wahnsinn zu treiben. Es war mir unmöglich, sie mehr als ein paar Herzschläge zu beobachten, dann mußte ich den Blick abwenden.

Und dieser Gestank! Er schlug mir entgegen, hüllte mich ein, daß ich würgte und mir hastig mit einer Hand Nase und Mund bedeckte und die Nasenflügel so fest zwickte, damit der Schmerz mir helfen würde, bei Besinnung zu bleiben. Jervon übergab sich neben mir.

Am schlimmsten war die zerrende *Fremdartigkeit*. Man spürte eine Kraft, die völlig unnatürlich war und das entsetzliche Gegenteil der Dinge-wie-sie-sein-mußten. Ich glaubte, ich müsse die Flucht ergreifen vor einem solchen Grauen. Ich stand auf, klammerte mich an einen Felsblock und wandte den Blick in die Richtung der Pferde . . .

Da sah ich Nidu. Die Schamanin kauerte an der gegenüberliegenden Seite des Ovals, nahe einer der Nischen, und trotz ihrer geduckten Haltung trommelte sie weiter im wilden, gebieterischen Rhythmus. Dann änderte sie das Tempo zu einem schnellen, abgehackten Klopfen. Die gräßliche Wolke innerhalb des Ovals reagierte darauf, indem sie auf der Stelle in die entgegengesetzte Richtung wirbelte. Und bei jeder Umdrehung wuchs sie.

Ich hatte mein Schwert wieder in der Hand, obgleich ich mich nicht daran erinnerte, es gezogen zu haben. Ich konzentrierte mich auf meinen Grimm, um so die Furcht zu übertönen, die mich immer noch zu Nekia flüchten lassen wollte. *Ich werde nicht davonlaufen,* sagte ich mir. *Ich habe geschworen, daß ich nicht mehr fortlaufen werde, und ich werde mich keines Meineids schuldig machen!*

Ich blickte auf Nidu und erinnerte mich, was sie von Guret wollte, wie sie mich verhöhnt hatte, und an ihre Grausamkeit gegenüber Elys. Aber was mir wirklich die Kraft zum ersten Schritt gab, war die Erinnerung an ihre spöttische Stimme, als sie Joisan »milchblütig« genannt hatte.

Ich hatte bereits drei Schritte auf sie zugemacht und so auf die wirbelnde Wolke, als sowohl Jervon und Joisan vor mich sprangen. »Nein!« brüllte Jervon über das Trommeln hinweg – das nun kein Stakkato mehr war, sondern ein dröhnendes Donnern gleich dem eines gewaltigen Gewitters. »Das dürft Ihr nicht!«

Ich hob mein Schwert und bedeutete ihm, mir aus dem Weg zu gehen. »Auch mir macht es keine Freude, kaltblütig zu töten, Jervon, aber es muß getan werden, ehe sie dieses Grauen befreit!«

Joisan schüttelte den Kopf. »*Nein,* Kerovan, wir müssen zulassen, daß sie es zu Ende führt!«

»Warum?« Ich starrte die beiden an und fragte mich, ob der Anblick dieses Schreckens ihnen die Sinne geraubt hatte.

»Weil wir sonst Elys nie mehr wiedersehen werden!« brüllte Jervon. Das Trommeln vibrierte nun durch unseren Körper und rüttelte den Boden unter unseren Füßen. *Rumm–dumm–dah–dumm* . . . Es schien die ganze Welt zu füllen.

Mir wurde klar, daß er recht hatte. Ich senkte das Schwert und kauerte mich mit ihnen hinter den Torbogen. Trotz meines Entschlusses war es mir eine Qual, dem Wirbeln dieses Grauens zusehen zu müssen und zu wissen, daß es noch tödlicher sein würde – welche Form es auch annahm –, wenn es erst befreit war.

Mit einer letzten Umdrehung barst es nach außen, bis es fast das ganze Oval füllte. Und dann löste sich in völliger Stille der fahlgelbe Dunst auf, und die Wilde Jagd stand an seiner Stelle.

Es befanden sich etwa zwanzig Wesen in der Mitte des Hüterovals. Viele davon waren schön anzusehen, doch alle – das wußte ich instinktiv – waren tödlich. Während sie sich verwirrt durcheinanderbewegten, beobachtete ich sie aus unserem Versteck und suchte nach Elys.

Vier Berittene waren fast so menschenähnlich wie ich, obgleich ihre Haut golden unter ihren Helmen schimmerte. Ihre Rüstung glänzte blau im Mondlicht und schien schwach zu phosphoreszieren. Sie waren die Jäger, bewaffnet mit langen Peitschen, die Funken sprühten. Ihre weißen Hunde hatten Ähnlichkeit mit jenen, nach denen die Krieger von Alizon sich nannten. Doch waren diese hier viel größer. Sie bewegten sich mit reptilhafter Geschmeidigkeit. Die geifernden Mäuler offenbarten rote Fänge, und ihre Augen schienen alles Licht einzusaugen und tiefste Dunkelheit zurückzugeben.

Einige verschwommene Gestalten schienen Menschen zu sein, sowohl Männer wie Frauen. Aus ihren Augen sprachen Schmerz und schreckliche Entschlossenheit. Einer von ihnen, ein Jüngling – an der Stickerei seines Hemdes zweifellos als Kioga zu erkennen –, war einer der nächsten. Als ich ihn betrachtete, dachte ich an Obreds Worte über den jungen Jerwin: ». . . Der Gedanke quält mich, daß er einen Tod fand, der noch nicht zu Ende ist – einen unsauberen Tod – einen nie endenden Tot.« Also hatte der Kiogaführer recht gehabt. Alle die von dem Wesen-das-über-die-Bergkämme-läuft im Lauf der Jahrhunderte getötet worden waren, waren zu einem Teil von ihm geworden. Ich riß meinen Blick von diesen bedauernswerten Kreaturen los – da sah ich ihren Führer.

Maleron saß auf einem großen Schimmelhengst, wie die Jäger sie ritten. Das Tier (denn es ähnelte einem Pferd etwas auf dieselbe Weise wie die »Jagdhunde« richtigen Hunden) streckte einen schuppengepanzerten geschmeidigen Hals aus und scharrte mit einem krallenbewehrten Vorderfuß auf dem Boden. Sein Herr blickte sich fast gleichmütig um, doch selbst aus dieser nicht unbeachtlichen Entfernung *spürte* ich die Macht, die von ihm ausging. Ein scharlachroter Umhang flatterte von seinen Schultern. Er hatte ein gutgeschnittenes, angenehm anzublickendes Gesicht – ein typischer Mann der Alten. Wir hätten Brüder sein können.

Mit einem letzten Trommelwirbel trat die Schamanin aus ihrem Versteck. »Adept, ich bin es, die Euch aus Eurem langen Bann befreit hat!«

Jervon rückte dicht neben mich, und ich spürte seinen Atem heiß auf meiner Wange, als er flüsterte: »Kerovan, habt Ihr Elys schon gesehen?«

»Nein«, entgegnete ich.

»Ich sehe Sylvya auch nicht«, warf Joisan besorgt ein. »Aber ich fühle, daß sie unter dieser Schar ist. Elys muß ihre Kräfte benutzen, sie beide zu verbergen.«

Einen langen Moment saß Maleron unbewegt, dann wandte er den unbehelmten Kopf Nidu zu und betrachtete sie, als wäre sie die niedrigste seiner Dienerinnen.

Schließlich neigte er knapp den Kopf. »Meinen Dank, Schamanin.«

»Ihr könnt mir Eure Dankbarkeit am besten beweisen . . .« Die Schwarzvermummte drückte die Fingerspitzen auf ihre Trommel, als schöpfte sie auf diese Weise Kraft aus ihr. ». . . indem Ihr meine Feinde vernichtet. Sie sind auch Eure Feinde, Adept.«

Maleron hob ungläubig die Brauen. »Es fällt mir schwer zu glauben, daß ich mir in dieser kurzen Zeit an diesem Ort schon Feinde geschafft habe.«

Die Stimme der Schamanin zitterte vor Erregung. »Sie sind Feiglinge und verstecken sich hinter dem Licht. Sie haben sich hier versammelt, um Euch hier und jetzt zu vernichten, ehe Ihr Eure neugewonnene Freiheit auch nur kosten könnt. Tötet sie!« Sie deutete mit einem dürren Arm in unsere Richtung, als könne sie uns hinter dem Torbogen sehen.

Maleron schüttelte stirnrunzelnd den Kopf. »Ihr schätzt mich falsch ein, Schamanin. *Ihr* mögt ja auf dem Linken Pfad wandeln, doch nicht ich. Ich bin lediglich ein Sucher nach Erkenntnis, Wissen und Macht.«

Nidu fing wild zu lachen an. »Wenn Ihr das wirklich glaubt, seid Ihr ein größerer Narr denn Zauberer. Unter Eurem Gefolge sind jene, die allein durch die flüchtigste Berührung mit Euch und Eurer Wilden Jagd getötet wurden – und es ist ein grauenvoller Tod. Haltet Ihr das für ein Zeichen des Lichts?«

Die Züge des Adepten spannten sich, als er eine Hand auf sie richtete. Doch ehe er sie weiter bewegen oder etwas sagen konnte, kräuselte sich etwas vor meinen Augen und ein schriller Schrei zerriß die Luft.

»Elys!« Jervon sprang vorwärts. Ich hatte nur einen Augenblick zwei Frauen, eine davon Elys, aneinandergekauert gesehen, und vor ihnen, ihnen zugewandt, zwei Schatten von solch tiefem Schwarz, daß sie Löcher in der

Nacht zu sein schienen. Rötliche Funken sprühten und erstarben in diese Kreaturen der Finsternis, und allein ihr Anblick drehte mir den Magen um.

Der Talsmann rannte auf die beiden Frauen zu, die bis zu dem Augenblick, da die Schatten sie aufgespürt hatten, unbemerkt auf uns zugekrochen waren. Ich hörte Malerons durchdringendes Brüllen: »*Sylvya!*« Haß zitterte in spürbaren Wellen in der Luft. Auf sein Zeichen hin, lenkten die Jäger ihre Pferde auf den Talsmann zu.

Das blanke Schwert in der Hand folgte ich Jervon, und Joisan mir. Ich erreichte Sylvya und Elys – letztere hielt eine Klinge in der Hand. Beide standen ein paar Schritte hinter Jervon.

Wir hatten gerade noch Zeit, uns zu einem Kreis mit blanken Schwertern zusammenzustellen, ehe die vier Reiter uns erreichten.

Ihre einzigen Waffen waren diese Reitpeitschen; die jedoch sprühten Funken und Flammen, wenn sie geschwungen wurden. Ich bekam eine schmerzende Brandspur am Schenkel ab, ehe ich zu parieren vermochte. Doch dann kreuzte meine Klinge die Waffe meines Gegners und glitt an ihr entlang, bis wir Handgelenk an Handgelenk waren. Ich sah, wie er die Zähne zusammenbiß, als schmerze ihn die Berührung des Eisens. Ich erinnerte mich an die Brunnenkreatur und hob mein Armband. Das weiße Pferd brüllte und bäumte sich auf, als die Runen meines Talismans aufleuchteten. Der Reiter zwang es zu mir zurück, und das alles geschah in so tödlichem Schweigen, daß ich mich fragte, ob er und seinesgleichen stumm waren.

Wieder schnellte die Peitsche feuerspuckend auf mich zu. Diesmal konnte ich mich unter ihr hinwegducken und so seine Deckung durchbrechen. Ich ging ein großes Risiko ein, aber wenn es mir gelang . . .

Ah! Meine Schwertspitze drang vor und ritzte ihm die Brust auf.

Ein schriller Schrei entrang sich ihm, als violette Flammen nach außen züngelten – und das bei einer so unbedeutenden Berührung! Ich trat rückwärts und schloß den Kreis wieder. Er schwankte jetzt, dann stürzte er, von Lichtlinien umgeben, und blieb zuckend auf dem Boden liegen. Vor meinen Augen schrumpfte sein Fleisch – wenn es überhaupt Fleisch war –, als würde er von innen verzehrt. Ich wandte mich in dem Augenblick von ihm ab, als Joisan den Katzenkopfring auf das Pferd zu meiner Linken richtete.

Einen Herzschlag später hatte ihr Schwert die Kehle des Reiters gefunden. Ich spornte sie wortlos weiter an, indem ich sie mit dem Kriegersalut ehrte. Beide wandten wir uns dem nächsten goldhäutigen Gegner zu und stellten fest, daß Jervons Klinge aus seiner Mitte ragte. Der Talsmann machte einen Schritt zurück und befreite sein Schwert. Der letzte Jäger wich zurück, und als wir uns zu viert mit den Schwertern ihm zuwandten, ergriff er die Flucht.

Noch ehe sein Pferd den Torbogen erreichte, brüllte der Adept etwas, und mit einem gellenden Schrei stürzte die Kreatur flammend aus dem Sattel. Ich starrte auf dieses sich windende, verbrennende Geschöpf auf dem Boden, und Grauen schnürte mir die Kehle zu. Dies war wahrhaftig *Macht*. Wenn Maleron mit einem Wort zu töten vermochte, wie konnten wir da hoffen, ihm auch nur standzuhalten?

Ich machte einen halben Schritt zurück, um den Kreis erneut zu schließen und sah Jervon das gleiche tun. Meine Schulter streifte Joisans an meiner rechten und Elys' an meiner linken Seite. Und neben der Zauberin stand das Mädchen, das meine Gemahlin Sylvya genannt hatte – Malerons Halbschwester. Ein schneller Blick hatte mir gezeigt, daß sie nicht völlig menschlich war – schimmernd weißer Flaum krönte ihren Kopf und verlief über ihre Arme, die ihre kurze Tunika frei ließ. Im schwachen Licht des Mondscheins sah ich nur vage ein Gesicht mit spitzem Kinn und übergroßen Augen – schön auf seine Weise. Ganz gewiß alles andere als eine gierige, gräßliche Harpyie, wie Nidu den Kioga die Beute der Wilden Jagd beschrieben hatte.

Ich wandte den Blick wieder dem Adepten zu, als Nidu kreischte: »Seht, Mächtiger! Sie sind Eure Feinde und wollen Euch töten! Hetzt Eure Hunde auf sie!«

Maleron blickte zu uns herüber. Seine Augen glühten in dem Dunst katzengrün. »Ich kenne euch vier nicht, aber wenn ihr euch mit *ihr* – dieser Verräterin – verbündet, dann seid ihr wahrhaftig meine Feinde. Entfernt euch von ihr, dann seid ihr frei zu gehen, wohin ihr wollt.«

Ich bemühte mich um eine feste Stimme, obgleich meine Furcht das erschwerte. »Wir sollen uns entfernen, damit Ihr nach Belieben verwüsten und verheeren könnt?« Ich schüttelte den Kopf. »Nein, Maleron.«

Er zuckte zusammen, als er mich seinen Namen laut nennen hörte, und es befriedigte mich flüchtig, daß ich ihn mit so wenig hatte bedrohen können. Namen können beim Zauberwirken von großer Macht sein – wenn ich nur wüßte, wie sich eine so wirkungsvolle Waffe anwenden ließ! Aber mein Gedächtnis half mir nicht.

»Hetzt die Hunde auf sie!« schrillte Nidu aufs neue. »Ich werde ihnen den richtigen Weg weisen, Maleron!«

Er nickte grimmig. »So sei es!« Er lenkte seinen Hengst fort von den Kreaturen, die sich um dessen Beine drängten. Ihre Köpfe mit den schmalen Schnauzen waren auf ihn gerichtet, dann schwangen sie sie hin und her, als wären sie nicht imstande, mit diesen schwarzen Löchern von Augen zu sehen. Die Schamanin begann wieder zu trommeln, und Wärme durchzog mich, als mein Körper auf dieses Pochen reagierte. Ein Licht, das gleichzeitig Hitze war, pulsierte mit jedem meiner Herzschläge. Ich hörte Joisan aufschreien, und als ich den Kopf zu ihr wandte, sah ich, daß auch von ihr Licht und Hitze ausging.

»Sie richten sich bei ihrer Jagd nach Blutwärme«, erklärte Elys hastig. »Wir müssen diesem Trommeln ein Ende machen! Leiht mir euren Willen, Schwestern!«

Ich wollte einen Schritt vorwärts tun und das Schwert heben, aber ich konnte es nicht, und Schweiß brach mir aus, als stünde ich in voller Rüstung in der glühenden Sommersonne.

Bum – bum – bum – BUM – BUM . . .

Scharlachrote Schleier schoben sich vor meine Augen, als ich mich mühte, den Blick auf die Hunde gerichtet zu halten. Ich konnte den Unterschied zwischen meinem eigenen Herzen und den Trommelschlägen nicht mehr erkennen. Hinter mir hörte ich Elys' beschwörende Stimme, doch sie erschien mir so weit entfernt wie das verwüstete Ulmental. Langsam, mit offenen Kiefern, daß man die schmalen nassen Zungen sehen konnte, kamen die Hunde auf uns zu. Sie waren nur noch ein paar Körperlängen entfernt . . .

Bum – bum – BUM – BUM . . .

Durch die von mir aufsteigende Hitze keuchte ich nach Luft, mühte mich, das Schwert zu heben, die Füße zu bewegen . . .

BUM! **BUM!!! BUM . . .**

Mit solcher Geschwindigkeit, daß es vor den Augen verschwamm, flog etwas Glänzendes auf die Schamanin zu und schlug ihr die Trommel aus den Händen. Ich konnte wieder sehen! Ich konnte mich bewegen! Die Trommel zitterte aufgespießt auf Gurets Speer. Ich sah den Kiogajungen sich am Torbogen von seinem Wurf aufrichten. Ich rief ihm schnell einen Dank zu, dann duckte ich mich zur Abwehrstellung. Zumindest hatte Guret uns die Chance gegeben, im Kampf zu sterben.

Hinter mir klang Elys' Stimme nun laut, und eine rasche Gedankenverbindung mit Joisan verriet mir, daß sie zumindest, wie gebeten, der Zauberin bei dem half, was immer sie auch versuchte. Die Hunde, die etwa noch eine Schwertlänge von mir entfernt waren, zögerten. Ihre schmalen Schädel wandten sich von Seite zu Seite, als wären sie verwirrt. Dann langsam drehten diese Köpfe sich Nidu zu, die am Fuß einer der Nischen kauerte.

Die Schamanin stieß einen Schreckensschrei aus, als die Umrisse ihres Körpers allmählich zu schimmern begannen. Es war, als richte der Mond plötzlich seinen ganzen Schein auf sie – und selbst aus dieser Entfernung spürte ich die Hitze, die von ihr ausging. Elys' Stimme hob sich, wurde gebieterischer . . .

Und nun drehte der Rudelführer sich ganz um. Nidu schrie gellend und versuchte nach ihrer beschädigten Trommel zu greifen. Ihr Körper strahlte nun eine Hitze aus, als wäre er mit vielen Sonnen gefüllt . . .

Die Hunde sprangen – und ihr Ziel war die Schamanin. Die Schwarzvermummte ging unter ihren geschmeidigen Leibern zu Boden – und ihr Gellen erstarb.

Ich konnte es nicht mitansehen. Ich wandte den Blick wieder dem Adepten zu, der sich schulterzuckend ebenfalls von Nidus Leiche abwandte. »Sie hätte sich nicht in Dinge mischen sollen, von denen sie nichts verstand«, sagte er. »Vielleicht ist ihr Geschick eine Lehre für dich, Halbmensch?«

Glut stieg mir ins Gesicht bei dieser so gleichmütigen Beleidigung, aber ich beherrschte mich und blickte ihn fest an. »Ihr seid so gefühlskalt, Maleron, daß nichts Euch mehr rühren kann. Seht Ihr denn nicht ein, daß

Eure Zeit vorbei ist? Wir stehen bereit, Eurem Treiben ein Ende zu machen, ehe Ihr dieses Land der Finsternis ausliefert, wie Ihr es mit diesem einsamen Berg gemacht habt.«

»Ihr wollt mich aufhalten?« Er lachte, und dieser schreckliche Laut genügte, daß die Hunde, die an der Leiche rissen, erstarrten und winselten. »Es gibt niemanden mehr, der mich aufhalten könnte, Halbmensch – Tiermensch . . .« Grazil schwang er sich vom Rücken seines weißen Tieres und blickte mich über das mondbeschienene Oval des alten Hüterhofs an. »Wer mir ebenbürtig hätte sein können, ist nicht mehr – sie sind vergessen – und weniger als Staub.«

Ich zögerte und beobachtete ihn, als er seine Macht sammelte, wie ein Krieger nach seinen Waffen greifen mag. Ein schwaches, düsteres Licht begann um ihn zu flackern, und plötzlich wirkte er größer. Seine Augen leuchteten in einem blassen Silbergrau. Ich holte Atem und hob mein Armband, bereit, mich ihm zu stellen, mit aller Macht, die in mir war . . .

Aller Macht, die in mir war . . .

Sie flutete in mich, füllte mich. Und dieses Mal blieb ich ich selbst, wurde kein anderer. Ich wußte nun, daß das Wissen auf den richtigen Moment gewartet hatte, daß ich diesmal kein unter einem anderen Willen handelndes, unwissendes Instrument alter Weisheit sein sollte – sondern wahrlich ich selbst, mehr ich selbst als je zuvor. Landisl hatte gewartet, bis ich mein Erbe angenommen, mein Zuhause gefunden hatte und bereit war.

»Das stimmt nicht.« Meine Stimme dröhnte, als gäbe ich einer Kompanie den Befehl zum Angriff – sie füllte diesen ganzen verzauberten Ort der Toten. Ich hörte Joisan einen leisen Schrei hervorstoßen, aber ich konnte den Blick jetzt nicht von dem Adepten nehmen. Meine Augen drangen in seine, als ich meinen Willen verstärkte, und nach einer Sekunde fiel es ihm bereits schwerer, meinem Blick standzuhalten. »Es ist Zeit, daß Ihr erkennt, was Ihr angerichtet habt, Maleron. Und in diesem Erkennen liegt Euer Geschick.«

Seine Augen wurden schmal, und die Düsternis um ihn brannte wie windgepeitschtes Feuer. »Wer seid Ihr? Ich kenne Euch nicht, und doch . . .«

»Ihr kennt mich«, verbesserte ich ihn. »Wir waren Nachbarn vor langer, langer Zeit, Markgraf von den Höhen. Eure Schwester war entfernt mit mir verwandt, Ihr jedoch nicht, da Eures Vaters erste Gemahlin der menschlichen Rasse angehörte. Erinnert Ihr Euch an meinen Namen?«

Er wich erschrocken einen Schritt zurück. »Landisl? Aber Ihr seid nicht . . .«

»Ich bin vom Erbe des Greifen, wenn auch nicht seines Blutes. Kar Garudwyn ist mein Zuhause, so wie Car Re Dogan das Eure war. Doch durch Eure Beschäftigung mit Dingen der Finsternis habt Ihr entehrt, was Eure Vorfahren erbauten. Seht Euch mal um!« Mein Ruf klang wie Schwert auf Schild. »Euer Heim ist Staub und Trug – wegen Euch und Eures Bösen zu Trümmern zerfallen. Seht und schaut Euch gut um!«

Langsam drehte er den Kopf, bis er durch den Torbogen hinter ihm die Ruine sehen konnte, über die der flimmernde Zauber spielte, wo einst Mauern gestanden hatten und Gemächer für die Lebenden. »Nein«, wisperte er. »Nein . . .«

»Sylvya hatte recht, Maleron. Ihr habt Euch mit dem eingelassen, woran man nicht einmal denken sollte. Das hatte zur Folge, daß nach Eurem Verschwinden nichts blieb, weder Eure Burg, noch die Hoffnung auf eine Fortsetzung Eures Geschlechts. Ihr könnt hier nichts mehr tun, als das Böse fortzusetzen, das sich durch Euer Tun in all den Jahrhunderten ergeben hat

– nämlich töten und Seelen stehlen. Ist es das, was Ihr wollt?«

Er antwortete nicht, sondern starrte mit entsetzten Augen um sich. Ich sah, wie es ihn schüttelte. Mitleid regte sich in mir, doch ich unterdrückte es streng. Zehn Herzschläge der Reue konnten zehn Jahrhunderte der Zerstörung nicht gutmachen.

Der Adept drehte sich mit stumpfen Augen hoffnungslos wieder mir zu. »Ich verstehe«, murmelte er. »Was muß ich tun? Wie kann ich wiedergutmachen . . .«

»Das könnt Ihr nicht«, erklärte ich unerbittlich und mußte wieder diese Regung von Mitgefühl unterdrükken. Im Augenblick war Landisls Weisheit mein, sie war größer und voller als meine, und der Wahrheit war nicht zu entgehen. »Wenn das Licht in Euch zu guter Letzt an die Oberfläche dringt, kann es nicht auf Dauer sein. Die Finsternis hat Euch zu lange in ihrem Bann gehalten, deshalb müßt Ihr schnell handeln, solange Ihr noch unbeeinflußt von ihr denken könnt.«

»Ich muß wiedergutmachen . . .«

Ich schüttelte den Kopf. »Dazu ist es zu spät, Markgraf. Ich weiß, es ist furchtbar, so etwas zu erfahren, aber es ist so. Das Beste, was Ihr jetzt noch für die Welt tun könnt, ist, dafür zu sorgen, daß Ihr nie wieder die Möglichkeit bekommt, etwas Böses zu tun.«

Ich deutete auf die leere Nische nahe dem Eingang, und violettes Licht von meiner Hand beleuchtete sie. Die alte Macht, die durch mich strömte, begann mich erzittern zu lassen, trotzdem hielt ich die Verbindung mit dem anderen offen und lenkte all meinen Willen auf Maleron.

»Eure Ruhestätte, Adept. Die ganze lange Zeit habt Ihr Euch Ruhe von dieser Wilden Jagd ersehnt. Dort findet Ihr sie!«

Er blickte mich eine lange Weile an, dann ließ er

resignierend die Schultern hängen und nickte. Seine Augen, die nun nicht mehr grünlichsilbern glänzten, sondern bleiern wirkten, blickten an mir vorbei auf Sylvya, die herangekommen war und sich neben mich gestellt hatte. »Verzeih mir, Schwester.« Bittend streckte er ihr die Hand entgegen.

Sie nahm sie. »Ich verzeihe dir, mein Bruder.« Zum erstenmal hörte ich ihre Stimme. Sie war ein hohes, musikalisches Trillern, als spräche sie nicht, sondern sänge.

Maleron drehte sich zu der Nische um, die immer noch in dem violetten Licht schimmerte. Er straffte die Schultern, hob den Kopf und schritt entschlossen auf sie zu, trat hinein und drehte sich um, das Gesicht auf uns gerichtet. Er verschränkte die Hände über die Brust und schloß die Augen. Die Macht zuckte durch meine gespreizten Finger, und fast gegen meinen Willen streckte ich die Hand aus. Da erhob eine Wand aus dem blauen Stein, den Landisl Quaneisen genannt hatte, sich an der Vorderseite der Nische. Sie endete nicht in Dreiviertelhöhe, wie es bei den anderen der Fall war, sondern verschloß die Nische völlig.

Als die Wand die Höhe seines Kinns erreichte, sah ich das Gesicht des Adepten zum letztenmal – ein tiefer Frieden überzog es, kurz ehe das Quaneisen es ganz verbarg.

»Eingemauert«, flüsterte Sylvya neben mir. »Für immer . . .«

»Nein«, entgegnete ich und spürte eine kraftraubende Schwere, als die Macht mich zu verlassen begann. »Er ist tot. Öffneten wir jetzt die Nische, würden wir nur noch Staub in ihr finden.«

Die Schwere wurde zur Erschöpfung, unter der ich taumelte. So schlimm war es nicht einmal gewesen, nachdem ich Nita aus dem Wasser gezogen hatte. Ich bemühte mich, mich mit gespreizten Beinen aufrecht zu halten. Hastig schlang Jervon meinen Arm um seine Schultern, um mich zu stützen. Ich hatte nicht einmal mehr die Kraft, den Kopf hochzuhalten. Und doch wußte ich, daß es das nächste Mal, wenn ich mich wieder der alten Macht bediente, leichter sein würde – obwohl eine solche Willensanstrengung natürlich immer ihren Zoll fordern würde.

»Kerovan!« Joisan war zu mir geeilt, mit Guret an der Seite.

Ich bin unverletzt. Ich drückte mich durch Gedanken aus, denn selbst meine Zunge war zu schwer, sich zu bewegen. *Muß – ausruhen . . .*

»Joisan!« Sylvyas Trillern klang erschrocken. »Die Gefangenen – und diese Kreaturen der Finsternis . . .«

Ich blickte mühsam auf und sah die eingefallenen *drängenden* Augen des Kiogajungen Jerwin auf uns gerichtet. Mit anderen einst menschlichen Männern und Frauen kam er auf uns zu, vorbei an der Stelle, wo die Hunde Nidu gerissen hatten. Ich hielt Ausschau nach den weißen Bestien des Adepten, aber sie waren verschwunden. Als die traurigen Geistgestalten stumm näherkamen, wirkten sie irgendwie viel bedrohlicher. Jervon setzte mich behutsam auf den harten Steinboden des Ovals, ehe er der gespenstische Gruppe mit gezogenem Schwert entgegenschritt. Doch dann wich er vor diesen mitleiderregenden Blicken zurück. »Ich kann ihnen nichts tun«, krächzte er. »Ich bin ein Krieger, kein Schlächter! Was wollen sie?«

»Sie sind untot«, flüsterte Sylvya, und die Furcht machte ihre Stimme noch fremdartiger. »Sie wollen Tod oder Leben – was, ist ihnen egal. In ihrer blinden Suche nach dem, was ihnen geraubt wurde, werden sie unser Leben nehmen.«

Ich plagte mich, um auf die Füße zu kommen, doch

selbst wenn ich von Feuer umzingelt gewesen wäre, hätte ich nicht eine Schwertlänge kriechen können, um dem Verbrennen zu entgehen. Verzweifelt sah ich, wie diese Hohläugigen immer noch näherkamen, und fragte mich, ob ich es fertigbrächte zu töten, was schon lange hätte tot sein sollen . . .

Da bewegte sich zu meiner Rechten ein Schimmer rotgefleckter Schwärze. Auch die Kreaturen der Finsternis kamen herbei.

11. Joisan

Als ich mich neben meinen Gemahl kniete, an diesem Ort, den Sylvyas Erinnerung Ehrung-der-Könige nannte, drehte er den Kopf, um zu mir hochzublicken. Nun, da sein Armband nicht mehr leuchtete, war sein Gesicht nur verschwommen zu erkennen. Auch seine Augen glühten nicht mehr in dem hellen Bernsteinton, mit dem er selbst einen Adepten von Malerons Fähigkeiten bezwungen hatte. Ich wußte, daß der Wille, mit dem er den Markgrafen überzeugt hatte, sich aus Arvon zurückzuziehen, ihn seine Kraft gekostet hatte, wie kein körperlicher Kampf es vermocht hätte. Während ich versuchte, seinen Kopf zu stützen, glitten seine Hände über den harten Boden, und er blieb reglos liegen.

Einen schrecklichen Augenblick befürchtete ich das Schlimmste, aber durch Gedankenverbindung erkannte ich, daß es Bewußtlosigkeit war, nicht die Leere des Todes. Auf Sylvyas Warnung, »Joisan, Vorsicht!« sprang ich auf und beobachtete, mit dem Schwert in der Hand, wie die Untoten und jene zwei Finsterniskreaturen näherkamen. Maleron und Nidu gab es nicht mehr, und mit ihnen war auch die Art von Feind verschwunden, mit der man hätte reden und die man – vielleicht – zur Vernunft hätte bringen können. Der Knauf meines Schwertes entglitt fast meiner schweißnassen Hand, während ich verzweifelt überlegte, wie man dieser neuen Gefahr begegnen könnte. Irgendwie hatte ich das Gefühl, daß Stahl nichts gegen diese Untoten auszurichten vermochte. Und Kerovan war so erschöpft, daß er nicht einmal sich selbst beschützen konnte.

Guret neben mir erschauderte. »Jerwin . . . Cera, dort ist Jerwin! Aber ich habe ihn doch selbst sterben sehen!«

»Er ist tot«, antwortete ich abwesend. Die fast unstoffliche Gestalt einer Frau kam mit flehend erhobenen Händen auf mich zu. Sie hatte das schwarze Haar von Elys' Rasse. Ich fragte mich, vor wie langer Zeit dieses grauenvolle Geschick sie ereilt hatte. »Sie sind alle tot, Guret. Sie wollen alle nur ihren Frieden . . .« Ich unterbrach mich, da meine Worte mich an das Wesen des Todes denken ließen – und wie er Teil des Lebens war, wenn die Natur ihren richtigen Lauf nahm. Die Natur . . .

Ein Gedanke regte sich in mir, wollte mich auf eine mögliche Lösung hinweisen – doch dann schwand er, als die Untote mir eine fast durchsichtige Hand entgegenstreckte. Obgleich ich mich entschloß, stehenzubleiben, zuckte mein Fleisch vor der Berührung mit ihr zurück. Kälte – schneidende, lähmende Kälte ging von dieser Frau aus. Da wußte ich, daß sie – wenn ich ihre Berührung duldete – in mich dringen würde, um in meiner Wärme Frieden zu finden . . .

Der Gedanke war so erschreckend, daß ich mich zusammennehmen mußte, um nicht über Kerovan zu steigen und zu fliehen. Jervon schrie auf und wich vor der Schwärze zurück, die am Boden auf ihn zufloß – eine der Finsterniskreaturen. Ich wußte, daß sie noch gefährlicher als die Untoten waren; denn im Gegensatz zu ihnen, die unser Leben, unsere Wärme ersehnten, gierten sie nach unserer Macht, unserer Seele. Sie würden den mit der größten Macht auswählen . . .

Die beiden Kreaturen der Finsternis flossen an Jervon vorbei, direkt auf mich zu. »Joisan! Schnell, du mußt weg!« Sylvya stellte sich vor mich. In ihrer Sorge wurde ihr Trillern noch höher. »Deine Tochter, Schwester! Sie wollen dein Kind!«

Ich zuckte zusammen. Mein Herz hämmerte, als ich erkannte, daß sie recht hatte. Meine Fersen drückten gegen Kerovans Seite – die Geistfrau streckte erneut die Hand nach mir aus, und ich machte einen weiteren Schritt zurück, so daß ich nun mit einem Fuß rechts, dem anderen links von ihm über Kerovan stand. Wenn ich noch weiter zurückwich, würde ich meinen Gemahl im Stich lassen, um unser Kind zu retten.

Nein! Ich durfte nicht – *würde nicht!* – den einen für den anderen aufgeben!

Instinktiv griff meine Hand nach dem Kristallgreifen an meiner Brust – aber den gab es schon lange nicht mehr. Statt dessen strichen meine tastenden Finger über den Talisman der Bernsteinlady, das Getreidegarbenamulett Gunnoras – *Gunnora!* Ich blickte zum Mond, der auch ihr Zeichen ist. »Gunnora«, sagte ich deutlich. »Bernsteinlady, erhör mich, bitte! Gib diesen bedauernswerten Geschöpfen die Ruhe, die sie ersehnen, ich flehe dich an! Du, der du die Kinder beschützt und jene, die sie tragen – hilf mir!«

Das Amulett begann zu glühen und schickte bernsteinfarbige Lichtwellen aus, die sich um die Geistwesen schlangen. Wie Rauhfrost in der Morgensonne schmolzen sie – und mit einem letzten Glimmen waren sie verschwunden.

Blieben nur die zwei Finsterniskreaturen. Ich trat schnell zu Sylvya, die mir erneut bedeutete zurückzuweichen. »Nein!« sagte ich entschlossen. »Gib mir deine Hand, meine Schwester. Ich werde mich nicht in Sicherheit bringen und meine Kameraden hierlassen, damit sie sich ohne mich diesen Bestien stellen. Damit leben zu müssen, wäre schlimmer, als jetzt hier ein Ende zu finden.«

Ich zwang mich, die beiden Finsterniskreaturen anzublicken, und nicht auf meinen aufbegehrenden Magen zu achten, denn von ihnen ging etwas Entsetzliches aus, das sich nicht beschreiben, nur spüren ließ – etwas, das sagte, daß sie hier unendlich fern ihrer eigenen Zeit und ihres rechtmäßigen Zuhauses waren. Wie winzige Kräusel im Gewebe der Wirklichkeit erschienen sie mir, während sie langsam auf uns zwei zuglitten . . .

Nicht bloß auf zwei, wurde mir plötzlich bewußt, auf uns *drei!* In mir war ein Kind, das über größere Macht verfügte als ein jeder von uns hier. Aber eben eine ungeborene Macht, die nicht denken und nicht handeln konnte. *Kleines,* dachte ich und griff nach Sylvyas Hand, *leih mir auch deine Kraft . . .*

Sylvyas Finger schlossen sich um meine, und da erkannte ich mit dieser ersten Berührung, daß sie mich während all dieser Zeit nur durch das Kind hatte erreichen können. Es war, als bilde sie das Verbindungsglied zwischen mir und meiner Tochter (denn eine Tochter war es, da hatte Sylvya recht – der Geist, der mich jetzt berührte, war zweifellos weiblich).

Ich schloß die Augen und lenkte mein Bewußtsein nach innen, um die Kraft zu suchen, die das Kind besaß, aber nicht formen oder lenken konnte. Da! Es war, als hätte ich einen anderen Willen entdeckt, einen, der meinen Körper bewohnte, doch nicht mir gehörte.

Ich berührte diese andere Kraft, die *Macht,* und leitete sie nach außen . . .

Diese Finsterniskreaturen waren nicht wirklich von dieser Welt, deshalb durften sie hier auch nicht bleiben. Ich benutzte die Macht des Kindes, wie ich ein Werkzeug zum Schneiden verwenden würde. Ich *öffnete . . .*

Ich hörte Elys aufschreien und hob die Augen. Ein Blitz violetten Lichtes zuckte über unsere Köpfe, und dahinter sah ich Sterne – *schwarze Sterne auf einem papierweißen Himmel!*

Die Welt schien sich an mir vorüberzudrehen, als ich dieses unbekannte *Andere* sah, diesen Ort jenseits des Tores, das ich geöffnet hatte. Allen Willen zusammennehmend und ohne Sylvyas Hand loszulassen, deutete ich für die Finsterniskreaturen. »Eure Heimat ist dort! Geht!« Mit der ganzen Macht, die mir zu Gebote stand, *schob* ich sie von mir.

Ein schrecklicher Augenblick des Berührens und Widerstands folgte und endete. Mit dem Krachen eines einstürzenden Berges drehte meine Welt sich von innen nach außen.

12. Kerovan

Die Nacht war warm an meinem Gesicht, als drücke weiche Wolle dagegen, und voll leiser, ruhiger Stimmen. Ich lag auf einem harten Boden, doch mein Kopf ruhte auf etwas Nachgiebigem, das warm war. Ich blieb zufrieden so liegen, denn ich mochte mich nicht erinnern, wollte mich nur ausruhen und wissen, daß ich lebte. So öffnete ich auch die Augen nicht; denn das würde mich in die wirkliche Welt zurückbringen, in den Kampf, die Schmerzen und die Erkenntnis . . .

Müßig lauschte ich den Stimmen.

»Gib mir bitte noch einmal den Wasserbeutel, Jervon. So durstig war ich, glaube ich, noch nie.« Das war Elys. Irgendwie wußte ich, ohne sie zu sehen, daß sie neben ihrem Gefährten saß.

Ich hörte das Gurgeln der Flüssigkeit. Mein Mund war trocken – aber ich widerstand dem Bedürfnis, die Lippen zu benetzen. Aufzuwachen würde Forderungen nach sich ziehen, und davon wollte ich jetzt nichts hören. Es genügte mir zu wissen, daß ich lebte, genau wie meine Gemahlin – denn sie saß neben mir. Das Weiche, auf dem mein Kopf lag, war ihr Schoß.

»Hier, Lady Sylvya.« Schritte näherten sich. »Ich habe ein bißchen Selkasaft, vielleicht möchtet Ihr etwas davon.« Das war Gurets Stimme.

»O danke«, trillerte Sylvya.

Wir hatten also alle überlebt. Ich fragte mich müßig, wie wohl die Finsterniskreaturen und die Untoten bezwungen worden waren. Während des Kampfes war ich hin und wieder flüchtig aus meiner Bewußtlosigkeit erwacht und hatte einiges mit dem Gehör, wenn schon nicht mit den Augen wahrgenommen. Und jetzt entsann ich mich Sylvyas Trillern – ich wußte, wovon ich gesprochen hatte. Hastig unterdrückte ich diese Erinnerung, denn ich hatte mich bestimmt verhört . . .

»Wie geht es ihm, Joisan?« Guret setzte sich neben meiner Gemahlin nieder.

»Er hat geschlafen«, antwortete sie. Ich spürte ihre Berührung sanfter als die Nachtluft auf meinem Haar, als sie es aus meiner Stirn zurückstrich. Der Klang ihrer Stimme verriet mir, daß sie lächelte. »Doch jetzt wacht er auf, auch wenn er sich noch nicht entschließen kann, die Lider zu heben.«

Nachdem sie mich durchschaut hatte, öffnete ich hastig die Augen und bemühte mich, mich aufzusetzen. Doch es erwies sich als schwierig, den Willen in die Tat umzusetzen. Schließlich schaffte ich es doch. Wir befanden uns zwischen den Ruinentrümmern außerhalb des Hüterovals. Die Pferde waren in der Nähe angebunden, und ein kleines Feuer verdrängte die letzten Schatten der Nacht mit tapferen gelben Flammen. Jervon, Elys, Sylvya, Guret und Joisan saßen drumherum. Von unseren Feinden war nichts zu sehen.

»Die Kreaturen der Finsternis – die Untoten . . .«, begann ich krächzend und bekam kein weiteres Wort mehr aus meiner ausgedörrten Kehle. Joisan reichte mir schnell den Wasserbeutel. Ich trank durstig, während sie erklärte, daß sie alle bezwungen und fort waren.

»Wie?« fragte ich, an einem Stück zwiegebackenem Brot kauend, das Guret aus seinem Sattelbeutel zum Vorschein gebracht hatte.

»Durch Lady Joisan.« Aus Elys' Stimme schwang ein Lächeln. »Zunächst überredete sie Gunnora, den Geistwesen den Frieden des wahren Todes zu schenken, dann öffnete sie ein Tor und schickte die Finsterniskreaturen dorthin zurück, von woher sie gekommen waren. Wenn ich daran denke, wie ich vor drei Jahren zu ihr sagte, daß ihr vielleicht ein bißchen der Gabe zuteil werden könnte, wenn sie sich sehr anstrengte und Geduld walten ließe!«

Meine Gemahlin lächelte. »Deshalb verdanke ich dir auch meinen Erfolg, Elys – eben weil du gesagt hast, daß ich es vielleicht lernen könnte, und weil du mir diese ersten Hinweise gabst, wie ich Weisheit in mir selbst finden könne.«

»Mir deucht, du warst eine Musterschülerin«, entgegnete Elys trocken. »Ich bin froh, daß wir Kameraden und nicht Gegner sind!«

»Aber ein Tor zu öffnen . . .« Ich schüttelte den Kopf. »Nur mit Landisls Macht konnte ich das und auch nur an einem Ort, wie sie sich in Jahrhunderten des Wartens gespeichert hatte. Wie hast du es da . . .«

Joisan blickte zur Seite, und mir war, als rötete sich ihr Gesicht von mehr als nur dem Feuerschein. »Ich hatte Sylvyas Hilfe«, murmelte sie.

»Die Kreaturen der Finsternis . . .« Ich runzelte die Stirn und versuchte jetzt, mich zu erinnern. »Und Sylvya sprach. Sie sagte . . .« Ich unterbrach mich, als die Erinnerung voll zurückkehrte. Ich blickte Joisan an und erkannte die Wahrheit. *Warum hast du es mir nicht gesagt?* fragte ich stumm. *Ich ahnte es nicht – ist es wahr? Bekommst du ein Kind?*«

Sie schob das Kinn vor und begegnete fest meinem Blick, doch ihre Lippen zitterten. *Ja, wir werden ein Kind haben,* gab sie zu. *Ich habe versucht, es dir zu sagen, aber es war nie Zeit dazu . . .* Eine lange Weile betrachtete sie mich, als hätte sie mein Gesicht noch nie zuvor gesehen. *Sag mir, Kerovan – bist du . . . O sag es mir bitte, daß du froh bist!*

Ich hörte ein Rascheln und blickte auf. Guret und die anderen packten alles zusammen und machten sich daran, die Pferde zu satteln. Ich stand abrupt auf. »Gehen wir ein paar Schritte.«

Joisan folgte mir in das Oval der Hüter, bis wir das Feuer nicht mehr sehen konnten. Ich konnte noch nicht sehr schnell gehen, aber ich spürte, daß meine Kräfte zurückkehrten. Als wir durch den Torbogen traten, blickte ich hinüber zu der bis vor kurzem leeren Nische. Es fiel mir schwer zu glauben, daß dies immer noch die gleiche Nacht war, in der der Kampf stattgefunden hatte. Überlegend machte ich ein paar weitere Schritte.

»Kerovan!« Joisan faßte mich am Arm und schwang mich zu sich herum. Flehend blickte sie mich an. »Bitte, sag mir, was du denkst!«

Als Antwort griff ich nach ihrer Hand. Ich spürte die Schwielen von harter Arbeit, aber auch die feinen Knochen unter der Haut. »Ich denke, daß ich dich sehr, sehr liebe, meine Gemahlin«, sagte ich leise. »Und daß ich es nicht erwarten kann, unsere Tochter in den Armen zu halten. Ich kann es noch immer kaum glauben, daß Gunnora uns nach so langer Zeit doch noch gnädig war.«

Ich zog Joisan an mich, hielt sie ganz fest. Ich spürte eine stille Freude zwischen uns aufsteigen, die überquoll und sich über uns ergoß, bis ich sicher war, daß selbst die alten Könige sie fühlen konnten.

Als ich sie schließlich losließ, strich sie sanft über meine Wange. »Es war das Kind, weißt du, das die Macht hatte, das Tor zu öffnen. Wir werden viel zu tun haben, Kerovan. Schon ein normales Kind aufzuziehen ist anstrengend, doch dieses . . .« Lächelnd zuckte sie die Schulter. »Aber keiner von uns war je ein Freund von Müßiggang und Langeweile.«

Ich nickte bestätigend. »Trotzdem hätte ich nichts

gegen ein bißchen weniger Aufregung und gegen Seßhaftigkeit. Wann wird es – sie . . .«

»Etwa zum Mittwinterfest«, antwortete Joisan. »Wir werden für viel Brennholz sorgen müssen.«

»Und Guret und ich werden die Bogenöffnungen schließen.« Da erinnerte ich mich an etwas. »Er weiß es, nicht wahr? Er hat es geahnt?«

Joisan nickte.

Ich schüttelte den Kopf. »Ich müßte mir ja eigentlich wie ein Dummkopf vorkommen«, murmelte ich. »Aber ich hatte befürchtet, so anders zu sein, daß ich gar nicht zu hoffen wagte . . .«

»Ich weiß«, sagte Joisan. »Du wirst also den Jungen bitten, bei uns zu bleiben?«

»Auch die Kioga brauchen eine Heimat«, sagte ich. »Jetzt können sie wieder ohne Furcht in ihren Bergen herumstreifen. Und im Tal sind saftige Weiden . . .«

Sie nickte nachdenklich. »Vielleicht – hatte dies doch alles seinen Sinn«, flüsterte sie. »Erinnerst du dich, was Obred sagte? ›Wenn die Zwillinge auf die Erde kommen, werden die Kioga ein Ende ihres Wanderlebens finden – und ein wahres Zuhause.‹«

»Ja, ich erinnere mich«, antwortete ich. »In ein paar Tagen, wenn wir uns erholt haben, reiten wir drei gen Süden und sagen ihnen, daß sie ohne Gefahr in die Berge zurückkehren können.«

»Was ist mit Sylvya?« fragte Joisan. »Das Tal bedeutet auch ihr sehr viel.«

»Als Landisls einzige Blutsverwandte«, sagte ich, »hat sie vermutlich mehr Recht auf Kar Garudwyn als ich.«

»Dem ist nicht so«, trillerte Sylvya. Wir drehten uns um und sahen sie durch den Torbogen treten. »Das Erbe des Greifen ist Euer, Kerovan, denn er ist es, der seinen Herrn oder seine Herrin erwählt. Ich bitte Euch nur, mir zu gestatten, mit Euch und Eurer Gemahlin arbeiten zu dürfen, die Burg wiederherzustellen – und ich möchte für mein Tal sorgen.«

»Wir werden alle zusammenarbeiten«, versicherte ich ihr. »Joisan und ich, Ihr, Elys und Jervon, wenn sie es möchten. Es ist genügend Platz – Arvon ist groß.«

13. Joisan

Gemeinsam verließen wir die Ehrung-der-Könige. Sylvya saß hinter mir auf Arren. Elys mit Kerovan auf Nekia, und Guret mit Jervon auf Vengi. Während wir nordwärts die Bergstraße hinunterritten, blickte ich gen Osten – von wo wir vor so langer Zeit gekommen waren – zum neuen Morgenrot. So viele Morgenröten hatte ich erlebt, seit unsere Reise begann, so viele, und doch erschien mir in diesem Augenblick, da die Welt sich frisch und neu gab, als wäre heute die erste von ihnen.

Verlangend schaute ich auf den Bach, der eine Zeitlang die Straße begleitete. Als erstes würde ich nach unserer Rückkehr nach Kar Garudwyn ein einsames Fleckchen am Talfluß suchen, um zu baden – oder vielleicht konnten wir etwas finden, das uns als Badebecken in einem der noch unerforschten Räume der Burg dienen mochte . . .

Ich hörte einen traurigen Seufzer hinter mir und drehte mich um. Sylvyas große Augen hingen an dem schmalen Wasserlauf. »Was hast du, Schwester?« fragte ich besorgt.

»Der Bach . . .« Kummer überwältigte sie einen Moment. »Erst gestern, scheint mir, forderte ich meinen Bruder auf, über das fließende Wasser zu treten, und er konnte es nicht.«

Ich streckte die Hand hinter mich und nahm ihre Finger in meine. »Er hat jetzt seinen Frieden gefunden«, versicherte ich ihr. »Versuche, daran zu denken, und auch, daß du das Tal gerettet hast.«

Sie nickte. Ich wandte mich wieder nach vorn, um Arren zu leiten. Nun spülte das erste Rot und Orange über die Gipfel und tönte ihr Granitgebein in herrliche Farbe. Es würde ein schöner Tag werden . . .

Plötzlich setzte ich mich auf, denn ich spürte etwas sich in mir bewegen. Es war das seltsamste Gefühl! So oft hatte ich es beschreiben gehört, doch es mir nie wirklich vorstellen können – bis ich es jetzt selbst spürte: ein sanftes Beben, als sich etwas in mir wand und streckte und *lebte*.

Unser Kind! Ich schaute nach vorn zu meinem Gemahl und sah, wie er sich mit Elys unterhielt, während er Nekia geschickt über die alte Straße lenkte. Einen Augenblick überlegte ich, ob ich ihm dieses freudige Geschehen durch Gedanken übermitteln sollte, doch dann beschloß ich zu warten, bis wir allein waren. Wir würden bald Zeit dafür haben. Zeit zum Erzählen, Zeit für viele, viele Morgenröten . . .

Die Straße voraus erwärmte und erhellte sich, als die Sonne aufstieg.

ENDE

FANTASY

Band 20 086

Robert Asprin

Ein Dämon macht noch keinen Sommer

Deutsche Erstveröffentlichung

Wenn einer Probleme hat, die er mit den üblichen Mitteln nicht lösen kann, dann kommt er zu dem großen Magier Skeeve und seinem dämonischen Mentor. Doch ein Ruf als Meister der Magic kann einen ebenso zum gemachten Mann machen wie zugrunde richten. Insbesondere wenn man eigentlich nur ein Zauberlehrling ist und bei einem Dämon – kurz für: Dimensionsreisender – in die Lehre geht. Und so muß Skeeve erfahren, daß seinem Ruf gerecht zu werden manchmal an Mord grenzen kann. Und daß ein Dämon noch keinen Sommer macht.

»Asprins Talente als Autor – Rasanz, Witz und ein scharfes satirisches Auge.«
ALA Booklist

BASTEI LÜBBE

Sie erhalten diesen Band im Buchhandel, bei Ihrem Zeitschriftenhändler sowie im Bahnhofsbuchhandel.

Band 13 058
Michael Moorcock
Der Herzog von Köln

Die Saga vom Runenstab

Sein Ursprung liegt tief im Dunkel der Zeit verborgen; denn er entstand zu einer Zeit, als die Erde noch jung war. Doch über Zeit und Raum hinweg wirkt der Runenstab auf Völker und Nationen und auf das Schicksal einzelner Menschen ein.
Einer von diesen Menschen ist Dorian Falkenmond, der Herzog von Köln. In seiner Stirn trägt er ein schwarzes Juwel, durch das seine Feinde alles sehen können, was auch er sieht.
Dorian wird zum Kämpfer des Runenstabs und zur Verkörperung des Ewigen Helden, als er die Legion der Morgenröte in einen letzten, entscheidenden Kampf gegen das Dunkle Imperium führt, dessen maskierte Heere sich anschicken, das Europa einer fernen Zukunft zu erobern.

BASTEI LÜBBE

Sie erhalten diesen Band im Buchhandel, bei Ihrem Zeitschriftenhändler sowie im Bahnhofsbuchhandel.